Bangkok boy

BANGKOK BOY

Wat doe jij als de liefde van je leven je plotseling dumpt en vervolgens spoorloos verdwijnt?

CARRY SLEE

www.carryslee.nl

Omslagbeelden Charlotte de Ruiter
Omslagontwerp Charlotte de Ruiter van de Junior* Academie
Opmaak binnenwerk CeevanWee, Amsterdam

ISBN 978 90 499 2372 3
NUR 285/301

Carry Slee is een imprint van FMB uitgevers,
onderdeel van Foreign Media Group

Bo

Lekker zeg, die is helemaal crazy zeker! Ik heb zin om tegen de muur te bonken. Het is twee dagen uit en nu ligt Joep alweer met een ander te rotzooien. Wat een misselijke move. Ik hoor gekraak en het bed schuift. Wacht maar, ik zal hem krijgen. Ik zet het nummer op waar we samen voor het eerst op hebben gevreeën. Die song is toch zo heilig voor hem? Ik moest hem altijd draaien. Zo, ik draai de volumeknop helemaal open. Als hij nu geen schuldgevoel krijgt...

Nog geen minuut later stormt Anouk mijn kamer in. 'Bo... please, ik heb vanmiddag tentamen, weet je nog? Die hele fucking paper moet ik nog in mijn kop stampen. Zet af!'

'Prima, maar dan ruil ik met jou. Ga jij hier maar zitten, dan mag jij naar het gehijg van Joep en zijn nieuwste aanwinst luisteren. Hij zit me gewoon te zieken. Waar heb ik dat aan te danken? Hij heeft het verdomme zelf uitgemaakt. Hoe zou jij het vinden als je vriendje na drie jaar verkering met een vreemde meid in bed ligt. Twee dagen nadat het uit is, hè! Misschien ken ik haar. Helemaal horror. Hoor je die herrie?'

'Dat geschuifel? Dat kan van alles zijn,' zegt Anouk.

'Ja, hij is onder zijn bed aan het afstoffen, nou goed.'

'Bekijk het maar.' Anouk is al weg.

Het geschuifel is afgelopen. Ik moet aan mijn studie, maar ik kan alleen maar luisteren naar wat er naast me gebeurt. Wie zou er bij Joep op de kamer zijn? Als het maar niet die Engelse bitch uit zijn klas is, die loopt al maanden achter hem aan. Dat zou ik echt een belediging vinden. Hij heeft steeds gezegd dat ze hem niks deed.

Terwijl ik de zoveelste kop koffie inschenk, denk ik aan het gesprek van twee dagen geleden.

'Ik wil me niet binden,' zei Joep. Totaal onverwacht. Als we nou steeds ruzie hadden, maar het ging zo goed tussen ons. Hij is expres in de kamer naast me komen wonen. Hartstikke blij waren we toen mijn buurman vertrok. Eigenlijk woonden we al zo'n beetje samen. Minstens drie keer in de week sliepen we bij elkaar en ineens maakt hij het uit. Hij had het vorige maand nog over een etage voor ons tweetjes. En dit weekend zouden we ringetjes kopen. Daar is toch niks van te snappen? Het is zo onwerkelijk. De jongens van ons huis willen zich er niet mee bemoeien. En bij Anouk kan ik nu ook niet terecht. De hele maand heeft ze tentamens. Anouk begint altijd te laat, dus het is weer crisis.

Op de gang klinkt gestommel. Ik hoor Joeps voetstappen op de trap. Ik ren naar het raam. Wat moet die bestelbus daar? Die meid gaat toch niet bij hem intrekken? Joep staat buiten bij de bus. Hij bekijkt de laadruimte. Pierre komt nu ook naar beneden. Misschien brengen ze het groene kastje naar Pierres huis. Joep wilde het al een tijdje geleden wegdoen. Ik zie geen meid. Ze is dus nog binnen. Ik loop de gang op. De deur van Joeps kamer staat op een kier. Ik duw hem verder open en versteen. Al Joeps spullen zitten in dozen! Hij heeft alles ingepakt. Joep gaat weg! Ik raak in paniek. Ik ben hem echt kwijt. Hij verdwijnt uit mijn leven. Ik had nog zo gehoopt dat het een bevlieging van hem was. Anouk zei het ook steeds. 'Het komt wel goed. Het is een aanval. Zo zijn die jongens.'

Ik tril over mijn hele lichaam. Door een waas zie ik Joep en Pierre de trap op komen. Ik stap op Joep af. 'Dit... dit kun je niet maken...'

'Bo, alsjeblieft.' Joep duwt me opzij. 'Ik heb haast. De bus moet over twee uur terug zijn.'

'Maar... waar ga je heen?'

'Het heeft geen zin, Bo,' zegt Joep zonder me aan te kijken. 'Je komt er wel overheen.'

'Aanpakken, Joepie!' Pierre duwt Joep een stapel dozen in zijn handen.

Joep

Ik voel haar ogen in mijn rug priemen. Niet omkijken! zeg ik tegen mezelf. Als ik omkijk, ben ik verloren. Ik ga naast Pierre in de bus zitten.

'Karren!' snauw ik.

'Relax.' Pierre steekt de sleutel in het contact.

Tempo, man, denk ik. Zo meteen trekt ze de deur van de bus open en dan...?

We rijden de straat uit. Hoe vaak heb ik dit de laatste dagen niet voor me gezien? Maar nu is het echt. We rijden weg, met al mijn spullen. Ik heb zin om te janken. Maar wat heeft het voor zin? Het gaat precies zoals gepland.

Ik denk aan Bo. Ik ben zo in gedachten dat ik niet eens merk dat we voor Pierres huis staan.

'Je weet het zeker?' vraagt Pierre als hij heeft ingeparkeerd. 'Niet dat we de hele zooi naar binnen hebben gesjouwd en dat je toch terug wilt?'

'No option.'

'Aanpakken dan maar.' Pierre springt uit de bus en schuift de deur open. We sjouwen de spullen zijn huis in.

'En nu?' vraagt Pierre als alles binnen staat.

'Dat moet jij weten,' zeg ik. 'Je mag de hele handel hebben voor driehonderd euro.'

'Waarom zet je het niet op Marktplaats? Dan vang je veel meer.'

'Driehonderd euro. Take it or leave it.'

'Nou ja,' zegt Pierre, 'je weet waar het staat. Als je de handel terug wilt, dan hoor ik het wel.' Hij geeft me drie briefjes van honderd. Die kan ik goed gebruiken. 'Help me even met de bank.' We tillen hem de kamer in. Ik kijk naar de roodfluwelen bank. Op deze bank heb ik voor het eerst met Bo gevreeën. Ik weet nog precies wat ze aanhad. Haar zwarte jurkje. Ik had er zo lang naar uitgekeken en toen ineens lag ik daar, naast haar. En ik durfde niks. Ik streelde alleen haar haar en we zoenden heel lang. En toen knoopte ze mijn overhemd los. Nog geen tel later vlogen de kleren door de kamer. Dit is d'r! Ik wist het meteen. Mijn vrouw, dacht ik. Ik hoorde haar kreunen. Ik ruik weer de zoete geur van haar lichaam. Ik voel haar borsten.

'Hoe vind je dat-ie moet staan?' vraagt Pierre. 'Voor het raam? Of tegen de muur?'

Wat kan het mij godverdomme schelen waar jij mijn bank zet, denk ik. Bo's en mijn bank. Verdomme!

'Zoek het maar lekker uit. Ik moet gaan.'

'Oké.' Pierre pakt me vast en geeft me een hug. Hij vraagt niks. Toffe gozer. 'Het ga je goed,' zegt hij.

Ik knik. Voordat ik begin te janken loop ik weg. Hier kom ik nooit meer terug. Ik denk terug aan drie maanden geleden toen ik kwaad het huis van mijn adoptieouders verliet. Ik wist dat er altijd een weg terug zou zijn. Nu niet. Ik loop de straat uit. Bij de telefoonwinkel stop ik. Ik haal de chip uit mijn mobiel, smijt hem weg en stap naar binnen.

'Ik wil een ander nummer,' zeg ik.

Bo

Ik fiets doelloos door de stad. Hoe lang eigenlijk al? Ik weet niet eens hoe laat het is. Waarschijnlijk zijn de colleges al voorbij. Nou ja, boeien. Ik ben toch al nooit echt geïnteresseerd geweest in mijn studie, maar ik moest toch iets. Mijn broertje Joris wist al zijn hele leven dat hij gymleraar wilde worden. Maar ik had geen idee wat ik wilde. Op aanraden van mijn decaan heb ik ooit een beroepskeuzetest gedaan. Rijen vragen. Het leek wel alsof er nooit een eind aan kwam. Aan de uitslag had ik ook niet veel. Ze zeiden dat ik veel mogelijkheden had.

'Fijn hè?' zei mam. Hoezo fijn? Ik was er niks mee opgeschoten. Uren heb ik gesurft van de ene studie naar de andere. En ik ben ook zo beïnvloedbaar. Mijn nicht vertelt over psychologie en ik wil meteen psycholoog worden. Dat leek me stoer, een eigen praktijk. Maar pas later bedacht ik dat het nergens op sloeg. Ik ben veel te wispelturig voor de gezondheidszorg. Toen was ik weer helemaal weg van journalistiek. Ik had me al ingeschreven. Maar als journalist moet je wel gedreven zijn. Je moet meteen overal op afgaan. Later lag ik dubbel van de lach met Anouk. 'Jij journalist!' riep ze. Ze deed me natuurlijk weer perfect na. 'O, een overval op het hof. Eerst even mijn jointje oproken.' Toen heb ik voor Nederlands gekozen. Waarom precies weet ik nog steeds niet. Ik moest toch iets. Ik ben nooit ergens lang weg van. Ik ben meer een partytype. Niet zo erg als Anouk, maar toch. Lekker koffiedrinken bij de CoffeeCompany. Op maandagochtend naar de Noordermarkt. Een levensgenieter. Joep is juist het tegenovergestelde. We vulden elkaar zo goed aan.

Mijn mobiel gaat. 'Ha mam.'

'Hoi meissie. Ik wil even checken hoe het met je is. Heb je nog kunnen slapen?'

Ik begin natuurlijk meteen weer te huilen. 'Joep heeft al een ander.'

'Liefje, waarom kom je niet een paar dagen naar huis? Papa en ik zouden...'

'Nee mam. Het gaat wel.' Als ik daaraan begin, voel ik me helemaal een loser. En dan zeker steeds bij mijn moeder zitten janken. Hoe moet ik dan nog ooit loskomen? Ik zou er best zin in hebben. Lekker knus thuis, koffiedrinken met mam en 's avonds met een wijntje voor de open haard.

'Weet je het zeker?'

'Ja mam, helemaal zeker.'

'Zal ik je anders komen halen? Dan gaan we gezellig ergens eten en daarna naar de film. Dat leidt je af.'

'Nee mam, alsjeblieft. Laat me nou maar. Je kunt het toch niet voor me oplossen.' Ik haat het, maar ik begin weer te grienen.

'Dus je wilt echt niet dat ik kom?' vraagt mam weer.

'Mam, ik moet weg, ik bel nog wel.' Ik hang zuchtend op. Ik sta voor het stoplicht. Wat moet ik? Ik durf niet naar huis.

Ik heb geen zin om Joeps lege kamer te zien. En Anouk zit toch maar te studeren. Ik word gek. Ik denk aan mams voorstel om naar huis te komen. Wat zou het fijn zijn. Ik denk aan het warme bad dat mam vol laat lopen. Haar superverse fruitshakes. Pap, die meteen een paar dagen iets leuks met me gaat doen. Als zijn meisje maar gelukkig is. Ik doe het niet. Ik moet dit zelf kunnen. Ik heb zin om dronken te worden. Ik rij naar onze stamkroeg en zet mijn fiets neer. Ik kijk of ik bekenden zie, maar ik zie niemand. Zal ik weggaan? Maar waar naartoe dan? Wat kan mij het ook schelen, denk ik, en ik loop naar de bar.

'Een whisky,' zeg ik tegen de barman.

'Zo.' Een jongen van een jaar of zesentwintig kijkt me aan.

'Ik heb wat te vieren,' zeg ik.

Het is een ongelooflijke lul, dat zie ik meteen. Zo een die er niks van bakt. Die zijn ballen thuis heeft laten liggen, zegt Anouk altijd.

'Mag ik met je meevieren?' vraagt hij.

'Graag,' zeg ik. Hij bestelt voor zichzelf ook een whisky.

'Wat heb je te vieren? Of is het geheim?'

'Ik heb net een rol gekregen voor een supergave film,' verzin ik ter plekke.

'Dus ik sta hier naast een actrice?'

'Aankomend actrice.' De eikel vraagt niet eens om welke rol het gaat. Hij kijkt alleen maar naar mijn borsten.

'Ik ga binnenkort naar Hollywood,' zeg ik.

'Op je carrière.' Hij tikt mijn glas aan. 'Ik dacht al toen je binnenkwam: dat is niet zomaar een vrouw.'

Ik drink de whisky achter elkaar op.

‘Als ik zoiets had bereikt, dan nam ik er nog een,’ lacht hij.

‘Doe ik ook.’ Ik zet mijn lege glas neer. Hij bestelt al een nieuwe whisky voor me. Dat komt goed uit, want ik heb bijna geen geld meer. Hij gaat naast me staan. Ineens voel ik een hand op mijn billen. Een kleffe, papperige hand van een loser. Joep heeft juist prachtige handen. Maar het kan me niets schelen. Ik voel de whisky. Dat komt omdat ik nooit whisky drink. Ik word losser. Het beklemmende gevoel verdwijnt. Hij buigt zijn gezicht naar me toe en dan zoenen we. Een slappe zoen.

‘Dat ik jou nou tegen moet komen,’ zegt hij. ‘Dat is niet zomaar. Ik wist dat ik deze avond iets moois zou vinden.’ Hij kletst maar door. Het ene cliché na het andere komt uit z’n mond. Het interesseert me geen bal. Ik vertel over de theaterschool. Ik verzin maar wat. Hij merkt er niks van en heeft maar één plan. Hij denkt zeker dat ik hem niet doorheb. Ik heb geen spijt. Elke minuut voel ik me beter. Joep bekijkt het maar.

Bij de derde whisky begin ik te wankelen.

‘Maak je geen zorgen, ik ben bij je,’ zegt hij. Nee, dat snap ik. Als je met zo iemand gaat is je leven toch al verpest. Waar moet je dan nog bang voor zijn?

‘Wat doe jij?’ Ik vraag het nu pas.

‘Ik leer voor makelaar,’ zegt hij trots. ‘Ik ben bijna klaar. Dus als je een huis zoekt...’

Makelaar. Dat kan ook nog. Ik kijk hem aan. Het past wel bij hem. Een beetje glad is hij wel.

‘Erotisch,’ zeg ik. Ik wist het eigenlijk al vanaf de eerste minuut. Ik wil met hem naar bed. Ik wil met een makelaar vrijen.

'Vind je?' vraagt hij.

'Een heel sexy beroep.'

Hij glanst. Dat maakt het alleen maar nog aantrekkelijker.

Hij trekt me naar zich toe. Ik ruik zijn aftershave. Precies het luchtje dat past bij een makelaar.

'Zullen we naar mijn kamer gaan?' vraagt hij. 'Dan zorg ik voor eten.'

Ik knik en loop achter hem aan naar buiten. Voor zover ik nog recht loop tenminste. Ik kijk waar zijn fiets staat. Ik had het kunnen weten. Hij is met de auto.

'Die car is van mijn pa,' zegt hij.

'Is je vader soms ook makelaar?'

'Ja, hoe raad je het? Ik ga bij hem werken.'

'En dan neem je de zaak later over?'

Jezus wat saai, denk ik als hij knikt. Hoe voorspelbaar kan het leven zijn.

'Spannend,' zeg ik. Hij rijdt naar de Concertgebouwbuurt.

'Woon je hier? Wat sjiek.'

'Mijn ouders.'

'Je woont nog thuis?'

'Waarom niet? Mijn pa en ma laten me helemaal vrij.'

Ik weet niet waarom ik meega, maar ik doe het toch. Ik loop achter hem aan de trap op. Op zolder is zijn kamer. Een riant uitzicht over het Vondelpark. Naast zijn bed met een gestreken hoeslaken staat een bord met fruit en een kom vla. Hij kleurt als ik het zie.

Hij trekt me op bed. Ik wist dat hij er niks van kon, maar daarom wil ik het juist. Het mag niet op Joep lijken. Hij krijgt mijn bh niet eens los. Ik help hem. Voor ik er erg in heb ligt hij boven op me. Ik stik bijna. Alles draait voor mijn ogen. De whisky. 'Ik moet kotsen,' zeg ik en ik kom overeind. Ik kots zijn hele bed onder.

'Het geeft niet,' zegt hij. 'Mijn moeder verschoont het wel.'

Joep

Ik kijk op het bord in de hal. Delay. Buiten zie ik het ene vliegtuig na het andere opstijgen. Waar zal ik nu weer eens iets gaan drinken? Een eindje verderop zit de CoffeeCompany. Bo's eerste baantje. Ze kwam nooit uit met haar geld. Bo leende altijd van mij. En dan nog stond ze rood. 'Ik zoek wel een baantje,' zei ze. Elke zaterdag werkte ze bij de Coffee-Company. Als ik dan de boodschappen op de Albert Cuyp had gedaan, ging ik altijd bij haar langs. Ze waren heel blij met haar. Geen wonder, er kwamen steeds meer mannen en niet alleen voor de koffie. Ik zat daar een keer toen een vent bloemen voor haar had meegenomen.

'Dank je wel,' zei ze. 'We hadden nog geen bloemen gekocht, toch Joep?' En ze gaf ze aan mij.

Na drie bakken koffie loop ik maar weer eens naar het bord. Nog steeds delay. Een man staat zuchtend naast me. Hij ziet eruit als een Engelsman, met zijn oubollige ruitjespak. Nu zie ik het. Londen, drie uur vertraging. Wij zijn pasgeleden nog in Londen geweest. Bo wilde het liefst elke maand iets leuks doen. We zijn naar de Tate geweest. We zouden in een Youth Hostel gaan slapen. Bo had het geboekt. Ik had niks in de gaten en liep achter haar aan. Ineens staan we voor een superromantisch bed & breakfast. Cadeautje van Bo. Honderdvijftig euro heeft ze ervoor betaald. Ik moet zeggen: het was het wel waard. Wat hebben we daar lekker geneukt. Toen we thuiskwamen moest ze het hele bedrag van me lenen. De rest van de maand hebben we bietjes met ei gegeten, en hutspot.

Ik ga een bar in en bestel een whisky. Ik kijk naar de kunst die aan de muur hangt. Zal Pierre mijn schilderijen al hebben ophangen? Good old Pierre. Ik zie helemaal voor me hoe hij dat gaat doen. De inrichting van zijn huis is heel belangrijk voor hem, net als zijn kleren en zijn brillen. Hij heeft wel tien verschillende brillen. Bij elke outfit draagt hij een andere bril. Ik ken Pierre al vanaf de middelbare school. Toen had hij nog blond haar. Nu is het zwart. Ik was de eerste aan wie hij vertelde dat hij gay was. 'Als je maar niet op mij valt,' zei ik. Maar Pierre valt op heel andere types, van die stoere mannen.

Tegenover me komt een vrouw zitten. Hoe oud zal ze zijn? In de dertig, schat ik. Ze lacht naar me. Ik lach terug. Ik ken dat type. Die broeierige blik. Op zulke avances ben ik nooit ingegaan. Ik vond dat het niet bij mij paste. Ik was zogenaamd het monogame type. Een geweldig streven. Natuurlijk was er ook weleens een moment op de academie dat ik in de verleiding kwam. Feestjes genoeg, maar ik beheerste me. Voor Bo? Of was ik gewoon te schijterig? Het hoorde niet bij mijn leven, dat dacht ik tenminste. Nu zit ik hier in mijn eentje op die fucking luchthaven. Zonder Bo, zonder mijn vrienden. Hoort dat soms bij mijn leven? Bullshit!

Ik kijk naar de borsten die boven haar veel te lage truitje uit komen.

'Heb je ook vertraging?' vraagt ze.

In plaats van mijn gebruikelijke gereserveerde knikje kijk ik haar aan. 'Opeens vind ik het niet meer zo erg om te moeten wachten,' hoor ik mezelf zeggen. De eerste de beste tekst van een player. Maar ik ben het zat. De brave Joep Mertens ben ik spuugzat. Weer wordt er omgeroepen. Mijn vlucht gaat pas morgenochtend. Shit!

'Ik huur een kamer,' zegt ze. 'Zin om mee te gaan?' En ze staat op. Ik kijk naar haar benen, benen die lang niet zo mooi zijn als die van Bo. En ik loop achter het rokje aan dat net iets te kort is.

Mijn rol bevalt me. Ik krijg een vrouw op een presenteerblaadje aangeboden. Een type waar menige vent van zou kwijlen. Ik geef haar een kus in haar hals als ze de deur van haar kamer openmaakt. Joep Mertens, de womanizer. Ik kom met de seconde beter in mijn rol. Als ik van de wc kom, zit ze naakt op bed, haar benen over elkaar heen geslagen. Ik zie haar borsten.

'Champagne?' vraagt ze.

We klinken. Mijn vette knipoog werkt. Ik complimenteer haar over haar ogen en haar lichaam. Mijn praatjes maken een verpletterende indruk. Ik wist niet dat ik het in me had. Verborgen talent dus. In mezelf moet ik grinniken. De donjuan. Na al die shit is het heerlijk een ander te spelen. Ik hoor mezelf over mijn leven verzinnen. Ik ben een IT'er. Een geslaagd zakenman die zich in Bangkok gaat vestigen. Ze is onder de indruk. Ze trekt me naast zich op bed en legt mijn handen op haar borsten. Ik masseer haar tepels en fluister lieve woordjes in haar oor. Ik voel me een doorgewinterde versierder. Ze ritst mijn broek open en haalt een condoom tevoorschijn. Ik denk aan Bo's woorden. 'Als je ooit vreemdgaat, doe het dan veilig.' Bo's onzekere momenten. Ze wist zelf heel goed dat ik zo niet in elkaar zat. De veiligheid die ze bij me vond, was een belangrijk deel van onze relatie. Maar dat is verleden tijd. De nieuwe Joep Mertens wordt ingeluid, nu, boven op deze zeer hitsige dame. Als een volleerd neuker schuif ik het condoom om mijn stijve pik. Ik hoor haar kreunen. Ze heeft in geen tijden zo lekker geneukt. Ik ben een lekker ding! Ze wist het meteen toen ze me zag. Ze gilt als ze klaarkomt dat ik nooit meer weg mag. Ik kom ook klaar en dan denk ik weer aan Bo. Aan onze lichamen die vol liefde samensmolten. Wat doe ik hier? Ik geef haar een kus, sta op en vertrek.

Bo

Mijn hoofd, denk ik meteen als ik wakker word. Ik weet even niet waar ik ben.

'Je was dronken,' hoor ik een stem zeggen. Ik kijk hem aan. Jezus, wat voel ik me vies. Heb ik met hem gezoend? Wat heb ik allemaal nog meer gedaan? Ik probeer me aan te kleden. Zolang ik mijn hoofd maar niet buig gaat het wel.

'Ik ga,' zeg ik.

'Hé,' zegt hij slaperig. 'Niet weggaan nou.'

Maar ik ben de trap al af.

Ik merk dat ik niet helemaal recht fiets. Gelukkig is het nog rustig op straat. Shit, wat een kater heb ik. Ik moet rechtsaf. Met mijn duffe kop was ik haast rechtdoor gefietst. Ik zit bijna vast in de tramrails. Kan ik niet beter lopen? Ik stap af. Maar lopen met mijn fiets in de hand is nog moeilijker, dus ik stap weer op. Ik schrik op van de tram. Er zitten nog mensen in ook, op dit uur. Ik zucht als ik door de Ferdinand Bol rij. De Cuyp wordt al opgebouwd. 'Hé schatje, jij bent vroeg uit de veren!' roept een marktkoopman.

Ik moet erom lachen, wat een crazy avontuur. Eindelijk ben ik thuis. Anouks fiets staat voor de deur. Ik moet het haar vertellen. Ze komt nooit meer bij. Dat fruit naast zijn bed, en die vla! Maar ik ga eerst douchen. Gadverdamme, wat voel ik me vies. Ik strompel de trap op. Het eerste wat ik doe als ik binnenkom is een paar aspirientjes innemen. Het overvalt me meteen: de lege kamer naast me. Joep, verdomme! Ik val op bed en begin te huilen. Maar ik wil niet janken. Wat heeft het voor zin? Joep ligt lekker met een of andere meid en ik... Als ik eraan denk word ik gek. Wat moet ik nou? Ik trek mijn jas uit en ga de gang op. Ik schiet de douche in en zet de kraan open. Ik ga onder de warme straal staan met mijn kleren aan. Het kan me niet schelen. Niks kan me nog wat schelen. Ik trek mijn kleren uit en zeep me wel drie keer in. Alle sporen van die loser moeten eraf. Ik heb niet gevreeën, nu weet ik het weer. We hebben alleen gezoend, die vieze slappe zoenen van hem. Ik poets mijn tanden wel tien keer achter elkaar. Als ik me afdroog denk ik aan Joeps vrienden. Zij wisten het vast allang dat Joep bij me weg zou gaan. Waarom hebben ze hun kop niet opengedaan? Misschien wist iedereen uit het huis het wel. Alleen ik en Anouk niet. Stelletje creeps. Ik haat ze. Ik haat iedereen. Ik sla mijn handdoek om me heen en doe de deur van de douche open. Ik schiet over de gang mijn kamer in en kleed me aan. Buiten wordt het al drukker. Ik hoor de marktmensen schreeuwen. Zeven uur. Zou Anouk al wakker zijn? Vlak voor haar tentamen begint ze meestal vroeg. Maar het kan ook dat ze de halve nacht heeft doorgeleerd. Ik wacht nog een halfuur en dan klop ik op haar deur.

'Anouk, ben je al wakker?'

Ik hoor voetstappen. Anouk doet slaperig de deur open. Ik zie iemand in haar bed liggen.

'Jezus,' zeg ik. 'Ik dacht dat je zo hard moest werken.'

'Sst...' Anouk doet giechelend de deur dicht en komt op de gang staan. 'Ik heb 'm gisteravond opgepikt. Een schatje.'

'Waarom heb je me niet gebeld?' vraag ik. 'Ik zit fucking in mijn eentje en jij laat me barsten.'

'Doe niet zo hysterisch,' zegt Anouk kwaad. 'We zijn vriendinnen, maar ik heb ook nog een eigen leven, hoor.'

'Jij laat me barsten voor een of andere eikel!' schreeuw ik. 'Iedereen laat me barsten. Ga maar naar hem toe. Je moet toch zo nodig neuken? Toe dan, van mij heb je geen last meer.'

'Drama queen!' schreeuwt Anouk. 'Je gunt mij niks, hè? Al die jaren dat jij met Joep was lag ik ook alleen in mijn bed. Heb ik daar ooit over gezeurd?'

'Hoe bedoel je?' zeg ik verontwaardigd. 'Ik heb jou nooit voor Joep laten vallen. Daar heb je niks op te zeggen, hè?'

'Jij bent echt geflipt!' roept Anouk.

'Afgelopen!' klinkt het aan het eind van de gang. 'Dit is dus echt wijvengedoe. Gaan jullie even lekker buiten ruziemaken.'

'O ja, is dit wijvengedoe?' schreeuw ik. 'En wat hebben jullie gedaan? Laten we het daar eens over hebben. Hoe lang wisten jullie al dat Joep het ging uitmaken? Stelletje creeps!'

'Laat haar maar!' roept Anouk.

'Hoezo? Ben ik soms ontoerekeningsvatbaar met je "laat haar maar"?'

'Dag Bo, als je weer normaal kunt doen, dan hoor ik het wel.'

Ik wil Anouk een pets voor haar kop geven, maar ze is al binnen en doet de deur op slot.

'Bitch!' Ik geef een trap tegen haar deur en ga naar mijn kamer. Jankend val ik op bed neer. Ik pak mijn mobiel.

'Mam,' snik ik. 'Ik kom naar huis.'

Als de trein het station binnenrijdt, zie ik mam al staan. Haar bezorgde gezicht maakt het alleen maar erger. Zodra ik uitstap komt ze naar me toe en omhelst me. 'Heel verstandig, liefje, dat je een weekje bij ons komt.'

Een week? Dat hou ik nooit uit. De stilte drukt op me. Behalve een paar bejaarden en een moeder met een kinderwagen stapt er niemand uit. Logisch, dit is echt het einde van de wereld. Hoe heb ik het al die jaren uitgehouden? En ik vond het nog fijn ook. Het was zo vertrouwd. Dat lijkt het nog steeds, maar elke keer merk ik dat het niet echt meer zo is. Het werkt niet meer. Mam pakt mijn hand en neemt me mee naar de auto.

'We eten lasagne.' Ze kijkt me verwachtingsvol aan. 'Je lievelingsgerecht.'

Ik knik.

'Het komt goed uit,' zegt mam. 'Deze week heb ik jouw kamer laten schoonmaken. Alsof ik het voelde. Je hebt een heerlijk schoon bed.'

Ik wil helemaal niet in een schoon bed. Toen alles nog goed was, vond ik het wel fijn. Mams lakens hebben zo'n speciale, zoete geur. Maar ik wil mams wasmiddel nu niet ruiken. Ik wil lakens die naar Joep ruiken.

'We gaan lekker in het dorp lunchen,' zegt mam.

Ik denk aan het enige café in ons dorp. Een klef wit broodje met kaas die wel plastic lijkt en mosterd erbij. Aan de bar zitten alleen maar oude mannen.

'Ik wil liever thuis lunchen.'

'Goed hoor, kind. We doen alleen maar wat jij wilt.'

Ik denk aan Joep. Hij voelde zich nooit prettig bij ons thuis. Een heel enkele keer ging hij met me mee. 'Je moeder mag me niet,' zei hij altijd.

'Het komt goed, meisje,' zegt mam als ze de auto start. 'De wereld is niet vergaan. Je hebt nog zo'n mooie toekomst voor je.'

'Ik snap het niet,' zeg ik. 'Hij is zomaar vertrokken. We hadden het zo fijn.'

'Dat dacht jij,' zegt mam. 'Dat is ook het verdrietige, maar blijkbaar nam hij jullie relatie niet zo serieus.'

'Na drie jaar? Hoe kan dat nou?'

'Het is een beschadigde jongen, liefje. Vergeet dat niet.'

'Hoezo beschadigd?'

'Wat denk je nou,' zegt mam. 'Zijn ouders heeft hij nooit gekend. Ze hebben hem gewoon weggegeven. En zijn adoptieouders ziet hij ook niet meer.'

'Het klikte niet. Hij had steeds ruzie met hen. Wat moest hij daar dan nog?'

'Die mensen hebben hem wel geadopteerd. Ze wilden een kind. Ze hebben hem toch maar grootgebracht.'

'Ja, maar wel een kind dat precies zo moest zijn als zij dachten. Ze snapten Joep helemaal niet. Ze wilden dat hij ging studeren! Joep wilde kunstenaar worden. Al die ruzies toen hij zich had opgegeven voor de Rietveld. Ze hadden geen enkele belangstelling voor zijn kunst. Ik heb ze nooit op een expositie gezien. Wat moest hij dan nog met ze? Ik snap heel goed dat Joep er een punt achter heeft gezet. Het is hartstikke zielig voor hem.'

'Het is ook zielig. Misschien heeft hij daardoor ook bindingsangst,' zegt mam.

Ik heb zin om nu al uit te stappen.

'We hebben het er niet meer over,' zegt mam.

Maar ik pieker toch verder. Joep had juist helemaal geen bindingsangst. Hij was degene die bij mij wilde wonen. Het liefst was hij altijd samen. Daarom is het zo bizar. 'Als ik jou ooit verlies, ga ik terug naar Thailand,' zei hij altijd. 'Naar het dorp waar ik ben geboren.' Hij is er nooit meer geweest. Ik heb het weleens voorgesteld, maar hij vond het nog te heftig. 'Ooit ga ik erheen,' zei hij dan. 'Ik wil mijn ouders zoeken, maar nu kan ik het nog niet aan.'

Ik was juist degene die de meeste vrijheid wilde. Ik heb met Anouk nachtenlang gefeest. Joep nooit.

Het lijkt wel of hij ineens gek is geworden. Of zou iemand hem tegen mij hebben opgestookt? Pierre misschien? Nee, zo is Pierre niet.

'We zijn er, schat.' Mam parkeert de auto voor het huis. 'Kijk die lammetjes eens. Zijn ze niet schattig?'

Lamb chops, denk ik.

'En de vlier heeft nog nooit zo mooi gebloeid,' gaat mam verder.

'Mam, ik ga naar binnen.'

'Ga maar kijken hoe mooi je kamer eruitziet.'

Ik loop de trap op. Op het tafeltje naast mijn bed staan witte rozen. Ik lees wat er op het kaartje staat. WIJ HOUDEN VAN JE, MAM EN PAP.

Het is zo lief. Maar ik kan er niet tegen. Alles waar ik vroeger zo blij van werd irriteert me. Ik krijg een sms'je.

Hoe gaat het? x Anouk

Kut, sms ik terug.

Meteen gaat mijn mobiel.

'Waar ben je? Ik kom naar je toe. Ik heb mijn tentamen toch verpest.'

'Ik ben niet thuis,' zeg ik. 'Ik logeer bij mijn ouders.'

'Wat moet je daar nou?' zegt Anouk. 'We gaan Joep zoeken. Ik heb er nog eens over nagedacht, maar dit kan hij niet maken. We gaan het hem vertellen. Het moet een of andere rare aanval van hem zijn. Geloof me, Bo, ik praat net zolang op hem in tot hij weer normaal doet.'

Anouk heeft gelijk. Wat moet ik hier? Ik moet naar Joep.

'Ik kom eraan.' Met mijn mobiel nog tegen mijn oor ren ik de trap af. 'Mam, wil je me naar het station brengen? Mam, please.'

'Wil je nu alweer weg?'

'Ik moet gaan. Ik kan hier niet blijven. Ik moet naar Joep.'

'Wat ben je toch wispelturig,' verzucht mam. 'Je wou naar huis.'

'Anouk en ik gaan Joep zoeken.'

'Is dat nou wel verstandig?'

'Mam, wil je me wegbrengen? Ik moet de trein van halftwaalf hebben. Kom op, laten we gaan.'

'Jij verandert ook nooit,' zegt mam. 'Maar als dat is wat je echt wilt, breng ik je wel naar de trein.'

Joep

Een oorverdovend lawaai en dan raken we los van de grond. Daar ga ik! In een paar seconden zie ik mijn leventje in Amsterdam voorbijflitsen. Bo, Pierre, de Rietveld. Ik denk zelfs aan mijn adoptieouders. We vliegen. Onze seatbelts mogen los. Ik voel de ontspanning om me heen. Mijn onenightstand zit gelukkig in het andere gedeelte van het vliegtuig. We hebben alleen nog even naar elkaar geknikt. Ik dommel weg als ik opschrik van voetstappen. Even dacht ik dat ze van Bo waren, maar de stewardess liep langs. Ik herken Bo's voetstappen uit duizenden. Ik denk aan die ene keer. Bo zou een nacht bij haar ouders logeren. Als verrassing maakte ik een muurschildering voor haar. Ik was nog lang niet klaar toen ik voetstappen op de gang hoorde. Shit, daar is ze, dacht ik. Ik draaide de deur op slot. Maar het was Bo helemaal niet. Sindsdien heb ik heel goed geluisterd hoe ze liep. En heb ik me nooit meer vergist. Tot nu dus.

Ik zet mijn stoelleuning naar achteren en probeer weer wat te slapen.

Ik word wakker van een steek in mijn hoofd. Een onhoudbare pijn trekt door mijn schedel. Ik wrijf over mijn hoofd, maar het wordt alleen maar erger. Het zweet breekt me uit.

Ik moet kotsen. Ik sta op en strompel naar de wc. Als ik het maar haal. Alles draait. Ik doe de deur van de wc open en sluit me op. Niemand mag me zo zien. Ik sta daar, verkrampt van de pijn. En dan voel ik dat ik ga vallen. Langzaam zak ik op de grond. De pijn bestaat niet meer. Ik ben in een andere wereld. 'Aroon...' Mijn moeder hangt een amulet om mijn hals en neemt me mee.

Ik heb een zakje bij me, een zakje met een paar kleren. 'Waar gaan we naartoe, mam?'

'Jij gaat logeren,' zegt mam. Maar ik voel aan haar dat het niet fijn is. Na een lange bustocht gaan we een huis in. Er zijn nog meer kinderen. Een vrouw pakt mijn hand.

'Aroon Tai,' zegt mam. 'En we wonen in Pai.' Ze geeft me een kus. Ze huilt en dan loopt ze weg.

'Mam!' roep ik. 'Ik wil mee!' Maar ze loopt door. 'Mama!' gil ik.

Een man buigt zich over me heen. Hij voelt mijn pols. 'Ik weet waar ik vandaan kom,' zeg ik. 'Ik kom uit Pai.'

'Je bent weggeraakt,' zegt de man.

'Het is al over.' Ik kom moeizaam overeind. 'Dit heb ik wel vaker. Heel erge hoofdpijn.'

'Een bepaalde vorm van migraine,' zegt de man tegen de stewardess.

'Gaat het?' vraagt ze. 'Kom maar, dan krijg je een plaats in de eersteklas.' Ze heeft mijn rugtas bij zich.

Ik krijg een plaats bij het raam. 'Wil je iets drinken?'

'Nee, dank u.' Ik leun achterover en doe mijn ogen dicht. 'Pai,' zeg ik een paar keer in mezelf. Ik zag ons dorp glashelder voor me. En ook mijn moeder. Achttien jaar zijn de beelden weg geweest. 'Pai...' mompel ik en dan val ik in slaap.

Bo

'Ik ben weer eens bij mijn moeder geweest!' zeg ik als ik Anouks kamer in kom. 'Moet je zien wat ik allemaal heb meegekregen.' Ik struikel bijna over het dekbed dat half op de grond ligt. Jezus, wat een puinhoop is het hier toch. Anouks kamer is nooit zo netjes, maar nu ze de hele week heeft gestudeerd, is het helemaal een bende. Overal staan vuile borden en kopjes. Mam vindt mijn kamer al een rommeltje. Dan moet ze hier eens komen.

Ik rits mijn sporttas open. 'Jij nog kaas, boter of koffie? Ik geloof dat ze de hele supermarkt heeft ingepakt.' Ik haal er een chocoladereep uit voor Anouk.

Anouk graait de chocoladereep meteen weg en breekt er een stuk af. 'Mmm. Ik heb hem gezien.'

'Joep? Waar?'

'Nee, de nieuwe bewoner. Een lekker ding! Hij zal wel weer gay zijn. Weet je op wie hij lijkt?' Anouk loopt naar het raam en zet het open.

'Alsof mij het interesseert op wie die gast lijkt,' zeg ik. 'Wat denk je nou? Joep woonde naast me, weet je nog? Wij hadden verkering. Vanaf mijn zestiende was het al aan.'

'Sorry!' Anouk gaat kauwend op de chocola in de vensterbank zitten met haar gezicht in de zon.

'Joep kan dus niet eens terugkomen,' zeg ik. 'Zijn kamer is al verhuurd.'

Anouk zwaait naar iemand die buiten loopt. Ze kent de hele buurt.

'Ik heb iets besloten,' zegt Anouk.

'Wat?'

'Ik ga een jaar reizen. De wereld rond. Lijkt me geweldig. Ik heb het helemaal gehad met die gare studie. Ik wil leven, Bo. Ik wil wat meemaken.'

'Nee!' Ik geef van schrik een gil. 'Dan ben ik jou ook nog kwijt!'

Het idee dat Anouk weggaat – en ze zou het nog doen ook; ik ken haar – overvalt me.

'Je mag mee.'

'Doe normaal. Ik kan nu toch niet weg? Ik weet niet eens waar Joep is.'

'Het is alleen een voorstel. Je kunt je leven natuurlijk ook verpesten. Denk er maar over na. O ja, die nieuwe jongen, Philip, gaf me wat post voor Joep. Het ligt op mijn stoel, Bo.'

'Waar? Ik zie alleen maar kleren.'

'Dan is het erachter gevallen.'

Ik schuif de stoel opzij. Gadverdamme, de asbak klettert op de grond. Overal liggen peuken.

Ik zie de post liggen.

'Hij heeft niet eens zijn nieuwe adres doorgegeven,' zeg ik.

'Een goed teken. Het is dus een aanval van verstandsverbijstering. Dat hebben die boys altijd. Ineens is hij bang geworden. Gaat vanzelf weer over. Angsthazen zijn het. Dat woord is voor dat geslacht uitgevonden. Heb je nog meer chocola?' Anouk springt van de vensterbank en graait in mijn tas. 'Mexico, dat lijkt me ook wel wat,' gaat ze verder. 'Of Peru. Ik wil naar de indianen. Dan leer je nog eens iets. Die zijn wijs hoor, indianen.'

Anouk vist een reep chocola uit mijn tas en scheurt de wikkel eraf.

'Ik ga die post niet doorsturen, hoor,' mopper ik. 'Hij komt het maar halen.' Ik kijk het door. Een paar afschriften van de bank, een brief van de kunstacademie. En een brief van het AMC.

'Wat moet Joep nou met het AMC?'

'Zo'n brief heb ik laatst ook gekregen.' Anouk gaat met haar laptop op bed zitten en checkt haar mail. 'Dan hebben ze studenten nodig voor een of andere test voor medicijnen. Het verdient wel lekker, hoor.'

'Jammer,' zeg ik als ik alle post heb bekeken. 'Er zit niks bijzonders tussen.'

'We gaan Joep zoeken,' zegt Anouk. 'Na die depri tentamens heb ik echt zin om me even af te reageren. Wat een kutvragen waren dat.'

'Hoe is het met die boy van vannacht?' vraag ik.

Anouk pakt haar fietssleutel en haar portemonnee. 'De loser ging janken toen hij klaarkwam. Als ik iets haat, is het dat wel. Ik heb hem zonder ontbijt buitengezet. Mannen! Konden wij maar samen. Weet je dat ik soms echt wilde dat ik lesbisch was.'

'Zoenen?' Ik duw Anouk in de stoel en ga op haar schoot

zitten. De stoel zakt door. Gierend van de lach liggen we op de grond.

'Ik durf je best te zoenen,' zegt Anouk. 'Het doet me alleen niks. Over een paar weken zoen ik met een indiaan. Dat lijkt me pas exciting! Misschien ben ik volgende week al weg.'

'Je meent het, hè? Je meent het echt. Ik laat je niet gaan.'

'Dan moet je maar meegaan.'

'Misschien niet eens zo gek,' zeg ik.

'Waarom doe je het niet? Een jaar ertussenuit.'

'We zullen wel superveel keet hebben,' zeg ik. 'Maar...'

'Joep?'

'Als het echt uit is, ik bedoel als hij een ander heeft of zo, dan wil ik wel mee.'

'Dan kan ik dus alleen, want hij heeft geen ander. Misschien heel even, maar hij komt echt wel weer bij je terug. Kom op, we gaan Joep uitschelden. We vragen aan Pierre waar hij uithangt. Hij heeft hem verhuisd.'

Ik pak mijn tas. 'Even op mijn kamer zetten.'

'Ik ga vast naar buiten,' zegt Anouk.

Ik loop de gang op. Het ruikt muf als ik de deur van mijn kamer opendoe. De gordijnen zijn nog dicht. Ik heb niks meer opgeruimd sinds Joep weg is. Ik zie de overvolle asbak. Die peuken zijn nog van Joep. Het enige wat ik nog van hem heb. En het schilderij. Een paar maanden geleden kreeg ik het. Hij had het speciaal voor mij gemaakt. Weer zoiets waar ik niks van snap. Je gaat toch niet iemand een schilderij geven om het daarna uit te maken? Ik zie zijn foto aan de muur. Dat ik die nog niet heb weggehaald! Wat een lege kamer heb ik vergeleken bij Anouk. Ik hou van ruimte. Als je weinig spullen hebt, hoef je ook niet zoveel op te ruimen.

Ik kijk in de spiegel. Jezus, wat zie ik eruit. Zo kan ik echt niet naar hem toe. Ik wil wel even iets anders aantrekken. Ik doe mijn kast open.

Ik stift net mijn lippen als ik Anouk buiten hoor. 'Waar blijf je nou? Ik sta hier maar te wachten.'

Ik steek mijn hoofd door het raam. 'Ik ben al klaar.'

Ik ren mijn kamer uit.

'We kunnen Pierre ook bellen,' zeg ik als we buiten staan. 'Dan hoeven we dat pokkeneind niet eerst te fietsen.' Ik druk mijn mobiel in.

'Zijn voicemail,' zucht ik. 'Als Pierre eenmaal aan het bellen is, kan het uren duren. Laten we maar gaan.'

Als we op de fiets zitten dringt het pas echt tot me door. Waar ben ik mee bezig? Ik weet niet eens waar Joep nu woont. Hij is zomaar verdwenen zonder een adres achter te laten. De loser! En nou ga ik hem nog achterna ook.

'Wat is er?' vraagt Anouk als ik voor Kingfisher op mijn rem trap.

'We gaan een lekker espressootje drinken. We gaan helemaal niet meer naar Pierre. Ik ga Joep toch niet achternalopen?'

'Onzin,' zegt Anouk. 'Je loopt hem niet achterna. Je gaat hem alleen maar vertellen dat hij hartstikke gek is. Een angsthaas die zo kan worden opgenomen als hij niet snel normaal doet.'

Ik moet lachen om Anouks felheid.

'Je moet razend worden, Bo. Dan zit je er niet meer mee.

Bovendien open je zijn ogen. Doorrijden maar?'

'Oké.' Ik stap op. Anouk heeft wel gelijk. Ik moet het er niet bij laten zitten. Zeker niet als je ruim drie jaar verkering met iemand hebt gehad. En je het over samenwonen hebt gehad. Dan heb je toch wel enig recht. Ik heb zelf ook als een sappie gereageerd. 'O,' zei ik toen hij vertelde dat het uit was. Ik was helemaal beduusd. Alsof ik een narcosespuit kreeg. 'Als je niet gelukkig bent, dan moet het stoppen.' Zoiets zei ik. Ik had tegen hem moeten schreeuwen. Hem moeten uitschelden. Dat ik het nu pik, maar dat hij nooit meer met zulke lulkoek bij me hoeft aan te komen omdat hij dan echt op kan rotten. Lul, eikel, loser. Wat denk ik nu allemaal weer? Ik schreeuwen tegen Joep? Dat kan helemaal niet. Hij stond er zo onbeholpen bij, bijna verdrietig. Ik had eerder medelijden met hem. Bovendien heb ik nog nooit tegen Joep geschreeuwd. Als ik weleens pissig op hem was om iets stoms, dan had ik al spijt. Joep is veel te lief om tegen te schreeuwen. Bij hem vergeleken ben ik een bitch. Dat mis ik nu juist. Hij was zo lief! Ik krijg nooit meer zo'n lieve vent. Maar dat wil ik ook helemaal niet. Ik wil Joep terug. Joep is van mij. Wij horen bij elkaar. Dat zeiden we altijd. Wij horen nou echt bij elkaar. Stel je voor dat we elkaar niet waren tegengekomen. Joep zei het zo vaak. 'Ik wou helemaal niet naar dat feestje gaan. Ik wou naar de bios, maar de film was uitverkocht en toen ging ik toch maar. Ik zag je meteen toen ik binnenkwam.' Het waren Joeps woorden. En hij meende het. Het is gekkigheid dat hij is opgestapt. Alsof hij door een of ander insect is gestoken. 'Kan dat?' vraag ik aan Anouk. 'Dat Joep is gestoken door een dolle mug en daardoor zo'n aanval heeft?'

'Zoiets dus,' zegt Anouk. 'Het is in zijn kop geslagen. Maar het komt goed, schat, laat maar aan mij over.'

We rijden de Van Oldenbarneveldtstraat in. Er staat een megarek met fietsen, maar Pierres knalgele fiets met paarse velgen staat er niet tussen. 'Lekker, hebben we dat hele eind voor niks gecrost.'

'Je weet het maar nooit, misschien is hij toch thuis.' Anouk kijkt verlekkerd rond. 'Dit is ook een blitse buurt, hè? Je zit vlak bij de Jordaan. Overal zit je dichtbij. Misschien zoek ik hier wel een kamer. Ik ben de Pijp zat.'

'Anouk! Hoe kun je dat zeggen. Je Cuyp!'

'Ja, dat is nog het enige. Het barst van de yuppen bij ons. Ik word ziek van al die cafés vol corpsballen. Dat gebral! Ik wil hier wonen, veel hipper.'

'Pierre heeft een zolderkamer,' zeg ik. 'Er staat wat troep. Hij vond het te klein om te verhuren, maar dat kan jou vast niks schelen.'

'Geweldig! Als mijn bed er maar in past vind ik het best.' Anouk kijkt omhoog. 'Is het daar bij dat raampje?'

'Ja,' zeg ik. 'Wel ongezellig als je hier gaat wonen.'

'Dan kom je af en toe bij me logeren,' zegt Anouk. 'Gaan we lekker stappen en daarna slaap je bij mij. Hé, hoe vind je die? Kunnen we nog een lekker ding meenemen voor ons tweetjes. Niemand die iets merkt.'

'Wat denk je van Pierre?'

'Shit, dat is zo,' verzucht Anouk.

'Toch maar even kijken of Pierre er is.' Ik zet mijn fiets neer en loop naar het raam. Mijn maag draait om. Ik word misselijk. Kotsmisselijk. Het lijkt wel een nachtmerrie. 'Joeps spullen staan hier.'

'Opgeslagen?' vraagt Anouk.

'Nee, kijk dan! Het is fucking ingericht.'

'Dat ziet er inderdaad heel knus uit.'

Ik kijk naar Anouk. 'Dit geloof je toch niet. Hij is bij Pierre ingetrokken! Zijn beste vriend. Ze zijn laatst nog samen een week wezen fietsen in de Ardennen. En ik vond het nog zo leuk voor Joep. "Nog achter de vrouwen aan gezeten?" vroeg ik toen hij terugkwam. "Nee, natuurlijk niet," zei Joep. Wat ben je toch trouw, dacht ik toen nog. Ik geloofde hem. Jezus, Anouk! Hoe lang is dit al aan de gang?'

'Dit is wel even slikken,' zegt Anouk. 'Je hebt drie jaar verkering gehad met een...'

'Ja, zeg het maar: een vette gay!' roep ik.

'Nee, volgens mij is hij bi. Dat lijkt mij nou zo gaaf. Dan kun je dus echt een trio doen.'

'Anouk, hou op met je "gaaf". Ik kots hiervan. Het is allemaal nog erger dan ik dacht. Hij neukt met een vent.'

'Heb je nooit iets gemerkt?'

'Hoe moet ik dat nou gemerkt hebben? De seks was goed.'

Ik gluur nog steeds Pierres kamer in. Joeps bank, waar we zo vaak op hebben gevreeën, staat nu hier. En zijn schilderij hangt ook aan de muur. Daarom durfde Joep het niet te vertellen. Hij is zo bij Pierre ingetrokken. Wat een gluiperd. En de rest van zijn troep zal wel op zolder staan. Pierre wil niet alles in zijn kamer. De tut. Ik mis het kastje, een antieke kruk en Joeps tafel. Die gaan ze vast samen verpatsen op Marktplaats. Kunnen ze hun honeymoon van betalen. Mijn mobiel gaat. Mijn moeder! Uitgerekend nu belt ze!

'Hij is homo!' roep ik door de telefoon. 'Joep is gay. Hij woont samen met Pierre.'

'Schat, wat erg voor je. Wees maar blij dat je er nu achter bent gekomen. Stel je voor dat je een kind van hem had. Dat komt voor. Dan...'

'Mam, ik bel je later nog wel.'

'Weet je dat ik niet eens kan janken,' zeg ik. 'Ik ben kotsmisselijk. Mijn kop, alles draait.'

'We gaan ons bezatten,' zegt Anouk. 'Of wil je stoned worden?'

'Alle twee. Dronken én stoned. Ik wil weg, ver weg. Ik ga met je mee.'

'Op reis?'

'Ja. Ik geloof nergens meer in, Anouk.'

'Great!' Anouk valt me om de hals. 'Wij tweetjes in Mexico. Dan kan het je niks meer schelen, dat weet ik zeker. We gaan een jaar lang. Misschien blijven we wel voorgoed weg, weet jij veel.'

'Ik wil morgen al weg,' zeg ik. 'We pakken onze spullen en we gaan.'

'Eerst een joint,' zegt Anouk.

Ik knik. Anouk moet het maar zeggen. Ik weet het niet meer. Ik weet niks meer. Ik kijk nog één keer naar binnen. De klootzak!

Anouk haalt een tweede joint uit haar tas. Ik lig naast haar in het park in het gras bij de vijver. 'Heftig,' zeg ik als ik een hijs neem.

'Daarom heb ik altijd voorgedraaide joints,' zegt Anouk. 'Van dat spul dat Pierre laatst had merk je niks.'

'Je was anders knap stoned.'

'Jij ook. Je zag niet eens dat er iets was tussen Pierre en Joep.'

'Dan ben ik zeker drie jaar stoned geweest.'

Ik kijk wazig het park in. 'Veel mensen, hè?'

'Het Vondelpark is altijd druk,' zegt Anouk.

'Vondelpark,' lach ik. 'Wat een maffe naam eigenlijk.' Ik geef de joint aan Anouk door.

'Joost van den Vondel...' lacht Anouk. 'Het klinkt ineens zo maf. Hé, Joost, lekker park heb je, hoor.'

'Lekker parkje... Joost proost.' Ik neem nog een hijs.

'Joost proost.' Anouk rolt lachend door het gras.

'Daar lopen twee gays.' Ik gier het uit. 'Hallo, mijn ex is ook gay. Hij is zo gelukkig!' Ik kom overeind en dans als een vlinder rond de vijver.

'Val niet in het water...'Anouk komt niet meer bij. 'Joep moet ook van die kleine hondjes nemen...'

'Ik ben zo gelukkig, mijn ex is een vette gay,' zing ik dansend. En dan val ik naast Anouk neer.

'Drie jaar...' De tranen lopen over Anouks wangen van het lachen.

'Moet je die mensen allemaal zien fietsen. Waar gaan ze heen?'

'Naar huis, naar hun gay...'

Anouk houdt haar buik vast. 'Ik neem verkering met twee gays. Ik ga bij ze wonen.' Ze gaat rechtop zitten en doet net of ze aanbelt. 'Hallo boys! Ik kom bij jullie wonen. In de Van Oldenbarneveldt...'

Ik veeg mijn tranen weg. 'De Van Oldenbarneveldtstraat. Van Oldenbarneveldt, die ken je toch wel? Die stoere uit de Tachtigjarige Oorlog. Die was geen gay, hoor. '

'Ik kom voor jullie koken,' gaat Anouk verder. 'Lekkere geile hapjes. Zodat jullie goed kunnen neuken.'

'Hou op!' Ik rol zowat om. 'Wedden dat ik een kaart van ze krijg?'

'Een kaart?'

'Ja, van Joep en Pierre.'

'Wanneer krijg je een kaart dan?'

'Als ze op vakantie zijn. En dan moet jij met ze mee. Op vakantie moet je ook voor ze koken. In hun Kip-caravannetje.'

'Ja, ik kook kip, met een supergeil sausje. Op vakantie moeten ze juist lekkere geile hapjes eten. Maar ze gaan helemaal niet op vakantie. Wíj gaan op reis. Wij gaan op wereldreis.'Anouk geeft de joint aan mij door. 'Morgen al. O fuck, we moeten nog prikken halen.'

'Welnee,' lach ik. 'Als we ziek worden, maken de indianen ons wel beter. Medicijnmannen, heerlijk. Ik wil wel een prik van een medicijnman.'

'Haha, kom maar op met je spuit...'

'Moet je die hond zien,' lach ik.

'Is dat een hond?' Anouk ligt alweer dubbel.

'Wat dacht jij dan?'

'Weet ik veel, een alien.'

'Wat moet die hond hier?'

'Hij moet zijn baas uitlaten.' Ik lig zelf ook slap van de lach. 'Zijn baas moet uit. Die hond laat hem uit. Straks gaat die man hier nog zitten poepen...'

'Geen punt,' zegt Anouk. 'Het is een nette hond. Hij heeft altijd een zakje bij zich als hij zijn baas uitlaat. En daar stopt hij de drol van die man in.'

'Dat is keurig. Dat vindt Joost van den Vondel ook fijn. Die houdt niet van poep...'

'Je mobiel.' Anouk wijst op mijn tas.

'Is dat mijn mobiel?'

'Nee, van Joost van den Vondel.'

'Het is Pierre... Pierre belt mij. Pierre wil me spreken.'

'Hij heeft nu al spijt.' Anouk veegt haar tranen weg. 'Of je Joep terug wilt. Zeg maar dat we op wereldreis gaan. Vraag of we geld van hem kunnen lenen.'

'Hi Pierre... ik...' Ik kan niet eens meer uit mijn woorden komen, zo slap ben ik.

'Je hebt me gebeld,' zegt Pierre. 'Ik kon helaas niet opnemen.'

'Ik weet wel waarom. Jij was aan het neuken. Ja Pierre, zeg maar eerlijk.'

'Dat komt door mijn geile hapjes!' roept Anouk erdoorheen.

'Was het maar waar,' zegt Pierre.

'Dus het ging niet? Nu al niet meer? Die Joep. Dat is heel stout van hem. Geef hem maar billenkoek.'

Ik zie dat Anouk zich oprolt van de lach.

'Ik hoor het al,' zegt Pierre. 'Jij bent of dronken of kneiterstoned. Foei, Bo, en dat midden op de dag.'

'Dat moet jij zeggen. Jij bent midden op de dag gay. En 's nachts ook... met Joep...'

'Bo, ik bel wel een andere keer.'

'Mag ik Joep dan even?'

'Joep is hier niet,' zegt Pierre. 'Ik heb geen idee waar hij uithangt. Gaat het wel goed met je, Bo?'

'Juist heel goed. Fantastisch. Beter kan eigenlijk niet. En met jullie?'

'Hoezo "jullie"? Over wie heb je het?'

'Over Joep. Het gaat over jou en Joep. Ik heb het gezien. Anouk ook trouwens. Hij is bij jou ingetrokken. Geeft niet, hoor. Dat vind ik helemaal niet erg. Moet kunnen toch? Vrijheid, blijheid.'

'Bo, je ijlt,' zegt Pierre. 'Joep woont niet bij mij. Ik weet niet waar hij is. Hij is weg. Ik heb zijn spullen overgenomen.'

'Dus Joep is weg. Zomaar. Ik weet het al. Hij is opgegaan in de liefde.' Nu pies ik bijna in mijn broek. 'Helemaal opgegaan. Dat is wel heel romantisch. Nou, jammer dan voor je. Je vindt wel weer een nieuw liefje. Je hebt vast wel meer vrienden die je kunt versieren. Helemaal niet erg. Ook niet als ze al drie jaar verkering hebben met een meid. Succes.' Ik hang op.

'Hij heeft Joeps spullen overgenomen,' zeg ik tegen Anouk.

'Nog beter: hij heeft alles overgenomen. Joep ook, in één koop...'

'Nee, Joep kreeg hij erbij... Bij de meubels als bonus. Joep is bonus bij een meubelboulevard geworden.'

'Nog een joint?' Anouk probeert hem aan te steken, maar het gaat niet. Mij lukt het ook niet, zo slap zijn we.

'Ha meiden, zin in een feestje?'

Drie jongens komen bij ons staan.

'We hebben al feest,' zegt Anouk 'Daar hebben we jullie niet voor nodig.'

Een van de jongens kijkt naar de joint die onaangestoken in het gras ligt.

'Wij hebben iets veel beters.' Hij haalt een pil uit zijn zak.

'Xtc zeker.' Anouk en ik hebben het al een paar keer gebruikt, maar Joep was tegen drugs. Hij blowde zelfs niet. Nu begrijp ik waarom. Hij was bang dat hij zou vertellen dat hij gay was. Joep werd ook nooit dronken. Wel aangeschoten, maar niet zat. 'Ik wil de controle houden,' zei hij altijd. Dat waardeerde ik zo in hem. Ik kan helemaal losgaan en dan heb ik de volgende dag spijt. Maar ik heb niks te verbergen. Helemaal niks.

'Je voelt je echt te gek, hoor,' dringt de jongen aan.

'Wij zijn al te gek...' zegt Anouk.

'Dus we kunnen niks voor jullie betekenen?'

'Jawel,' zegt Anouk. 'Wil je deze joint aansteken?'

De jongen steekt hem aan en loopt ermee weg.

'Lul!' roept Anouk.

We willen achter hem aan rennen, maar zijn te slap. Hikkend van de lach blijven we in het gras liggen.

Joep

Ik bestudeer de borden in de stationshal, maar ik kom er niet uit. Mijn hoofd is nog te duf. Dat heb ik meestal na zo'n aanval. Vorige keer zag ik een dag lang dubbel. Daar heb ik nu gelukkig geen last van. Ik heb de rest van de vlucht in de eersteklas gezeten. Dat is tenminste nog iets. De crew was zo tof. Ik mocht met hen meerijden naar Bangkok. Ik kijk naar de mensen die gehaast door het station lopen. Ze zien er net zo uit als ik. Niemand ziet aan me dat ik hier niet hoor. Of hoor ik hier wel? Een jongen spreekt me aan. Ik versta niet wat hij zegt.

'English?' vraag ik.

Hij kijkt me aan of ik gek ben en loopt door. Ik baan me een weg door de drukte naar het loket. Er staat een lange rij.

Voor me staat een vrouw. Als ze haar haar naar achteren gooit, ruik ik Bo's geur. Toen ik Bo voor het eerst zoende, werd ik door haar geur bedwelmd. Ik buig stiekem naar voren om Bo's geur op te snuiven. Maar Bo ruikt anders, betoverender.

'Wat vind je nou zo aantrekkelijk aan me?' vroeg Bo vaak.

'Hoe je ruikt,' zei ik dan en dan pakte ik haar vast. We stoeiden. Het eindigde altijd in een vrijpartij.

'Pai?' zeg ik als ik eindelijk aan de beurt ben.

De man begint in het Thais te ratelen.

'English, please,' zeg ik.

Ik schaam me als ik het zeg. In gebroken Engels wijst de man me de weg. Hij zoekt gestrest naar woorden. Ik voel me schuldig. Sorry, wil ik zeggen. Ik kan er ook niks aan doen. Ik ben weggedaan. Als jochie van vier ben ik meegenomen door een Nederlands echtpaar.

Als de man klaar is met zijn verhaal, bedank ik hem, draai me om en loop in de richting van het perron. Op de stationsklok zie ik dat het bijna middag is. Ik kijk op mijn mobiel. Thuis is het 's ochtends vroeg. Thuis? Waar is mijn thuis?

Ik ben niet de enige die met de trein moet. Het perron staat vol reizigers. Een jongen komt naast me staan. Ik herken de muziek uit zijn mp3-speler. Op dat nummer hebben Bo en ik voor het eerst gedanst. Het was op een feest. Ik hing een beetje verveeld met een biertje tegen de muur. Ik ben niet zo'n feestfiguur. Eigenlijk wilde ik niet eens gaan. Ineens kwam Bo binnen. Dat is die chick die ik vaak zag fietsen, dacht ik. Ik was meteen springlevend. Ik kwam haar 's morgens vaak tegen als ik naar school reed. Wat een wijf, dacht ik. Die brutale blik en tegelijk had ze iets verlegens. Ik viel als een blok voor haar. Het lange blonde haar en die felle groene ogen. Hoe begin je een gesprek? Ik bedacht van alles, maar er kwam niks zinnigs in me op. Ik keek alleen maar naar haar. En toen kwam ze naar me toe.

'Dansen?' En ze pakte mijn hand. Zo eenvoudig. Dat ik dat niet zelf had bedacht.

Het bord geeft aan dat de trein over enkele minuten vertrekt. Ineens beklemt het me. Waar kom ik terecht? Niemand die me verstaat. En wat kom ik doen? Hun leven verstoren? Misschien zijn ze me allang vergeten. Kan ik het wel aan? Ik kijk naar een groepje meiden dat een eindje verderop staat te lachen. Ik heb nog nooit met een Thaise gevreeën. Als ik hier was opgegroeid, was ik misschien wel getrouwd. Wie weet had ik kinderen. Dan had ik Bo nooit leren kennen. De trein komt het station binnenrollen. Iedereen dringt zich naar binnen. Ik blijf staan. De conducteur fluit. Hij kijkt me aan. Voor het eerst heb ik spijt dat ik ben gegaan.

Bo

Ik had gedacht dat ik helemaal brak zou zijn na die twee joints van gisteren, maar als ik wakker word, giert de adrenaline door mijn lichaam. Ik voel me net een bom die elk moment kan ontploffen. Hoe zou het zijn geweest als ik gisteren niet had geblowd? Ik ijsbeer door mijn kamer. Ik moet iets doen. Ik voel me zo verneukt. Ik heb zin om Joep te killen. Ik pak mijn mobiel en wis al zijn sms'jes. *Ik mis je,* lees ik. Ja ja, aan de datum te zien was hij met Pierre aan het fietsen. Wat zal hij me hebben gemist, de leugenaar. Hij is echt tot de allerlaatste seconde doorgegaan met mij te bedriegen. Dat ik niks heb gemerkt, daar ben ik nog het kwaadst om. Het is allemaal onder mijn ogen gebeurd. Het liefst zou ik nu een steen door de ruit van de Van Oldenbarneveldtstraat keilen. Zuchtend plof ik op bed neer. Het is het beste dat ik vertrek. Samen met Anouk op reis en alles achter me laten. Als we terug zijn, zie ik wel weer verder. Als we terug zijn... Het kan wel een jaar duren. Helaas kunnen we niet zomaar weg. We moeten eerst onze kamers verhuurd zien te krijgen, anders hebben we geen cent. Gelukkig houdt Anouk zich daarmee bezig. Ik ben niet zo goed in dat soort dingen. En nu kan ik het er echt niet bij hebben. Ik denk dat we een baantje moeten zoeken. Waar moet ik anders een jaar van wegblijven? Van die honderd euro die op mijn rekening staat? Dat ben ik al kwijt aan de prikken. Ik doe mijn kast open. Er hangen nog een trui en een spijkerbroek van Joep. Ik ruk ze uit de kast en smijt ze met hanger en al in een hoek. Een van zijn lievelingsbroeken. Hij denkt toch niet dat ik die troep van hem nog langer in mijn kast wil? Dan had hij het maar mee moeten nemen. Het idee dat Joeps kleren nu bij Pierre in de kast hangen – ik word er beroerd van als ik eraan denk. Wat doe ik trouwens met al mijn spullen? Anouk probeert onze kamer gemeubileerd te verhuren. Maar met die bergen kleren van mij zullen ze niet echt blij zijn. Mijn kast puilt uit, er kan echt niks meer bij. Een uit de hand gelopen hobby. Ik kan ze toch moeilijk allemaal meenemen? Ik kijk naar de stapels jurken en laarzen. Een beetje crazy is het wel. Het meeste heb ik voor een paar euro op de Noordermarkt gekocht. Joep vond het geweldig wat ik daar allemaal vandaan haalde. We gingen elke week. Nu gaat hij zeker met Pierre de markt afstruinen. Ik ben gewoon ingeruild. Ik ruk de foto's van Joep van de muur en stop ze in de papierversnipperaar. Een van de laatste aankopen van Joep. Hij was altijd bang dat iemand de aantekeningen van zijn ontwerpen zou vinden. Een beetje paranoia, maar dat is Joep ook. Tenminste, als het om zijn kunst gaat. Schilderen is echt zijn grote passie. Volgens zijn leraren gaat hij het maken. Daar was ik zo trots op. Hij heeft al een keer een tentoonstelling gehad. Joep had alles over voor zijn studie. Als het niet lukte met een opdracht sloot hij zich op in het atelier van de Rietveld. Net zolang tot hij iets had gemaakt waar hij tevreden over was. Dat zei hij tenminste. Misschien was het wel helemaal niet zo en ben ik erin getrapt. Ik heb hem nooit gecontroleerd. Pierre zat wel erg vaak bij hem. Wist ik veel. Ik moet echt blind zijn geweest. 'Voor mij is het heel gewoon dat Pierre gay is,' zei Joep altijd als iemand vroeg of het niet raar voor hem was dat zijn beste vriend gay was. De gluiperd. Ik denk aan die nacht dat Joep met Pierre uit was. Joep had zogenaamd de sleutel van zijn kamer bij mij laten liggen. 'Ik wou je niet wakker maken, schatje, daarom heb ik bij Pierre op de bank geslapen,' zei hij toen. Fuck it. Hij heeft helemaal niet op de bank geslapen. Jezus, het is allemaal nog erger dan ik had gedacht. Ik kijk naar de snippers die uit het apparaat rollen. Het is heerlijk om Joeps face in stukken te zien snijden.

Op mijn bureau ligt nog een stapeltje foto's. Ik had ze klaargelegd om in te plakken, maar dat hoeft nu niet meer. Foto's van ons zogenaamde romantische weekend op Vlieland. Een surprise van Joep toen we drie jaar verkering hadden. Ik had niks voor hem en voelde me nog zo schuldig. Ik werd overstelpt met lieve woorden. 'Weet je wat mijn probleem is,' zei hij steeds, 'ik hou veel te veel van jou.' Hoe hij erbij keek! Het was één maand voordat hij het uitmaakte. Het is toch niet te geloven! Ik pak de stapel foto's en smijt ze op de grond. 'Wat zeg je nu allemaal voor liefs tegen Pierre? Loser,' schreeuw ik. Ik heb het gevoel alsof de stoppen doorslaan. Alle woede en machteloosheid van de laatste week komt eruit. 'Godverdegodver...' Ik word gek! Mijn mobiel gaat. Pierre. Als ik één iemand niet wil spreken is hij het wel.

'Bo?' vraagt Pierre. 'Gaat het weer met je?'

Ik word schijtziek van die zogenaamd bezorgde stem. 'Je

gaat me nu toch niet vertellen dat je er spijt van hebt, hè? Want dan moet ik kotsen.'

'Sorry, misschien had ik het eerst aan jou moeten vragen. Helemaal niet aan gedacht. Ik ging ervan uit dat Joep dat had gedaan.'

'Ik wist van niks,' zeg ik. 'Daar is hij te laf voor geweest.'

'Ik wil er geen ruzie over hebben met jou,' zegt Pierre. 'Dat is het me niet waard. Als je hem terug wilt, kan dat, hoor.'

'Alsof ik Joep nu nog terug wil. Je mag hem houden.'

'Ik bedoel het schilderij,' zegt Pierre. 'Of de bank of iets anders, zeg het maar, geen probleem.'

'Je mag zijn rotzooi houden. Ik heb nog meer voor je. Zijn spijkerbroek en een trui. Zijn foto's zijn helaas al versnipperd, zeg dat maar tegen hem. En dat schilderij dat hij voor mij heeft gemaakt kun je ook ophalen.'

'Nee, dank je,' zegt Pierre. 'Eén kunstwerk van Joep aan de muur is wel genoeg. Ik heb er geen plek voor.'

'Jullie, bedoel je,' zeg ik giftig.

'Nee darling, ik woon nog altijd alleen. Die date van vorige week met dat overheerlijke ding is helaas niks geworden.'

'Dit snap ik even niet. Je woont nu toch met Joep?'

'Op zolder bedoel je? Nee, Joep woont hier niet. Ik heb hem de zolderkamer nog wel aangeboden, maar hij wilde hem niet.'

'Dus jullie zijn geen stel?'

'Bo!' Pierre lacht. 'Wij een stel! Joep is zo hetero als maar kan, dat zou jij toch moeten weten. Hij is mijn beste vriend, maar ik val niet op hem.'

'En wat doen Joeps spullen dan in je huis?'

'Die heb ik van hem gekocht.'

'Shit. Ik dacht dat jullie iets hadden. Maar waar is Joep nu dan?'

'Dat heeft hij niet gezegd en ik ga er niet naar vragen. Als hij het niet wil vertellen, dan niet. Even goede vrienden. Hij zal daar zijn redenen wel voor hebben.'

'Dus je weet echt niks?'

'Nee,' zegt Pierre. 'Als jij weet waar hij uithangt, vraag of hij mij even belt. In dat bureau van hem zaten nog een paar foto's. Volgens mij van zijn adoptieouders. En...'

Ik hang op. Joep is dus geen gay. Maar waarom heeft hij al zijn spullen verkocht? Hij is dus bij iemand ingetrokken.

Ik schrik van Anouk, die mijn kamer in komt.

'Misschien kan ik onze kamers verhuren.'

Ik sta nog steeds met mijn mobiel in mijn hand.

'Wat sta je daar nou?' zegt Anouk. 'Je wilt toch nog wel?'

'Eh... Joep is geen gay. Ik heb Pierre net gesproken. Joep woont helemaal niet bij hem.' Ik loop door mijn kamer heen en weer.

'Ga eens even zitten.' Anouk duwt me op bed neer. 'Gaan we op reis of niet?'

'Hou eens op over die klotereis,' val ik uit. 'Dat interesseert me nu even helemaal niks. Joep is geen gay. Dringt het tot je door? Hij heeft al zijn spullen verkocht aan Pierre.'

'Doe even relaxed,' zegt Anouk terwijl ze een sigaret opsteekt. 'Dan is hij geen gay. Of Joep nou gay is of bij een of andere trut woont, wij gaan op reis. We gaan van alles beleven. Als we bij de indianen zijn, ben jij Joep helemaal vergeten.'

'Voor ik wegga, wil ik weten waar Joep zit,' zeg ik.

'Nou, als je hem dan bij een of ander wijf vindt kun je bij hen intrekken, want met een beetje mazzel is je kamer dan verhuurd. Ik heb een huurovereenkomst in elkaar geflanst, uitgeprint en gescand.'

'Je bent crazy!' zeg ik. 'Dat gaat niet door. Mijn relatie is uit, mijn ex heeft me bedrogen met een of andere meid en mijn vriendin wil mijn kamer verkwanselen.'

'Eigenlijk is dit nog veel grappiger.' Anouk blaast kringeltjes rook uit. 'Misschien is hij wel huisvader geworden. Dan kom je bij hem op bezoek en dan heeft hij pantoffels aan. En dan hoor je allemaal kinderen janken.'

'Ik zie het meteen voor me: Joep bij een vrouw met drie kinderen.'

'Zwanger van de vierde,' lacht Anouk. 'Van Joep, hoor. Daarom moest hij erheen.'

Anouk maakt een grapje, maar ik neem het superserieus op. Ik kan het me van Joep wel voorstellen. Hij zou een vrouw nooit laten zitten die zwanger van hem is. Bovendien is hij dol op kinderen. En kinderen op hem. 'We nemen veel kinderen,' zei hij altijd. 'Leuk, een groot gezin.' Zelf heeft hij nooit broertjes en zusjes gehad. Tenminste, niet dat hij weet.

'Ik wil weten of het zo is,' zeg ik. 'Voordat we weggaan moet ik het weten.'

'Laat hem toch. Wat maakt het je nog uit? Wij gaan genieten.'

'Het is geen bindingsangst,' zeg ik. 'Dat klopt niet. Als je bindingsangst hebt, ga je niet al je spullen aan je vriend verkopen. Ik moet hem spreken.'

'Neem een lekkere joint,' zegt Anouk. 'Ik heb er nog een op mijn kamer. Wijn heb ik ook nog.'

'Nee.' Ik ga staan, ga meteen weer zitten en sta dan weer op. Dan pak ik mijn mobiel en bel Joep.

'Shit!'

'Staat hij uit?'

'Het nummer is niet meer in gebruik.'

'Laat horen.' Anouk pakt mijn mobiel en luistert even. 'Wat een zak, hij heeft een ander nummer genomen. Om hem zou ik me niet meer druk maken.'

'Niemand weet waar hij is,' zeg ik. 'Zelfs Pierre niet. Hij is helemaal opnieuw begonnen.'

'Wij gaan ook opnieuw beginnen.' Anouk drukt haar sigaret uit.

'We gaan hem overvallen,' zeg ik. 'We gaan naar de Rietveld. Daar heeft hij zijn nieuwe adres allang doorgegeven. Dat is het eerste waar hij aan denkt. Zijn opleiding.'

'Ik heb wel zin om daarheen te gaan,' zegt Anouk opgewekt.

'Zeker om Björn?'

'Is het een lekker ding of niet?'

'Je wordt wel helemaal gestoord van hem,' zeg ik. 'Volgens Joep, hoor.'

'Ja, we gaan Joepie Meloen geloven, nou goed. Hoe laat is het?'

'Elf uur, hoezo?'

'Dat stel komt om één uur voor onze kamers. Ze moeten een maand huur vooruitbetalen en een borg, als ze hem nemen.'

Ik krijg ineens de stress. We zullen dus weg moeten. Mijn mobiel gaat.

'Hi mam.'

'Dag schat, lukt het allemaal?'

'Ja hoor, mam. Anouk en ik gaan er even tussenuit.'

'Dat is lief van Anouk,' zegt mam. 'Maar kan dat wel met je studie?'

'Makkelijk.'

'Waar gaan jullie heen?'

'Dat eh... dat moeten we nog uitzoeken. En eh... Joep is geen gay. Dat dacht ik alleen maar. Hij heeft niks met Pierre. Waarschijnlijk heeft hij een vrouw zwanger gemaakt.'

'Een vrouw met kinderen,' lacht Anouk.

'Ik spreek hem straks, dan weet ik meer,' zeg ik in de telefoon.

'Kind, wat een verhaal,' zegt mam. 'Je komt toch wel langs voor je weggaat?'

'Ja, natuurlijk. En eh... zouden mijn kleren zolang bij jullie mogen hangen? Er gaat iemand in mijn kamer.'

'Natuurlijk, meis. Voor die paar weken kan dat wel.'

'Kus mam, ik bel nog.' Ik hang op.

'Heeft Björn die meid nog?' vraagt Anouk terwijl ze voor mijn spiegel haar lippen stift.

'Welke meid? Björn heeft elke week een ander. Die heeft nou echt bindingsangst.'

'Dat hebben alle mannen,' zegt Anouk.

Ik denk aan Joep. Ik kan me er echt niks bij voorstellen, Joep met bindingsangst. Er moet een ander in het spel zijn. Het verhaal dat hij iemand zwanger heeft gemaakt zou best eens waar kunnen zijn.

'Ik had het nooit van Joep gedacht, dat hij vreemd zou gaan.'

'Lekker naïef,' zegt Anouk. 'Alle mannen gaan vreemd.'

'Shit,' zeg ik. 'Zo meteen heb ik hiv door die loser. We gebruikten nooit een condoom.'

'Wat doe je?' vraagt Anouk als ik achter mijn laptop duik.

'Ik wil weten hoe het zit. Stel je voor dat ik hiv heb.'

'Bo, please, dat kun je toch niet meteen weten. Doe eens relaxed.'

Ik schiet in de stress als ik over hiv lees. Dat heb ik nou altijd als ik denk iets te hebben. Bij een bultje denk ik meteen aan kanker. Wat dat betreft ben ik een meganeuroot. Als ik een dag hoest, ben ik bang dat ik longontsteking heb. Joep kon me altijd rustig krijgen, dat was zo fijn. Maar nu heeft hij mij misschien zelf ziek gemaakt. Me met een dodelijke ziekte besmet. Wat een lijdensweg. Ik zie al helemaal voor me hoe iedereen om mijn bed staat en afscheid van me neemt.

'Hou ermee op.' Anouk trekt me bij mijn laptop weg.

'En als ik nou aids krijg?'

'Dan verzorg ik je wel,' lacht Anouk. 'Dan duw ik je rolstoel als je niet meer kunt lopen.'

'Duw me dan maar meteen van de berg af. Ik ga wel een test doen, hoor.'

'Bo, laten we nou eerst met Joep praten. Wie weet heeft hij het altijd veilig gedaan als hij vreemdging.'

'Altijd?' roep ik geschrokken.

Joep

'Good luck!'

Ik spring uit de vrachtwagen en gooi de deur dicht. Het stof waait op als de chauffeur wegrijdt. Ik zwaai naar de man die me vanaf het station een lift heeft gegeven naar het dorp waar ik vandaan kom. Ik ruik de zoete geur. Ik voel de hete zon op mijn armen branden. Het is zo vertrouwd en toch ook weer niet.

Hier sta ik dan, in het dorp waar ik ben geboren. Ik kijk om me heen en zie huizen. Ik herken ze niet. Zouden ze nieuw zijn? Onder aan de berg loopt een smal pad omhoog. Kinderen spelen met blote voeten in een plas. Ik denk aan het luxe huis in Nederland waar ik ben opgegroeid. Als ik de gehavende T-shirts van de kinderen zie voel ik me schuldig.

Onderaan op het pad drijft een oude vrouw een paar geitjes op. Ik ga naar haar toe.

'Tai?' vraag ik.

'Tai?' Ze kijkt me aan alsof ze me niet begrijpt.

'Tai,' zeg ik weer.

'Ah!' roept ze. 'Family Taaai.'

Ze wijst omhoog en gebaart dat ik het pad op moet. Ik bedank haar en loop naar boven. Na een tijdje zie ik geen huizen meer. Klopt het wel? Heb ik de vrouw wel goed begrepen? Ik loop nog een stukje door en dan blijf ik als versteend staan. Ik zie ons huis! Ik herken het. Maar dan is die vrouw die voor het huis een pan schrobt mijn moeder. Het is mijn moeder! Ik weet het zeker. Al die jaren zag ik haar in een waas voor me en nu staat ze daar. Het gevoel is te groot. Groter dan ik ben. Als ze opkijkt, duik ik weg. Ik kan het niet aan. Het is te moeilijk. Ik dacht dat ik blij zou zijn haar te zien, maar het doet zo'n pijn. Het gemis van al die jaren, het verlangen – het vliegt me aan. Ik sla mijn handen voor mijn gezicht en jank zachtjes. Ik wacht tot ze naar binnen is en dan spring ik overeind en ren in paniek de berg af. Beneden blijf ik hijgend staan. Ik ben het hele eind hiernaartoe gekomen om haar te zien. Dan kan ik toch niet weggaan? Ik ga in de berm zitten. Ik weet niet hoe lang ik hier al zit. Als ik opkijk, staan er kinderen om me heen. Als ik nu wegga zal nooit iemand weten wie die indringer is geweest. Ik adem de geur in van mijn dorp, van mijn thuis. Ik kijk naar de kinderen, die weer verder spelen. Op hun leeftijd ben ik weggedaan. Weer voel ik die diepe eenzaamheid van toen. Ik wil het weten, ik moet weten waarom. Ik wacht tot de ergste paniek weg is, dan sta ik op. Ik haal diep adem en beklim opnieuw het pad. Dit is mijn weg. Ik moet hem gaan. Als ik boven kom, schrobt mijn moeder weer een pan af. Ze kijkt op als ik dichterbij kom.

'Mama!' roep ik.

Ze kijkt me aan en laat de pan uit haar handen vallen. 'Aroon...?'

Ik knik.

Ze begint te huilen en steekt haar armen naar me uit. Ze wil naar me toe komen, maar het lijkt of ze in elkaar gaat zakken. 'Aroon!'

'Mama!' Ik ren naar haar toe en druk haar tegen me aan. We huilen, we huilen alle twee. Ze pakt mijn gezicht en kust me. Ik zie de pijn op haar gezicht.

'Aroon.' Ze houdt me stevig vast. Het voelt zo vertrouwd, ook al hebben we elkaar al die jaren niet meer gezien. Als ik opkijk, zie ik twee jongens en een meisje staan. Ze zijn iets jonger dan ik. Dit moeten mijn broers en zus zijn.

'Aroon,' snikt mijn moeder. Ze komen dichterbij en omarmen me.

Mijn moeder herhaalt steeds dezelfde woorden. Ik gebaar dat ik haar niet versta. 'Ze hoopt dat je haar vergeeft,' zegt een van de jongens in het Engels.

'Zeg haar dat ik niet boos ben,' zeg ik.

Mijn moeder pakt dankbaar mijn hand en drukt hem tegen haar hart. Als ik vooroverbuig om haar te kussen, kust ze mijn amulet. Ze slaat haar armen om me heen. Ik kus haar hoofd. Ineens komt er een onbedwingbare drang in me op het te vertellen. Ik schrik er zelf van. Al die tijd heb ik het voor iedereen verborgen gehouden. En hier, in de armen van mijn moeder, zou het er zomaar uit komen. Ik klem mijn kaken op elkaar en hou mijn mond.

Bo

'Dit wordt dus een overval,' zeg ik als we onze fiets voor de Rietveld Academie neerzetten.

'Joepies surprise party!' lacht Anouk.

We lopen de hal in.

'My God,' verzucht Anouk. 'Het is hier echt zo anders dan op onze opleiding. Ik moet elke keer weer wennen aan hoe die jongens en meiden eruitzien.' Ze kijkt naar een jongen met een knot op zijn hoofd, die aan een vaag beeldhouwwerk werkt.

Ik zie Mustafa bij een schilderij staan. Een paar meiden staan om hem heen. Ja hoor, hij ziet me en begint te stralen.

'Bo, darling.' Hij komt naar me toe en omhelst me. 'Ik heb zo naar je verlangd,' slijmt hij in het Engels.

Wat ben je toch een versierder, denk ik. Maar ik mag hem wel. Van Mustafa kan ik het hebben. Hij doet het zo duidelijk, ook als zijn vriendin erbij is. Volgens Joep is Mustafa supertrouw. Als hij net zo trouw is als Joep, stelt het weinig voor.

'Kom naar mijn masterpiece kijken.' Hij neemt me mee naar zijn schilderij. Het is morbide. Mustafa maakt altijd morbide kunst. Hij is gevlucht uit Iran.

'En hoe vind je het?'

'Indrukwekkend.' Ik kijk naar Anouk. Zoro heeft een arm om haar heen geslagen. Zo te zien is ze Björn vergeten. Die zie ik trouwens nergens, net als Joep. Zoro laat haar zijn filmpjes zien. Ik hoor hem uitleg geven. Als Zoro over zijn werk begint te vertellen, houdt hij nooit meer op.

'Niet weggaan,' zegt Mustafa als ik doorloop.

'Ik zoek Joep,' zeg ik.

'Jouw Joep?'

'Niet meer. Hij heeft me verlaten.'

'Nee!' roept Mustafa dramatisch uit. 'Zo'n prinses mag je toch niet in de steek laten. Dat kan niet, dat bestaat niet.' Mustafa zegt een Perzisch gedicht op. Hij declameert zo overdreven dramatisch dat iedereen opkijkt. Hij slaat een arm om me heen. 'Als ik Joep zie, zeg ik dat hij heel dom is.'

Ik loop naar een paar jongens en meiden van Joeps klas, die halfstoned bij de kantine hangen.

'Weten jullie waar Joep is?'

'Joep?' Ze kijken me wazig aan en dan beginnen ze te grinniken.

'Kom maar bij ons,' zegt Marcus. 'Jij hebt Joep helemaal niet nodig. Wij zijn veel leuker.' De slijmbal. Hij wil me vastpakken, maar ik duw hem weg.

'Heb je Joep al gevonden?' vraagt Anouk, die net aan komt lopen.

'Nee.'

'Zoro wil iets met me drinken. Jij bent hier nog wel even, toch?'

'Jawel.' Ik zie het aan Anouks ogen, ze is helemaal into

Zoro. Probeer haar nu maar eens mee te krijgen. Dat lukt echt niet.

'Het is zo'n lekker ding,' fluistert ze. 'En hij maakt mooi werk! We zitten in de kantine.'

'Hé schoonheid!' roepen een paar anderen als ik de kantine in kijk. Joep zit er niet bij. Ik ga de trap op en kijk in elk lokaal. Maar Joep is nergens te bekennen.

Als ik op de terugweg langs het kantoortje van administratie kom, blijf ik staan. Zal ik naar binnen gaan? Zo vind ik Joep nooit. Ik aarzel en dan doe ik de deur open. Achter een tafel zit een vrouw die ik niet ken.

'Hi,' zeg ik. 'Ik kom voor Joep Mertens. Hij is verhuisd en ik kan zijn nieuwe adres niet achterhalen.'

'Joep Mertens zei je?'

'Ja. Hij zit in 3 Fine Art.'

Ze zoekt in haar computer. '3 Fine Art, Mertens dus. Hij staat er niet bij.'

'Dat kan niet. Hij zit hier al jaren op school.'

'Ik heb de naam weleens gehoord,' zegt de vrouw. 'Weet je zeker dat hij Mertens heet?'

'Heel zeker.'

'Vreemd.' Ze kijkt op een andere site. 'Aha, hier heb ik hem. Joep Mertens. Inderdaad.'

'Hebt u zijn nieuwe adres?'

'Nee. Ik heb helaas geen nieuwe gegevens van hem. Hij heeft zich uitgeschreven.'

'Wat zegt u?'

'Ja. Zo te zien vorige week vrijdag. Hij heeft de Rietveld verlaten. Is er iets?' vraagt ze.

Ik voel me draaierig en haal diep adem.

'Nee, niks,' zeg ik. 'U weet het zeker? Heeft hij nog een reden opgegeven?'

'Ik zie niks staan. Zonde hoor, een jaar voor het examen.'

'Dank u wel.' Ik loop naar de deur. Dit is zo absurd. Joep wilde kunstenaar worden. Alles had hij ervoor over. Wat is er met hem gebeurd? De hele kerstvakantie heeft hij doorgewerkt. En nu, vlak voor het vierde jaar, haakt hij af. Ik kan het niet geloven. Ik wankel de trap af.

'Bo, prinses!' hoor ik Mustafa in de verte roepen.

Ik heb geen zin om de kantine in te gaan en bel Anouk.

'Hi schat, wij zitten hier gezellig. Zoro wil dat ik zijn masterpiece bij hem thuis bewonder.'

'Joep is uitgeschreven. Hij zit niet meer op de Rietveld.'

'Nou, Zoro wel, hoor.' Anouk kletst gewoon door.

Lazer op, denk ik, en ik druk mijn mobiel uit.

Een halfuur later zit ik weer op mijn kamer, totaal verdoofd. Het is alsof ik in een of andere psychologische film speel. Hoe krijg je iemand totaal crazy? Het lijkt wel of Joep van de aardbodem is verdwenen. Hij heeft niet alleen mij opgegeven, maar ook zijn passie. Het kan toch niet dat hij alles heeft gefaket? Onmogelijk. Er is iets aan de hand. Het kan niet anders. Ook al zou hij een ander hebben, misschien iemand zwanger hebben gemaakt, dan nog zou hij zijn kunst nooit opgeven. Dat was juist het enige waar ik weleens jaloers op was, op zijn kunst. Heel kinderachtig. Het ging altijd voor. Wat we ook hadden gepland, als er een opdracht tussenkwam of zijn werk lukte niet, dan werd alles afgeblazen. 'Ik ben kunstenaar,' zei hij als ik me tekortgedaan voelde. 'Dat is mijn leven.' Joep was zo lief voor me, er was eigenlijk helemaal geen reden om te zeuren. Alles had hij voor me over, maar hij liet zich niet van zijn werk houden en daar was hij heel duidelijk in. Het was ook flauw van mij. Joep gaf me genoeg aandacht.

Een sms'je van Anouk. *Ik kom zo naar huis. Het was great!* Het klinkt alsof ze smoorverliefd is. Maar Anouk is zo vaak verliefd. Bij haar zit het niet zo diep. Wat dat betreft zijn we twee uitersten. Anouk kan iedere boy krijgen. Ze is gewoon supersexy. Haar mond is het mooist. Die staat altijd op lachen. Jammer dan voor Zoro, maar ze gaat op reis. Ik weet nog niet zeker of ik meega. Ik kan toch niet weggaan zonder dat ik weet wat er met Joep is? Ben ik eigenlijk niet gek dat ik me daar zo druk om maak? Als hij nou toch op iemand anders verliefd is geworden? Misschien wel een meid in Berlijn. Dan gaat hij daar naar de kunstacademie. Hij is er drie weken geleden met school geweest. Hij kwam razendenthousiast terug. Hij vond het een geweldige stad en de sfeer op de kunstacademie daar was volgens hem nog inspirerender. Hij raakte er niet over uitgepraat. Ik vond het al niks voor Joep. Meestal barst hij van de heimwee. Zijn huis achterlaten vindt hij het moeilijkst. Hij is een echte huismus. Maar Berlijn trok hem op de een of andere manier. Het zou kunnen dat hij daarheen is gegaan. En ik zeker hier maar wachten tot ik iets van hem hoor. Never dus. Ik moet realistisch zijn, Joep heeft me bedrogen. Er zit niks achter. Het is geen psychologische thriller. Ik ben doodordinair ingeruild voor een of andere Berlijnse chick. Waarschijnlijk een kunstenaar, net als Joep.

Nu ik erover nadenk, wordt het steeds duidelijker. Eerst barstte hij van de koppijn. Ik heb hem nog naar de dokter gestuurd. 'Stress,' had de dokter gezegd. Na Berlijn heb ik hem er niet meer over gehoord. Ja, vind je het gek. Hij was verliefd geworden op een of andere kunstenares.

Ik ga voor de spiegel staan. 'Bo,' zeg ik hardop, 'je bent bedrogen. Je kunt het wel niet geloven, maar dat willen er zoveel niet. Toch is het zo. Accepteren.' Ik moet weer huilen en val op mijn bed neer. Het doet zo'n fucking pijn. Ik wil nooit meer een vaste relatie. Al die kerels kunnen van mij in de stront zakken. Ik haat mannen. Weg weg weg. Vergeten. Ik moet drie jaar van mijn harde schijf deleten. Verder leven.

Ik kom overeind en kijk mijn kamer rond. Wat een troep! En het stinkt ook naar etensresten. Etensresten van Joep! Als die huurder straks komt, rent ze gillend weg. Ik pak wat kleren van de stoel en ruim ze op. De asbak met Joeps peuken. Halfvolle glazen waar Joep nog uit gedronken heeft. Borden met Joeps etensresten. Ik breng de hele zooi naar de keuken, smijt de spullen op het aanrecht en ga terug naar mijn kamer. Met verbeten woede ruim ik alles op, trek mijn beddengoed recht en zuig de vloer. Daarna ga ik terug naar de keuken om af te wassen. Ik neem de schone spullen mee en berg ze op. Zo ziet het er al veel beter uit. Ik doe het raam open. Op tafel ligt nog wat rotzooi. Ik zie de brief van het AMC. Dat is het enige wat ik nog van je heb, Joep, een fucking brief van het ziekenhuis. Wat moeten ze eigenlijk van je? Ik wil hem openmaken, maar dan leg ik hem weg. Ineens moet ik aan zijn adoptieouders denken. Zouden zij iets weten? Misschien heeft hij het hun wel verteld. Het kan zelfs dat hij bij ze is geweest om zijn nieuwe liefde voor te stellen. Ik twijfel geen seconde en bel ze op.

'Met Mary Mertens.'

'Hallo mevrouw Mertens, u spreekt met Bo.'

'Bo, dus jullie zijn er nog. Ik kan Joep niet bereiken en jouw nummer heb ik niet. Ik schrok van Joeps kaartje. Wanneer gaan jullie naar Thailand?'

'Eh, Thailand?'

'O, jij gaat niet mee? Joep schreef dat hij voor onbepaalde tijd naar Thailand gaat om zijn ouders op te zoeken. Ik wist niet beter of jij ging mee.'

'Het is uit.'

'Wat jammer nou. Jullie hadden het zo goed samen. Tenminste, zo kwam het op ons over. Joep heeft eindelijk rust gevonden, dacht ik. Maar nee dus. Zou dat de reden zijn dat hij plotseling naar Thailand vertrekt? Ik maak me zorgen om hem. Zoiets groots moet je toch niet alleen beleven? Hij gaat voor het eerst zijn biologische ouders ontmoeten. Dat is toch veel te emotioneel voor hem? Misschien leven ze wel niet meer en dan staat hij daar in zijn eentje. Of hij vindt ze helemaal niet. Die jongen... Hij is al niet zo stabiel.'

'Dus Joep is naar Thailand.'

'Ik weet niet of hij al weg is. Hij schrijft dat hij van plan is te gaan. Daarom wilde ik hem bellen. Heb jij zijn nummer?'

'Nee,' zeg ik. 'Sorry.'

Ik tril als ik ophang. Hoe durft hij! Hij gaat gewoon een nieuw leven beginnen, zonder mij.

In een waas van woede zie ik Anouk binnenkomen.

'Wat heb jij?' vraagt ze.

'Joep is naar Thailand.'

'Op vakantie?'

'Nee, voorgoed. Ik heb zijn adoptieouders gebeld. Hij heeft hun een kaartje gestuurd.'

'Misschien is hij over een paar weken terug.'

'Natuurlijk niet. Dan zou hij zijn adoptieouders nooit hebben bericht. Hij komt niet meer terug, Anouk.' Ineens valt alles op zijn plek. 'Daarom is hij van school. En zijn spullen kon hij natuurlijk niet meenemen. Hij is 'm gewoon gesmeerd. Na drie jaar verkering gaat hij terug naar zijn roots, alleen. We zouden samen gaan.'

'Belachelijk,' zegt Anouk. 'Dat kan hij toch niet maken?'

'Ik snap er niks van,' zeg ik. 'Hoe lang heeft hij dit al voorbereid? Daar had hij natuurlijk die stress van. Waarschijnlijk heeft hij het in Berlijn besloten. Daarom was hij zo euforisch toen hij terugkwam. Hij ging een nieuw leven beginnen.'

'Shit!' zegt Anouk als de bel gaat. 'Daar heb je die huurders.'

Dat is dus het laatste waar ik zin in heb. 'Ik wil ze niet zien. En ze kunnen nu ook niet mijn kamer in. Dan nemen ze hem maar niet.'

'Rustig maar, ik handel het wel af,' zegt Anouk en ze spurt mijn kamer uit.

Ik ben blij dat Anouk weg is. Ik wil alleen zijn. Ik kan niemand verdragen. Het idee dat Joep naar Thailand is vertrokken... Hoe kon hij zoiets doen? Ik moet hem spreken. Ik moet naar hem toe. Ik moet weten waarom hij het heeft gedaan. Als ik dat niet kom te weten, ben ik voorgoed mijn vertrouwen kwijt. Hoe kan ik ooit nog mijn hart aan iemand geven? Het is gewoon een trauma. We hadden drie jaar verkering. Hij was nog nooit zo gelukkig geweest en ineens is hij vertrokken. Het is gewoon luguber. Dus wel een psychologische thriller.

'Alles is geregeld.' Anouk komt mijn kamer in. Ze gooit een paar briefjes van honderd op tafel. 'Kijk eens, twee maanden huur vooruit en een vette borg.'

'Dat kunnen we goed gebruiken, want we gaan naar Thailand,' zeg ik.

'Super,' zegt Anouk. 'Wat? Naar Thailand?'

'Ja, je denkt toch niet dat ik het hierbij laat? Ik moet Joep spreken.'

'Ik moet even aan de gedachte wennen,' zegt Anouk. 'Maar Thailand is ook niet verkeerd. Dan hebben we nog een missie ook. Joep Meloen denkt slim te zijn en er zo tussenuit te piepen. Nou, daar zal hij raar van opkijken. We zullen hem eens ernstig toespreken en daarna gaan we feesten. Bangkok is echt de place to be. Het schijnt daar great te zijn. Misschien gaan we wel in een boeddhistisch klooster,' lacht ze.

'Wij in een klooster?' roep ik.

'Nou, bij al die monnikjes.' Anouk zit al achter de laptop en klikt Thailand aan. 'Jemig, wat zijn die mooi, moet je zien. Wat een groot land! Hoe wil je Joep eigenlijk zoeken? Je weet niks.'

'En *Spoorloos* dan?' zeg ik. 'Die vinden iedereen.'

'Ja, hallo, maar die hebben wel een aanknopingspunt. Weten die adoptieouders niet waar Joep vandaan komt?'

'Joep wist het zelf ook niet. Ze hebben hem alleen verteld dat ze hem uit een weeshuis in Bangkok hebben opgehaald.'

'Dat weten we dus.' Anouk googelt naar weeshuizen in Bangkok. 'Hier heb ik het. Er zijn drie weeshuizen in Bangkok.'

Ik kijk over Anouks schouder mee en schrijf de adressen op. Ik merk dat ik me al wat beter voel. Joep moet me maar eens uitleggen waarom hij dit heeft gedaan. Hij denkt zeker dat ik een of ander tutje ben die het er zomaar bij laat zitten. No way.

'Denk je dat hij daar kunstenaar wordt?'

'Weet ik veel,' zeg ik. 'Misschien wordt hij wel boer.'

'Weet je eigenlijk hoe hij heet? Zijn echte naam? Mertens kennen ze daar niet, hoor.'

'Aroon,' zeg ik. 'Zo noemde ik hem altijd als we vreeën. En zijn achternaam... Hoe schrijf je die ook alweer? Hij staat achter op het schilderij dat hij voor mij heeft gemaakt.' Ik haal het van de muur. 'Tai. Aroon Tai.' Ik schrijf het op.

'Bangkok is super,' zegt Anouk. 'Moet je die tempel zien! En een dag rijden en je zit aan het strand.'

'Eerst gaan we Joep zoeken,' zeg ik.

Anouk springt op.

'Wat ga je doen?' vraag ik.

'De *Lonely Planet* van Thailand kopen.'

Joep

We zitten voor het huis in de luwte. Mijn zus heeft thee gezet. Mijn moeder houdt mijn hand vast. Ik kijk naar mijn zus en mijn broers. Waarom ik? denk ik.

Mijn moeder praat.

'Ik heb elke dag aan je gedacht,' vertaalt Benat. 'Sinds ik je had weggebracht, had ik geen dag meer rust.'

'Waarom?' vraag ik. 'Waarom hebt u dat gedaan?'

Ik zie dat moeder het moeilijk vindt om het te vertellen. Die pijn op haar gezicht, alsof het gisteren was. 'Toen jij klein was, is je vader verongelukt,' zegt ze. 'Ik stond er alleen voor. Ik had niks. Je vader had schulden gemaakt. Alles werd me afgenomen. Ik wou geld verdienen, maar er was geen werk. Zelf heb ik als kind een zwaar leven gehad. Mijn vader dronk, er bleef niets voor ons over. Ik wou dat jij een goed leven zou krijgen.' Mijn moeders stem breekt. Ze kan niet verder vertellen. Ik sla een arm om haar heen.

'Het komt wel,' zeg ik.

Ik kijk naar haar. Ze is zo zacht. Ik herken de kwetsbaarheid die ik zelf ook heb. Weer vraagt ze of ik haar heb vergeven. Ik pak haar hand en kus die.

Ik baal ervan dat ik geen Thais spreek. Mijn moeder wil

met me praten. Nu moet Benat er telkens aan te pas komen. Ze laat me een foto zien van een man.

'Jouw vader,' zegt Benat.

Mijn moeder vertelt dat ze nog terug is gegaan naar het weeshuis. 'Ik wou je weer ophalen. Ik had zo'n spijt en sliep geen nacht meer. Maar ik kreeg je niet meer te zien. Ik had je afgestaan. Als ik je terug wilde hebben, moest ik betalen. Het was veel geld. Dat had ik niet. Een halfjaar later ontmoette ik Benats vader. We zijn samen naar het weeshuis gegaan,' vertelt ze snikkend. 'Hij wilde al het geld betalen. Ik was zo gelukkig.'

'En toen?' vraag ik.

'Ze hadden je overgeplaatst naar een weeshuis in Bangkok. Ze hebben nog voor ons gebeld, maar je was net door een Nederlands echtpaar geadopteerd.'

Bo

Wat kost het eigenlijk om naar Thailand te vliegen? Ik kijk op Vliegwinkel.nl. Zevenhonderd euro? Ik verlies meteen de moed. Hoe moet dat? Dat hebben we niet. We hebben nog niet eens geld voor één ticket.

En dan nog de prikken. Wat stom dat ik daar niet aan heb gedacht. Anouk wilde nog wel naar Mexico, dat is nog duurder. Shit! Ik dacht dat ze het allemaal al had bekeken. En we kunnen het ook niet van iemand lenen. Ik heb niet zulke rijke vrienden. Maar ik moet erheen. Anders moeten we eerst nog een baantje nemen. Hoe lang duurt het dan voordat we kunnen gaan? Ik baal. Ik wil nu naar hem toe, nu meteen. Ik wil zijn face zien als ik voor hem sta.

'We zullen onze reis nog wel even moeten uitstellen,' zeg ik als Anouk met de *Lonely Planet* binnenkomt.

'Hoezo?'

'Weet je wat we nodig hebben om daar te komen? Veertienhonderd euro. En dat is alleen de vlucht nog maar. We kunnen het best in de horeca gaan werken, daar verdien je het meest. Hoe lang moeten we dan werken?' Ik reken het snel uit. 'Het duurt zeker twee maanden voordat we weg kunnen.'

'Ik ga echt geen twee maanden wachten,' zegt Anouk. 'Misschien heb ik een oplossing.'

Anouk pakt haar mobiel en belt.

'Ha pap, met mij. Ja, met mij gaat het super, pap, ik heb alles gehaald dit jaar wat moest. Ja, maar ik heb dan ook heel hard gewerkt. Eigenlijk heb ik alleen maar gestudeerd. Door de drukte heb ik je vergeten te vragen of je mijn collegegeld over wilt maken. Ja, voor het komend studiejaar. Ik kreeg net een telefoontje van de administratie dat ze me uitschrijven als ik niet snel betaal. Wil jij het nu meteen overmaken? Stel je voor ja, ik ga juist zo lekker. Ik ben bij een vriendin, dus ik heb geen gegevens bij me. Zet het maar op mijn rekening, dan maak ik het straks als ik thuis ben over. Kan het zo meteen? Handig hè, thuisbankieren. Fijn dat je het meteen doet. Dan zorg ik voor de overboeking. Dank je, pap. Je bent een schat.' Met een grijns hangt Anouk op.

'Dat je dat durft,' lach ik.

'Mijn pa heeft geld genoeg,' zegt Anouk. 'Tweeduizend euro maakt hij over. Met het geld van de huur erbij kunnen we een hele tijd wegblijven. Zodra het erop staat, bestel ik twee tickets. Wil je vandaag nog weg of morgen?'

'Doe normaal,' zeg ik. 'We moeten ook nog prikken halen, hoor.'

'Dat heb ik al uitgezocht. Het kan ook op de luchthaven.'

'Moeten we niet shoppen van tevoren?'

'Heb ik al gedaan. Kijk eens.' Anouk haalt een familiepak condooms uit haar tas. 'We mogen niet eerder terug voordat ze op zijn.'

***

Anouk informeert of er nog tickets zijn. Ik zit alleen op mijn kamer en denk aan mijn ouders. Ik zou nog langsgaan, maar dat lukt nu niet meer. Ze mogen niet weten dat ik naar Thailand ga. Mijn moeder doet geen oog dicht. En het gaat haar ook niet aan dat ik Joep achternareis. Laat ik haar maar meteen bellen, dan ben ik ervan af.

'Hi ma, ik heb leuk nieuws. Anouk en ik zouden toch iets gaan doen? We vertrekken morgen. We gaan naar een tante van Anouk in Wales. Tante Alice.'

'Kind, wat heerlijk voor je. Je had het zo nodig. Heb je een adres voor ons waar we je kunnen bereiken? Je weet maar nooit.'

'Nee, ik sms wel als ik daar ben aangekomen.'

Ineens gaat de deur open en Anouk komt binnengestormd.

'Morgen zitten we in Bangkok!' roept ze.

Ik wuif dat ze haar mond moet houden.

'Bangkok?' vraagt mam geschrokken.

Anouk weer. Ik kijk haar woest aan.

'Niet wij, maar een nicht van Anouk gaat door Thailand trekken met een vriendin. Stoer, hè?'

'Dat vind ik helemaal niet stoer,' zegt mam. 'Eerder dom. Al die drugs daar. Als vrouw alleen ben je je leven niet zeker. Ik heb medelijden met die ouders.'

'Jouw dochter is veilig in Wales,' zeg ik.

'Hoe laat vliegen jullie?'

'Drie uur.'

'Dan brengen pap en ik jullie naar Schiphol.'

'Mam, dat hoeft niet. We zijn er zo. Geen zorgen dus. Ik hou van je, mam.'

'Ik hou ook van jou, liefje. En probeer te genieten.'

Terwijl ik ophang, houdt Anouk me de *Lonely Planet* voor. Mijn blik valt op een foto van een backpackerscafé in Bangkok. Mam blijft erin als ze weet dat ik dáár naartoe ga.

Joep

Terwijl mijn moeder en mijn zus het eten klaarmaken, laat Benat het landje zien. Benat is de oudste broer van de twee. Hij is de enige die Engels spreekt. Met de rest kan ik absoluut niet communiceren. We lopen langs de uien en de pepers.

Benat wijst in de verte. We hebben inderdaad twee geiten. Dat had Bo goed geraden. Ze fantaseerde vaak over mijn familie, meestal als we zondagsmorgens in bed ontbeten. Maar ik werd er altijd melancholisch van.

Dan kuste ze me. 'Ik help je je ouders te zoeken. Al moeten we heel Thailand uitkammen.'

'Eerst zorgde mijn vader voor het landje en de geiten,' zegt Benat. 'Voordat hij ziek werd. Twee jaar geleden is hij gestorven.'

'En mijn vader?' vraag ik. 'Wat deed hij?'

'Hij was ook boer, omdat hij zijn brood moest verdienen. Maar het liefst tekende hij. Volgens moeder kon hij het erg goed. Je moet er maar eens naar vragen. Ze heeft nog tekeningen van hem. Onze ouders hadden een redelijk huwelijk, maar jouw vader is altijd haar grote liefde gebleven.'

In mijn hoofd hoor ik Bo.

'Je vader is vast een heel lieve man, net als jij. Als we later een zoon krijgen, vernoemen we hem naar je vader.'

Ik schop een steentje weg.

We klimmen nog verder omhoog, zodat we het dorp kunnen zien liggen. Als we boven zijn, kijk ik naar de huizen. Het is echt een heel klein dorpje waar ik vandaan kom. Benat wijst naar de wasplaats. Er staan vrouwen kleding te wassen. Hun kleintjes spelen met water. Ik schrik ervan hoe arm de mensen hier zijn.

'Als we naar Thailand gaan, nemen we voor het hele dorp iets mee,' zei Bo altijd.

'En als ik nou uit Bangkok kom?'

'Jij bent in een heel lief klein dorpje geboren,' zei ze dan. 'Wedden?'

Bo moest altijd wedden en vaak won ze nog ook.

'Heb je een vrouw in Nederland?' vraagt Benat.

'Nee,' zeg ik.

Bo

Anouk en ik staan op het vliegveld van Bangkok op onze bagage te wachten.

'Moet je ons nou zien,' lach ik. 'Ik ben helemaal brak. Ik vond vliegen altijd zo saai. Je zit maar wat. Ik heb nog nooit zo in de stress gezeten. Al die turbulentie. Ik ben helemaal door elkaar geschud. Dat jij kon slapen!'

'Jij had ook moeten gaan slapen.'

'Weet je hoe jij lag? Helemaal over mijn stoel! Ik kon amper zitten.'

'Had me dan wakker gemaakt.'

'Welnee, ik kon toch niet slapen.' Ik kijk naar de band waarop onze bagage binnen moet komen. Onze rugtassen zitten er nog niet bij.

Er komen een paar backpackers naast ons staan. Amerikanen. Anouk begint meteen tegen ze te kletsen. Ik denk aan Joep. Hoe vaak hebben we het er niet over gehad? We zouden samen naar Thailand gaan om zijn ouders te zoeken. 'Jij moet mee,' zei hij altijd. 'Ze moeten jou meteen zien.' Misschien zouden we pas gaan als we kinderen hadden. 'Nog beter,' zei Joep. 'Dan zien ze hun opa en oma.' In plaats daarvan sta ik hier nu met Anouk.

'Ik heb een supertip!' Anouk duwt de *Lonely Planet* onder mijn neus. 'We gaan naar dit hostel. Supergoedkoop, volgens die jongens. Zij zijn er al een paar keer geweest. Het ligt in de hoerenbuurt. Dat lijkt me zo cool. Als we dan geldgebrek hebben, kunnen we nog wat bijverdienen.'

'Ja dáág!' Ik geef Anouk een duw.

'Grapje. Au, mijn arm. Hij is nog steeds stijf. Dat heb ik altijd na een prik.'

'Onze bagage.' Ik sleur onze rugzakken van de band. 'Daar is de douane.' Ik wijs naar rechts. Er staat een megalange rij.

'We moeten van alles invullen,' zegt Anouk. 'Wat een aanstellerij.'

'Het komt goed,' zeg ik.

We staan al meer dan een kwartier te wachten, maar nu zijn we eindelijk aan de beurt.

De douane geeft ons een formulier.

'Ik heb geen pen,' zeg ik.

'Ik wel.' Anouk vist iets uit haar tas. Ze wil schrijven. Wat heeft ze verdomme in haar hand? Een voorgedraaide joint? Hoe kan ze zo stom zijn! Ik heb het haar nog zo gezegd. Ze wordt vuurrood en doet gauw haar hand eroverheen. Ja, ze zijn daar gek. De man gebaart dat ze de joint moet neerleggen. Nou, lekker is dat zeg. We zijn hier nog geen vijf minuten of we worden meteen het land uitgezet. Als we mazzel hebben, tenminste. Er komt iemand bij. Ze bekijken de joint, maken hem open en ruiken eraan. Nu zie ik het ook. Jezus, wat een mazzel. Het is een opgedroogde sigaret.

'Wauw! Bangkok!' Als we de luchthaven uit gaan kijk ik mijn ogen uit. Het is echt een andere wereld. De hitte, de mensen die er zo anders uitzien. Even ben ik Joep vergeten.

'Ladies? Transport?'

Er staan wel vijf chauffeurs om ons heen.

'Wat een lekker ding,' lacht Anouk. 'Jammer dat we niet mee kunnen. Veel te duur.' Maar de mannen geven het niet op. Ze zakken in prijs.

'Kom op.' Ik trek Anouk mee naar de buspaal.

'Wacht nou even.'

'Amsterdam!' hoor ik haar zeggen. Dat maakt indruk. Ik loop alvast naar de buspaal, dan komt Anouk vanzelf wel. Er staat een lange rij. Als iedereen er maar in kan.

Eindelijk rijden de mannen weg.

'Als ze allemaal zo knap zijn hier...' zegt Anouk glunderend. 'God, wat is het hier heet!' Ze doet haar T-shirt uit en staat in haar topje. We staan al een tijdje te wachten als er een auto komt aanrijden. Hij stopt voor ons en draait het raampje open. 'Bangkok?'

Ik wijs naar de buspaal.

Hij gebaart dat we mee mogen rijden. Hij stapt uit en doet zijn kofferbak vast open. Die is brutaal. Hij denkt zeker dat we helemaal crazy zijn. Ik draai me van hem weg en ga expres een paar stappen verder bij hem vandaan staan. Ik hoor Anouk met hem praten.

'We mogen gratis mee,' zegt ze.

'Ja, wat denk je. Jij in je topje.'

'Helemaal niet,' zegt Anouk. 'Hij moet toch terug. Of wij er nou in zitten of niet.'

‘Anouk, dat is veel te gevaarlijk.’

‘Kijk nou,’ zegt Anouk. ‘We kunnen hem makkelijk aan met zijn tweeën.’ Ze zet haar rugtas in de kofferbak.

‘Anouk!’

‘Hallo, ik ben toch niet gek. Ik ga in die hitte met die fucking overvolle bus terwijl ik een lift kan krijgen, nou goed.’ En ze zit al voorin.

De jongen kijkt me vragend aan. Wat moet ik? Anouk alleen laten gaan?

‘Oké,’ zeg ik. Ik hou mijn rugtas bij me. Als hij Anouks spullen jat, heb ik tenminste nog wat. Zodra ik zit, rijdt hij weg. Nou rijden... Hij scheurt weg. Shit, wat gaat hij hard. Hij scheurt de weg op. Ze rijden hier allemaal zo belachelijk hard. Ineens schiet ik in de stress. Gaat hij wel naar Bangkok?

Hij gaat zo snel dat ik niet kan lezen wat er op het verkeersbord staat. Dat klopt toch niet? Ik zie nergens huizen. Alleen maar land en billboards met de koning erop. We hadden er allang moeten zijn. Ik had nooit moeten instappen. In Amsterdam ga ik toch ook niet met de eerste de beste crazy mee. En Anouk heeft niks door. Die zit gewoon gezellig met hem te kletsen.

‘Zeg maar Nari,’ zegt hij. En Anouk doet het ook nog, alsof ze vrienden zijn. Ik kijk om me heen. Nog steeds geen stad te zien. Waar gaan we naartoe? We kunnen niet eens uitstappen. Nari drukt zijn mobiel in. Hij praat in het Thais. Ik versta er geen zak van, maar één ding is me duidelijk: het zit niet goed. Zo meteen crost hij naar een of andere enge plek waar een stelletje klootzakken ons opwachten. Ik wil Joep spreken, maar ik heb geen zin om door Joep mijn leven te verkloten.

'Anouk, dit gaat niet goed.' Mijn hart klopt in mijn keel.

'Wat gaat niet goed?'

'Jezus, wat ben jij naïef. Je ziet toch zelf ook wel dat we in the middle of nowhere verzeild zijn geraakt. Waar gaan we heen?'

'Naar Bangkok. Nari bood aan om Bangkok te laten zien.'

'Gelul. We moeten eruit, zeg dat hij moet stoppen.'

Ik heb het nog niet gezegd of ik zie in de verte gebouwen opdoemen. Kolossale gebouwen. We passeren een bord. BANGKOK. Goddank! Wat een geluk. Het komt toch nog goed. We rijden door de voorsteden, maar daarna komen we echt in Bangkok. Wat is het hectisch hier! Honderden taxi's razen als gekken rond en ze toeteren allemaal. En die mensen! Ze steken gewoon over, tussen de auto's door.

'Great!' Anouk draait zich om en pakt mijn hand. 'Ik heb er zo'n zin in.'

Beduusd komen we onze kamer in.

'Wat zijn die meiden jong in die bordelen, hè?' zegt Anouk. 'Die ene was misschien net veertien.'

Ik zet mijn rugtas neer. 'Het idee dat zo'n kind daar de hele dag met die vieze kerels naar bed moet. Je zult hier maar zijn geboren,' zeg ik.

Terwijl ik mijn spullen uitpak moet ik steeds aan het meisje denken. Zelf had ik op die leeftijd net gezoend. Mijn eerste vriendje. Hij voelde aan mijn borsten en dat was al heel wat. Wat ik niet wilde, gebeurde niet. Maar dit kind heeft niks in te brengen. Daarom hebben Joeps ouders hem waarschijnlijk afgestaan, om hem een beter leven te geven. Voor het eerst heb ik medelijden met Joeps adoptieouders. Toen ik zijn moeder aan de telefoon had, klonk ze oprecht bezorgd. Ze hebben er niks van gebakken, maar ze houden wel van Joep.

'Gadverdamme!' Anouk geeft een gil. 'Een muis! Ik zag een muis lopen.'

'Waar?'

'Daar!' Anouk wijst naar een gaatje in de hoek. Ik zie er nog net een staartje door verdwijnen.

'Ik ga hier niet slapen met een muis in de kamer.'

Anouk staat boven op haar bed.

'Hij doet je niks,' zeg ik. 'Ik maak het gaatje zo wel dicht, dan kan hij er niet meer door.'

'Is hij weg?' vraagt Anouk.

'Ja.'

Anouk stapt griezelend van haar bed. Ze moet er zelf om lachen. 'Ik ben zo'n schijterd.'

Ik doe de deur van de douche open. 'Kakkerlakken.'

'Smerig!' zegt Anouk. 'We gaan hier weg.'

'We zijn in de tropen, darling. Je moet eraan wennen. Bovendien slapen we hier waarschijnlijk maar één nacht.'

'Ik hoop dat we gauw weten waar Joep zit,' zegt Anouk. 'Dan zijn we hier weg.'

Ze kijkt angstig naar de wc. 'Ik moet piesen, maar ik durf niet.'

'Waarom niet?' Ik doe de deur open. 'Geen muis te bekennen. Zal ik eerst gaan?'

Anouk knikt.

'Maf hè,' zeg ik. 'Hier ben ik nou helemaal niet bang voor. Maar net in die auto scheet ik echt in mijn broek.'

'Helemaal voor niks,' lacht Anouk 'Nari is echt aardig.'

'Jij bent.' Ik trek de wc door.

'Zit er geen vogelspin?'

Dat gezicht van Anouk. Ik moet lachen. Anouk grinnikt ook van de zenuwen.

'Weet je dat ik helemaal niet aan die beesten heb gedacht?'

'Was je anders niet gegaan?'

'Tuurlijk wel,' zegt Anouk 'Als jij dat gaatje dichtmaakt, durf ik hier wel te slapen.'

We schrikken op van geschreeuw. Iemand huilt. Het klinkt angstig. We rennen naar het raam. Een mannenstem schreeuwt. 'Een van de meiden wordt afgerost,' zeg ik.

'Wat eng,' zegt Anouk. Het gegil wordt steeds harder.

Eindelijk is het stil. Een deur slaat keihard dicht. Een vent op een motor rijdt langs.

'Klootzak!' Anouk steekt haar middelvinger op. 'Je ballen moeten eraf!'

Ik zet mijn mobiel aan. Een oproep gemist. 'Mijn moeder,' verzucht ik. Ik zet hem op de speaker en luister mijn voicemail af.

'Dag lieverd, met mij. Ik was benieuwd of jullie goed zijn aangekomen. Ik zag op teletekst dat het slecht weer is in Wales. Hopelijk heb je regenkleding bij je. Anders koop je het maar op mijn kosten. Laat wat horen, hè?'

Anouk loopt lachend naar het raam. 'Nou nou, wat een regen. Verspreek je niet, hè?'

'Ik ga haar nu niet bellen. Het is daar vijf uur 's ochtends.

Ik wacht wel even tot ze wakker zijn.' Ik stop mijn wereldstekker in het stopcontact. Heel goed dat we die nog even snel hebben gekocht, dan kan ik vannacht mijn mobiel opladen. 'Kom op, we gaan wat lekkers scoren.'

Als we even later beneden langs de huizen lopen, knijpt Anouk in mijn hand. 'Het is dat kuiken. Ze heeft rode ogen van het huilen.'

'Doorlopen,' zeg ik. 'Veel te zielig.'

Ik wou zo snel mogelijk naar het weeshuis. En nu we ervoor staan, krijg ik ineens een brok in mijn keel.

'Het is zo'n verdrietige gedachte dat Joep hier de eerste jaren van zijn leven heeft gezeten,' zeg ik. 'Hij wilde er nooit over praten, maar nu snap ik het. Het ziet er zo somber uit.'

'We weten nog niet of dit het goeie weeshuis is,' waarschuwt Anouk. 'Er zijn nog twee opties.'

We lopen het gebouw in. Een vrouw zit achter een tafel.

'Spreekt u Engels?' vraag ik.

De vrouw knikt.

'Ik ben op zoek naar Aroon Tai. Hij is in 1990 geadopteerd.'

'Een momentje.' De vrouw loopt de hal in en gaat een deur door. Ik voel hoe gespannen ik ben. Anouk en ik staan te wachten. Het is hier echt heel anders dan bij ons. Dat merkten we net ook al toen we iets te eten zochten. Ze hebben alle tijd.

'Die komt niet meer,' zegt Anouk. 'Ze is zelf geadopteerd.'

Als we er lacherig van worden komt ze er eindelijk aan,

met een man. Dat gaat lekker zo. Nu kan ik het verhaal weer helemaal opnieuw vertellen.

De man gaat ons voor naar een kamertje. We mogen gaan zitten. Zelf verdwijnt hij achter een bureau dat vol met papieren en ordners ligt. Hij zet zijn bril op en zoekt tussen de ordners. Wat een chaos, ik snap niet dat hij er wijs uit kan worden. Na een tijdje staat hij op en loopt naar een kast. Ook weer propvol ordners. Het gaat allemaal superlangzaam. Ik ga er al van uit dat we hier de rest van de middag zitten te wachten. Elke keer zet hij zijn bril weer af en dan weer op. Ik durf Anouk niet aan te kijken, want dan schiet ik in de lach. Eindelijk schijnt hij de juiste ordner te hebben gevonden. Hij neemt hem mee naar zijn bureau en gaat weer zitten. Mijn god! We zitten al minstens een halfuur te wachten. Hij kucht wat en bladert weer verder. Dan kijkt hij op.

'1990,' zegt hij. 'Aroon?' Hij kijkt me vragend aan.

'Aroon Tai,' zeg ik.

'Geen achternaam,' zegt hij. 'In 1990 is Aroon geadopteerd. Hij is toen naar Nederland gegaan, staat hier.'

'Naar Amsterdam?'

Als de man knikt slaat mijn hart over. 'Het is 'm! Hebt u het adres van zijn ouders?'

'In die tijd woonden ze in Bangkok,' zegt de man en hij schrijft het adres op.

'Dank u wel!' Ik zeg het wel drie keer achter elkaar. 'Het is zo belangrijk voor me.'

De man lacht vriendelijk. Hij neemt ons mee naar een plattegrond aan de muur. 'Hier zijn jullie nu. En jullie moeten hierheen.'

'Gaat er een bus naartoe?'

De man noemt ongeveer zeven bussen die we moeten hebben.

'Dat doen we niet, hoor,' zegt Anouk als we even later buiten staan. 'Zeven keer overstappen en dan zeker elke keer een uur wachten. Dan zijn we er vannacht nog niet. We nemen een taxi. Dan kost het maar geld.'

'De taxi's zijn hier niet eens zo duur.'

Anouk gaat langs de weg staan om een taxi aan te houden. Ik kijk naar het adres. En dan realiseer ik me dat ik naar Joep ga.

'Instappen,' zegt Anouk als er een taxi voor ons stopt. Ik ga achterin zitten. Ik ben op weg naar Joep. Over een halfuur of korter zie ik hem. Hoe zal ik reageren als ik hem zie? Ik voel nu al dat ik woedend word.

'China Town!' roept Anouk enthousiast. 'Hier wil ik een keer heen. Moet je al die rode winkels met lampionnen zien. Ah, hier wil ik echt heen, hoor. Kijk nou in die steeg, die kramen. Daar is de Albert Cuyp niks bij vergeleken. Moet je die monnikjes zien. Ze zijn nog sweeter dan op de film. Kunnen we niet even stoppen?'

'Eerst onze missie,' zeg ik. De auto raast door de stad. We zien overal backpackers. Hoe verder we de stad uit rijden, hoe armoediger het wordt. De huizen liggen heel dicht op elkaar en ze lijken piepklein. Hele gezinnen zitten voor hun huis te koken of ze doen elkaars haar. 'Gadver!' roept Anouk. 'Die zijn elkaar aan het vlooien!'

De weg wordt hobbeliger. We rijden stapvoets. Schiet eens op, denk ik. Nu wil ik er zijn ook. Joep moest eens weten wat hem te wachten staat. Hij zal raar opkijken. Heel raar. Aan Anouk krijgt hij ook nog een lastige. Die scheldt hem verrot, dat weet ik zeker. Eigen schuld, ik hou haar niet tegen.

Ineens stopt de auto.

'We kunnen niet verder,' zegt Anouk. 'Het is hier te zanderig.' Ze betaalt de taxi. 'Wat goedkoop,' zegt ze. 'Weet je wat dat hele eind kost? Driehonderd baht.' Ze kijkt om zich heen. 'Shit! Moet je zien hoe die mensen wonen. Ze leven allemaal buiten.' Ik bereid me erop voor dat Joep er zo aan kan komen. Wat doe ik dan?

'Daar moeten we ergens zijn!' Anouk wijst in de verte. 'Het stinkt hier,' zegt ze.

Ik zie een paar kinderen spelen bij een open riool. En overal liggen schurftige honden. Hier is Joep geboren, denk ik. Het is zo anders dan bij ons. Niemand heeft enige privacy. Ik denk aan mijn kamer bij mijn ouders vroeger. Het was zo fris en verzorgd allemaal. Het moet voor Joep wel een shock zijn geweest om zijn ouders zo te zien. Hij had al zo vaak een schuldgevoel. 'Ik heb alles,' zei hij dan, 'en mijn familie leeft in armoede.' Ik merk dat ik steeds langzamer ga lopen. Ik ben bang voor wat hij mij heeft te zeggen.

'Kom op,' zegt Anouk. 'Je durft toch nog wel?'

We moeten op nummer negen zijn, maar waar kun je dat nou aan zien? Er staan nergens nummers. Ik stap op een vrouw af. 'Tai,' zeg ik.

'Tai?' Ze kijkt me vragend aan.

'Ze weet het niet,' zegt Anouk.

'Aroon,' probeer ik.

Ze roept naar een man die op het land werkt.

'Aroon.'

De man komt naar ons toe.

'Hij was geadopteerd,' zegt Anouk. Maar ze verstaan geen Engels.

'Aroon baby.' Ik wieg met mijn armen.

'Ah, Aroon!' De vrouw wijst naar vier huizen verderop.

We lopen ernaartoe. Een vrouw is buiten aan het wassen.

'Aroon?' vraag ik.

De vrouw knikt. Ze wenkt ons. In haar hut ligt een baby te slapen.

Dat is hem dus niet. 'Tai,' zeg ik. 'Family Tai.'

De vrouw denkt na.

'Misschien spreek je het verkeerd uit,' zegt Anouk. 'Tai,' probeert ze, de klemtoon op de i leggend.

'Ah!' De vrouw loopt een stukje met ons mee en wijst.

'Daar wonen ze,' zeg ik. Mijn maag krimpt ineen bij elke stap die we dichterbij zetten.

'Zie jij Joep?' vraagt Anouk als we vlakbij zijn.

'Nee.' Ik fluister van spanning. Ik kijk naar een vrouw in een lange versleten rok die buiten zit. Ze ziet er heel oud uit. Haar blote voeten zijn helemaal stoffig. Dat is dus Joeps moeder. Wat moet het ontroerend voor haar zijn om haar zoon na jaren terug te zien. Voor haar is het geweldig dat hij naar haar toe is gekomen. Ineens voel ik dat er een wereld van verschil is tussen Joep en mij.

'Hallo,' zeg ik.

De vrouw wenkt dat we verder mogen komen.

'Aroon,' zeg ik. Ik zie de pijn op haar gezicht. Misschien is hij er nog helemaal niet. Ook weer geweldig. Dit scenario hadden we nog niet bedacht. Dan staan wij hier en die moeder weet van niks. We kunnen in elk geval over hem vertellen.

'Aroon hier?' vraag ik beschaamd.

De vrouw snapt het niet. Ze wuift met haar hand.

'Ze bedoelt dat hij heel ver weg is,' zegt Anouk.

'Niet hier?' zeg ik als ze me niet begrijpt. 'Aroon slapen?' En ik leg mijn hand onder mijn hoofd. Weer wuift ze dat hij ver weg is.

'Holland?' vraag ik.

'Ze weet niet wat je bedoelt,' zegt Anouk. 'Amsterdam?'

De vrouw knikt.

'Hij is niet hier,' zeg ik. 'Zie je wel, hij is niet naar zijn ouders gegaan. Of hij heeft ze nog niet gevonden.'

Ik voel dat ik teleurgesteld ben. Waar is hij dan? Of zou hij nog komen? 'Eigenlijk weet ik het alleen maar van zijn adoptieouders,' zeg ik tegen Anouk. 'Hij heeft ze een kaartje gestuurd, maar misschien hebben ze het wel verkeerd begrepen en gaat hij helemaal niet naar Thailand. Ik weet niet precies wat erop stond. '

'Het heeft geen zin om hier te blijven,' zegt Anouk. 'Hij is er niet, dat merk je toch aan haar.'

We geven de vrouw een hand en gaan weg. Ik kijk nog één keer om. Arme moeder. Ik voel me ineens zo met haar verbonden. Zij is Joep kwijt, maar ik ook. Zal ze hem ooit te zien krijgen?

We zijn al bijna bij de hoek als een paar kinderen ons inhalen. Ze pakken ons hand en trekken ons mee.

'We moeten terug,' zegt Anouk. 'Wie weet is hij er wel,

misschien durfde ze het niet te zeggen.'

De vrouw gebaart dat we mogen gaan zitten. Ze zet thee voor ons. We krijgen allebei thee met heel veel suiker. Ze verdwijnt even en dan zet ze een kistje voor ons neer.

'Aroon.' Ze maakt het open. Er zit een babysokje in en een doekje. Een tuttel. Joeps tutteltje. Het enige wat ze nog van hem heeft. Ik voel dat ik moet huilen. Maar dat wil ik niet. Voor zijn moeder is het nog duizend keer erger dan voor mij. Ze heeft haar kind moeten afstaan, dat lijkt me zo gruwelijk. Ze haalt een foto uit het kistje.

'Aroon, Amsterdam,' zegt ze en ze laat hem zien.

Ik zie een Nederlandse vrouw met een jongen van zestien. Het is Joep niet. Hij lijkt er totaal niet op. Toen Joep zestien was, zag ik hem voor het eerst, daarom weet ik het zo goed. Als ik naar school fietste, kwam hij altijd van de andere kant. Ik vond het zo'n stuk, met zijn donkere ogen. En die lange armen, zo gespierd. Ik durfde niks te laten merken. Tot ik hem op een schoolfeest tegenkwam. Hij vertelde dat hij me al heel lang had gespot en me altijd al een beauty vond. Maar dat hij nooit contact durfde te maken. 'Ik ben geen versierder,' zei hij. Die avond hebben we meteen gezoend en het was aan. Joep was heel vaak bij me, zelfs als ik moest leren. Hij voelde zich fijn bij mij.

De vrouw kijkt ons trots aan.

Ik knik en probeer naar haar te glimlachen. Anouk steekt haar duim op. 'Pretty boy!'

'Ja, pretty boy.' Ze pinkt een traan weg. We staan op en geven haar een hand.

'Dank u wel.'

'Wat een zoete thee!' zegt Anouk als we weglopen.

'Jezus, wat kan mij die thee schelen. Kut dat het Joep niet was.'

'Nou en, wat wil je nou? We zoeken gewoon door. Ik vind het wel geinig. Zo kom je nog eens ergens.'

'Reuzegeinig,' zeg ik kwaad. 'Elke keer denk ik dat het hem is.' Van woede begin ik te janken. Anouk trekt me naar een muurtje en duwt me omlaag. Als we zitten slaat ze een arm om me heen. 'Misschien moet je hem vergeten, Bo. Hij heeft je laten barsten. Weet jij veel met wie hij nu is? En jij hier maar zoeken in die klotehitte. Het was een leuk idee, maar we kappen ermee. We gaan lekker feesten. Hij bekijkt het maar. Mee eens? Gaan we iets leuks doen?'

'No way,' zeg ik.

Joep

Ik schrik op van voetstappen. Benat! Is hij nu al terug van zijn werk? Ik ben in slaap gevallen onder de bananenboom. Dat komt omdat ik hier 's nachts geen oog dichtdoe. Vannacht ben ik opgestaan en heb ik buiten gezeten. Maar lang hield ik het niet vol, want het werd koud. In de bergen koelt het 's nachts behoorlijk af. Ik kan niet slapen met mijn broers op de kamer, en het gesnurk van mijn moeder vlak naast ons. Misschien komt het helemaal niet door mijn broers. Ik kan gewoon niet slapen. Ik heb ook samen met mijn moeder vaders tekeningen bekeken. Helemaal vergeeld en aangevreten door de insecten. Maar zijn werk raakte me diep. Ik herkende mijn stijl erin. Ik mocht er een uitzoeken van mijn moeder.

'Ben je zover?' vraagt Benat.

Ik knik. We hebben afgesproken samen hout te sprokkelen. Benat loopt de bergweg op. Ik kan zien dat hij hier is opgegroeid. Hij springt bijna omhoog. Ik moet lachen in mezelf. Hij is net een berggeitje. Hij gaat wel erg snel in die hitte. Ik wil geen loser zijn en volg hem. De weg wordt steiler. Ik heb steeds meer moeite om mijn broer bij te houden. En dan begint het weer. Mijn hoofd bonkt. Mijn medicijnen! Shit! Ze zitten beneden in mijn rugtas. Vanmiddag heb ik ze nog ingenomen. Het komt er verdomme al doorheen. Ik probeer niks te laten merken, maar het zweet breekt me uit. Ik moet wel blijven staan. Mijn hoofd! Het doet zo'n verdomde pijn. Niks bestaat meer, alleen die scherpe steek in mijn hoofd. Ik grijp me vast aan een tak.

'Aroon!' hoor ik Benat roepen. 'Aroon...' Zijn stem klinkt steeds verder weg. Alles suist om me heen en dan zak ik in elkaar.

'Aroon! Gaat het weer?' Mijn broer zit naast me als ik mijn ogen opendoe. Hij pakt mijn hand. 'Ik schrok me dood.'

'Maak je geen zorgen,' zeg ik. 'Ik heb dit vaker.'

'Blijf hier maar liggen. Ik haal mijn broer.'

'Nee, dat is niet nodig. Het gaat zo wel weer.' Ik probeer rechtop te gaan zitten.

'Nog niet opstaan,' zegt Benat. 'Ik sprokkel wat hout en dan lopen we samen naar beneden.'

Als Benat weg is, probeer ik overeind te komen. Ik sta nog een beetje wankel op mijn benen en ik zie slecht, maar het gaat tenminste.

'Zo,' zegt Benat. 'Dit is voorlopig wel genoeg.' Hij draagt een bos takken op zijn schouder.

Ik merk dat hij expres langzaam naar beneden loopt. Af en toe kijkt hij bezorgd om.

'Ik ben er nog,' lach ik.

'Net was je er even niet meer. Ik schrok me echt te pletter.' Benat stopt even om de bos takken recht te leggen.

'Wat betekent Bo?' vraagt hij. 'Je riep steeds "Bo".'

Bo

Wat is het heet! Anouk gaat aan de kant van de weg zitten. 'Ik heb het gevoel dat ik word geroosterd,' moppert ze. 'Het stinkt hier naar geroosterd vlees.'

Ik wijs naar een vrouw aan de overkant die voor haar huis boven een vuurtje gebogen staat. 'Dat komt daar vandaan.'

Ik heb helemaal geen geduld om te zitten. Ik wil zo snel mogelijk in het volgende weeshuis zijn. Een man komt langs met een ezel, met een baal stro op zijn rug. Zijn gezicht is helemaal verweerd door de zon.

'Kom op.' Ik trek Anouk overeind. 'Hier word je alleen maar warmer van.'

Uit alle huizen klinkt muziek. Blijkbaar hebben ze overal radio's en televisies aan. Het lijkt net kermis.

Anouk legt haar hand op de grond. 'Moet je het zand voelen, het is stikheet.'

Ik kijk naar de rij huizen voor ons. Voorlopig zijn we nog niet bij de spoorlijn.

Een paar kinderen zwaaien naar ons. Een meisje komt naar ons toe en houdt haar hand op.

Ik maak mijn tas open en haal er een dropje uit. Ze likt eraan en trekt een vies gezicht.

'Dat lusten ze niet,' lacht Anouk en ze geeft haar een zuurtje.

We zijn pas halverwege als we achter ons een paar brommers horen aankomen. Twee jongens scheuren over de weg. Door het opwaaiende stof zie je ze amper.

De jongens stoppen. Ze wijzen lachend naar hun bagagedrager.

'We moeten naar de trein,' zegt Anouk. 'Train. Tjoeketjoek,' doet ze als ze het niet begrijpen. Nu hebben ze het door.

Wat een mazzel. Anouk zit al achterop. Een man en een vrouw aan de overkant roepen iets naar de jongens.

'Love!' roepen een paar anderen als de jongen met Anouk wegscheurt. Ik ga ook zitten. De jongen roept iets terug in het Thais. Ze moeten allemaal lachen. Ik had nooit gedacht dat ik dit zou durven. Maar de mensen zijn hier heel anders dan bij ons. Vanochtend kneep ik 'm nog in de taxi, maar nu weet ik dat het goed is. Anouk rijdt een eind voor ons. Shit, wat een zand. Het dringt zelfs tussen mijn lippen door. Maar alles is beter dan dat hele eind in de hitte te lopen. Ik kijk voor me. We zijn bijna bij het eind van de straat. Daar is het spoor. Maar de jongen voor ons gaat rechtsaf. Wij scheuren erachteraan. Volgens mij moesten we rechtdoor, maar ik bemoei me nergens mee. Die gasten wonen hier, die weten heus wel hoe je het snelst bij het spoor komt. Ik denk aan mijn ouders. Als die dit wisten! Mam blijft erin! Ik kijk voor me. Ik zie steeds minder huizen. Dat klopt toch niet? We hadden er allang moeten zijn, maar ze scheuren gewoon door, de andere kant op. Ik heb het gevoel dat we juist verder van de spoorlijn komen. Zouden ze het verkeerd hebben begrepen? Een paar kinderen kijken ons na. Ik kijk naar Anouk, die een paar meter voor me rijdt. Als er bijna geen huizen meer zijn, schiet ik in de stress. 'Hé!' Ik tik op de rug van de jongen. 'Tjoeketjoek.'

Hij draait zich lachend om. We gaan allerlei kronkelweggetjes in en ik zie helemaal niemand meer. Hier klopt helemaal niks van. De jongen bij wie Anouk achterop zit, kijkt achterom. De ander steekt zijn hand op. Wat zijn ze van plan?

'Stoppen!' roep ik. 'Stoppen, nu!' Maar hij reageert niet en rijdt gewoon door. Er is geen mens te bekennen. Bij de bosjes stopt Anouks brommer.

Shit, wat willen ze van ons? Ik kijk om me heen, maar er is echt helemaal niemand.

Anouk stapt af. De jongen zet zijn brommer neer en pakt haar vast. Nu stopt dat joch van mij ook.

'Vuile fuckers!' Anouk rukt zich los. 'Wat denken jullie wel?'

Ik wil Anouk helpen, maar ik word ook vastgegrepen.

'Los!' Ik geef de jongen een trap.

'Trap 'm tegen zijn ballen!' schreeuwt Anouk. De jongen probeert me tegen de grond te duwen. Ik bijt keihard in zijn hand.

'Loslaten, viezerik!' Ik krab hem in zijn gezicht. Anouk gaat ook tekeer. 'Je kan 'm krijgen!' roep ik. En ik trap hem keihard in zijn kruis. Hij wankelt en laat los.

'Losers!' roept Anouk. De jongens geven het op. Jezus, ik besef nu pas wat er had kunnen gebeuren. De jongen van

Anouk heeft bloed op zijn gezicht. En die van mij ziet wit van de pijn in zijn ballen. Ze strompelen naar hun brommer en rijden weg.

'Wat een klootzakken. Dit doen we dus nooit meer.'

'Zij ook niet,' lacht Anouk. 'Heb je zijn face gezien?' We zien ze wegrijden, maar ineens keren ze om. Ze maken een rondje om het bosje en rijden weer langs.

'Pas op!' roep ik. 'Je tas!'

Maar het is al te laat. Die ene gast rukt Anouks tas uit haar handen en rijdt ermee weg.

'Hé, hier met die tas.' We rennen achter hen aan, maar ze gaan veel te snel.

'Godverdegodver, stelletje criminelen!' schreeuwt Anouk. 'Ze hebben mijn tas gejat.'

'Je paspoort?'

'Nee,' zegt Anouk. 'Dat is in het hotel, maar onze money. Ik had net gepind.'

'Hoeveel?'

'Driehonderd dollar. Ik wou het wisselen voor Thais geld.'

'Driehonderd dollar? Wie pint er nou zoveel tegelijk? Waarom heb je niet alles in één keer opgenomen?'

'Jezus, Bo! Het is toch niet te geloven. Alsof jij het zo goed weet. Je stond er toch bij? Je zei niks!' Anouk schopt woedend een steen weg.

'Kut kut kut,' zeg ik. 'Driehonderd dollar, zomaar kwijt.'

'Dat mochten ze willen,' zegt Anouk. 'Binnen een uur heb ik het terug, wedden? Je denkt toch zeker niet dat ik gek ben? Ik ga naar de politie. Met zijn bloedkop is hij er zo bij. Trouwens, die mensen uit die straat kenden ze. Die riepen naar ze.' Anouk loopt weg.

'Niet zo hard!' roep ik. 'Ik stik.'

'We moeten ons geld toch terug?' Anouk loopt gewoon door. Ik zeg niks meer. Ik kan niet meer. Het zweet gutst van mijn gezicht. In de verte zie ik weer huizen en ik hoor een haan kraaien. 'We moeten die ene straat hebben,' zegt Anouk. Alsof dat zo makkelijk is. Ik kijk naar de huizen. Ik weet echt niet meer waar het was.

In elk geval komen we weer in de bewoonde wereld. Een vrouw steekt de straat over met een tas vol boodschappen. Ik kijk om me heen. Was dit die straat? Ik weet het echt niet meer. Anouk stapt op een man af die zijn fiets repareert. Ze wijst op een jongen op een brommer die langskomt. 'Two boys.' Ze steekt twee vingers op. Maar de man snapt haar niet.

'Daar is het, ik weet het zeker.' Anouk steekt de straat over. Ze loopt naar een man en een vrouw die eieren op een karretje laden en wijst weer op een paar brommers.

'Dat zijn ze helemaal niet,' zeg ik als de mensen hun schouders ophalen. Anouk vraagt het overal, maar niemand weet iets. Het is zo fucking heet. Ik hou het bijna niet meer uit.

'My God,' zegt Anouk kwaad. 'Ze weten hier helemaal niks. Wat een pokkenland.'

Onze T-shirts zijn doorweekt. Het lijkt wel of we in de sauna zitten. Anouk loopt stevig door. De hitte, de muziek, ik word gek. Dan gaat mijn mobiel. Ook dat nog, mijn moeder. Van ellende neem ik nog op ook. 'Hi mam.'

'Dag lieverd. Wat is dat voor lawaai bij jullie? Ik kan je bijna niet verstaan.'

'Ja eh... tante Alice heeft de tv nogal hard staan. Ze is een beetje doof.'

Ik hoor Anouk gieren van de lach. Ik kijk expres de andere kant op.

'Gaat alles goed?'

'Ja, we hebben het hier hartstikke fijn.'

'Wat zeg je? Sorry meisje, maar ik kan je echt niet verstaan. Kun je niet even naar een andere kamer gaan?'

Ik loop een eindje weg.

'Zo beter?'

'Ietsje beter,' zegt mam. 'Maar echt goed kan ik je niet horen.'

'We maken het maar niet te lang,' zeg ik. 'Want we zitten naar een serie te kijken. Tante heeft 'm speciaal voor ons opgezet.'

'O kind, dan bel ik een andere keer. Ga maar gauw kijken. Je moet wat met dat weer, hè? Doe Anouk en tante Alice de hartelijke groeten.'

'Doe ik, dag mam.'

Anouk ligt slap van de lach in het zand. 'Dit is zo bizar. Die moeder van jou... We zijn net beroofd.'

Zelf moet ik ook lachen. Wat een timing. Maar ik baal nog steeds. 'Driehonderd dollar kwijt. Klotepech. Als we Joep snel vinden, redden we het net.'

'Hallo, ik dacht dat we heel lang zouden wegblijven,' zegt Anouk. 'Als ons geld op is, gaan we echt niet terug, hoor. Dan zoeken we wel een baantje.'

'Alsof dat hier zo makkelijk is,' zeg ik. 'Ze hebben zelf amper werk.'

'Jij bent altijd zo negatief. We vinden heus wel een baantje.'

'Ja, in zo'n huis naast ons hotel zeker.'

Een meisje van een jaar of tien tikt ons aan. Ze wenkt dat we mee moeten komen. We gaan een smal straatje in. Een eindje verderop, voor een huis, zie ik twee brommers staan.

'We hebben ze!'

'Sst...' Het meisje gebaart angstig dat niemand mag weten dat ze de jongens heeft verraden.

We sluipen naar het huis. Een vrouw met een klein baby'tje op schoot komt naar ons toe.

'Boys!' Ik wijs op de brommers. We mogen doorlopen. In een donkere kamer zie ik een van de jongens zijn gezicht onder de kraan wassen. De andere staat erbij.

'Hier met dat geld!' roept Anouk. Ze houdt haar hand op. 'Mijn tas!'

De jongens kijken op en gebaren dat we moeten ophoepelen.

'Wat denk je wel!' schreeuwt Anouk. 'Ons geld, en gauw. Je komt er nog goed af, klootzak, je wou ons nog aanranden ook.'

'Dat verstaat hij niet,' zeg ik.

Maar Anouk blijft naar de jongens schreeuwen. 'Ze moeten je castreren.' Als de jongen haar eruit wil zetten, haalt ze haar mobiel uit haar zak en neemt een foto. 'Politie!' zegt ze.

De andere jongen springt ervoor. 'No!'

Hij zegt iets tegen zijn vriend. Ze krijgen ruzie.

Anouk houdt dreigend haar mobiel op. De spanning is om te snijden. De bange jongen rent naar achteren en komt terug met de tas. Anouk kijkt erin. Het geld zit er nog in.

We lopen naar buiten. Als we de hoek om zijn, komt het meisje naar ons toe. Ze houdt haar hand op.

Ik geef haar een biljet van honderd baht.

'Weg hier,' zeg ik. Aan de overkant is een klein restaurantje. Er staan twee stoelen buiten. We kijken elkaar aan. 'Limonade!'

We steken de straat over en gaan zitten.

'Daar is het Mahboonkrong Shopping Centre,' zegt Anouk als we in de trein zitten. 'Daar moeten we ook een keer heen. Lekker shoppen.' We kijken naar de stad die onder ons voorbijschiet.

'Nog drie haltes,' zeg ik, 'en dan zijn we bij het volgende weeshuis.'

'Dat redden we nooit meer,' zegt Anouk. 'Voordat we daar zijn, is het dicht. Ik heb er trouwens geen zin meer in. Ik heb het even helemaal gehad. Laten we naar ons hotel gaan.'

Anouk heeft gelijk. Ik zie mezelf nu ook niet het volgende weeshuis bezoeken.

'We gaan naar ons hotel en vanavond gaan we feesten,' zegt Anouk. 'Moet je kijken wat mooi! Daar wil ik ook nog heen.' Ze wijst naar een gouden tempel in de verte.

Ik kijk naar buiten als de trein stopt. Ineens herken ik het. 'Dit is onze halte!'

We springen op, rennen de trein uit en lopen de trap af.

'Wij weer,' zeg ik lachend.

Anouk blijft staan bij een vrouw die eten maakt. 'Saté!' Ze steekt twee vingers op.

'Aanpakken.' En ze duwt mij een stokje in mijn hand.

'Mmm, dat is pas lekkere saté,' zegt Anouk. 'Ik weet niet wat voor vlees het is.'

'Ik ook niet,' zeg ik. 'Het smaakt niet naar kip.'

'Misschien een Thais biggetje,' lacht Anouk als we doorlopen. 'Ik wist niet dat je in Wales zulke heerlijke saté kon krijgen.'

'Tante Alice heeft de tv wel erg hard staan,' zeg ik als we langs een lawaaierige plek komen.

'Ze wordt ook steeds dover,' lacht Anouk.

'Mmm, wat was dat heerlijk.' Anouk smijt haar stokje in de goot. 'Voor een paar dubbeltjes zulke lekkere saté. Wales is echt goedkoop. Waar is onze straat eigenlijk?' vraagt ze. Ze wil de plattegrond openvouwen.

'Ik weet het al,' zeg ik. 'Daar moeten we in, bij die tuktuks.' Een jongen met een tuktuk stopt naast ons.

'No thanks,' zegt Anouk. 'We doen het wel een keer, hoor. Vanavond, als we uitgaan.'

Ik haal de *Lonely Planet* uit mijn tas. In de trein heb ik al even gekeken. 'Weet je wat een hot café is voor backpackers? Hier.' Ik hou het Anouk voor.

'Jezus,' zegt Anouk als we onze straat in gaan. 'Moet je al die kerels zien geilen. Het lijkt wel spitsuur.'

'Veemarkt,' zeg ik. 'Moet je kijken. Die meiden worden gewoon gekeurd. Die viezerik knijpt in de arm van die meid en ze wordt niet eens kwaad. Gadverdamme.' Ik griezel. 'Hij gaat naar dat jonge meisje. Nou, die is gek. Hij knijpt in haar kont.'

Het meisje draait haar hoofd weg. Ik zie hoe vies ze het vindt. Zelf zou ik er ook gek van worden. Dat is toch geen leven. Ze kijkt ons met smekende ogen aan. En dan wenkt ze dat we moeten komen.

'Wat bedoelt ze nou?' vraagt Anouk. 'Wil ze met ons?'

'Ik zou ook liever met twee jonge meiden gaan dan met die ouwe viezerik,' lach ik nerveus. Ik wil doorlopen, maar het meisje komt naar ons toe. Dit mag ze vast niet, want de andere vrouwen roepen iets tegen haar. Ze willen dat ze terugkomt, maar ze pakt mijn hand. Die smekende ogen, wat moeten we? Een van de vrouwen komt naar haar toe en sleurt haar weg. Het meisje houdt mijn hand vast en stopt er iets in. Terwijl de vrouw haar meeneemt, kijkt ze achterom.

'Wat bedoelt ze?' vraagt Anouk als het meisje haar vinger op haar mond legt.

Ik snap het wel. Niemand mag weten dat ze me iets heeft gegeven. 'Dat vertel ik je zo wel,' zeg ik tegen Anouk. 'Eerst moeten we hier weg.'

'Wat nou? Ik wil het weten.'

'Kom nou maar.' Ik trek Anouk mee.

'Gadverdamme, vuile smeerlap.' Anouk slaat een hand van een man weg. 'Hij zat gewoon aan mijn billen. Blijf met je poten van me af, viezerik. Ik heb er vandaag al één opengekrabd, pas maar op. Wat een kutbuurt is dit zeg, ik blijf hier echt niet.'

We gaan het hotel in en lopen meteen door naar boven.

'Wat was er nou aan de hand?' vraagt Anouk.

Als we op onze kamer zijn doe ik mijn hand open.

'Een briefje,' zegt Anouk. 'Is dat van haar?'

'Ja,' zeg ik en ik vouw het open. 'Wat staat daar nou?'

'Geef eens,' zegt Anouk en ze pakt het briefje. 'Hier staat "help me". Kijk maar, dit is een h.'

'En dat dan?'

'Dat is haar naam. Sunee. Ze is in nood, Bo, dat snap je toch. Ze wil dat we haar helpen. Maar hoe moeten we dat doen?'

'Weet ik het,' zeg ik. 'We kunnen haar niet helpen.'

'We moeten toch iets doen?'

'Nee, Anouk, we doen helemaal niks. Wil je die pooier achter je aan hebben? Het is hartstikke link.'

'Kunnen we niks bedenken?' vraagt Anouk.

'Het gaat niet,' zeg ik. 'Dan kun je je reisje wel op je buik schrijven, hoor. Hij slaat je helemaal in elkaar. Dat zijn geen normale mensen, dat zijn criminelen.'

'Vind jij het dan niet zielig?' vraagt Anouk.

'Natuurlijk vind ik het zielig. Heb je die kerels gezien? Gadverdamme. Ik zou gek worden. We wilden toch weg, laten we een ander hotel zoeken.'

'Nu nog?' vraagt Anouk. 'Ik zie het al voor me. Dan zijn we de hele avond onderweg. Ik wil feesten. Laten we morgen vertrekken.'

'Best,' zeg ik. 'Als je belooft dat je je niet met Sunee bemoeit. Ik meen het, hoor. Het is bloedlink.'

'Doe niet zo bang.'

'Snap je dat dan niet?' Ineens moet ik huilen. 'Ik ben Joep al kwijt en dan verlies ik jou zeker ook nog.'

'Ben je daar bang voor?' Anouk komt naast me op het bed zitten. Ineens geeft ze een gil. 'Een muis!' Ze springt op.

Ik zie hem nog net onder de kast schieten.

'We gaan hier weg!' gilt Anouk. 'Ik wil nu weg. Ik ga hier echt niet slapen.'

Als de muis naar de andere kant van de kamer rent, begint Anouk weer te gillen.

'Stil nou,' lach ik. 'Je maakt hem bang. Ga maar in je holletje, muis.' Ik drijf hem de goede kant op. 'Gelukt,' zeg ik. 'Ik maak het gaatje meteen dicht.'

'Hier!' Anouk gooit een doosje tampons naar me toe. 'Stop die er maar in.'

'Voor slechts drie tampons bent u van uw muizenprobleem af, mevrouw. Wat zegt u daarvan? Zullen we onze tas pakken en weggaan?'

'Morgen,' zegt Anouk. 'Als die muis er niet meer door kan, blijf ik hier nog wel een nachtje.'

Joep

Benat moet over mijn acute hoofdpijnaanval in de bergen hebben verteld. Waarom kijkt mijn moeder anders zo bezorgd mijn kant op? Ik doe expres overdreven vrolijk om haar gerust te stellen. Als we gaan eten, probeer ik zo te gaan zitten dat ze me niet voortdurend kan aanstaren.

Mijn zus heeft Tom Kah Kai gemaakt. Kippensoep met kokosmelk. Bo's lievelingsgerecht. Altijd als we bij ons Thaitje aten bestelde ze Tom Kah Kai.

'Nu neem ik eens iets anders,' zei ze soms stoer. Maar het werd uiteindelijk toch altijd kippensoep met kokosmelk. De laatste keer nam ze noedelsoep met rundvlees. Ik wist dat ze spijt zou krijgen. Zelf bestelde ik daarom Tom Kah Kai.

Ze had nog maar één hap genomen of ik zag haar teleurgestelde gezicht. 'Ruilen?' vroeg ik.

'Graag!' Lachend schoof ze haar bord naar me toe.

Ik wou dat Benat zijn mond had gehouden.

Mijn moeder zit er echt mee. Ze kijkt zo bedrukt sinds we terug zijn van het hout sprokkelen. Mijn zus zet gebakken banaan voor ons neer. Ik weet zeker dat ze veel luxer eten sinds ik er ben. Ik moet maar niet te lang blijven.

Het is een zwoele avond. In de verte hoor ik de geluiden van de dieren in het bos. Vleermuizen vliegen voorbij en de kikkers kwaken. De zon gaat bijna onder als een vrouw ons pad op loopt. Een mooie Thaise vrouw, jonger dan mijn moeder.

Het blijkt niet zomaar iemand te zijn, dat zie ik aan de plechtige manier waarop mijn moeder haar begroet.

Mijn moeder pakt haar hand en neemt haar mee. 'Aroon,' zegt ze en ze wijst naar me. De vrouw geeft me een hand. Mijn moeder maakt duidelijk dat we binnen terechtkunnen. Ik heb geen idee wat de vrouw van me wil. Nee hè, denk ik opeens. Ze heeft toch geen bruid voor me gevonden? Ik schiet in de lach.

'Ze gaat je beter maken,' zegt Benat. 'Ze heeft een medicijn voor je hoofd.'

De vrouw steekt haar hand uit en voert me mee het huis in. In de kleine bedompte ruimte moet ik op de grond gaan liggen. Ze hurkt naast me neer en legt haar hand op mijn hoofd. Ze brabbelt een paar woorden terwijl ze mijn hoofd betast. Ik kijk naar het slanke vrouwenlichaam dat in een paarse jurk is gehuld. Ik stel me voor hoe ze er naakt uitziet. Ze gebaart dat ik moet blijven liggen en verdwijnt. Een paar minuten later komt ze terug met een glas met kruidenmengsel. Terwijl ik het bittere spul naar binnen werk komen mijn moeder en Benat binnen. Mijn moeder kijkt blij mijn kant op. Ze is gerustgesteld. Ze zegt iets tegen me. 'Je zult nu geen hoofdpijn meer krijgen,' vertaalt Benat. Mijn moeder knielt voor me neer en drukt een kus op mijn hoofd. Ze pakt mijn twee handen, brengt ze naar haar mond en kust ze.

'We gaan je genezen,' zegt ze.

Bo

'Hier in de buurt moet het backpackerscafé ergens zijn,' zeg ik als we uit de trein komen.

'Ik hoop het wel,' verzucht Anouk. 'Het is zo fucking heet. Nog steeds en het is al avond. Laat zien.'

Ik hou Anouk de plattegrond voor. 'Hier staan we en hier is het café.'

'Hoe kom je erbij?' Anouk grist de plattegrond uit mijn handen. 'We staan hier! Kijk dan!'

'Hoe kan dat nou?'

'Ja, wat denk je, twee haltes te ver doorgereden,' zegt Anouk. 'Jij moet reisleidster worden. Geef ik jou een keer de kaart... Ik zeg nog, let goed op.'

'Ik lette ook op. Ik heb gewoon verkeerd gekeken.'

'Nou kunnen we dat hele fucking eind teruglopen,' moppert Anouk. 'Daar heb ik geen zin in, hoor.' Ze houdt een tuktuk aan en laat de jongen zien waar we heen moeten. 'Backpackerscafé,' zegt ze.

De jongen knikt.

We gaan achterin zitten. De jongen crost weg. Anouk vindt het geweldig. De auto's razen voorbij en die tuktuk scheurt overal tussendoor.

'Het lijkt wel kermis!' lacht Anouk.

Ik baal dat ik zo'n schijterd ben. Was ik maar een beetje zoals Anouk. Ik denk steeds dat we crashen. Help, hoe lang gaat dit duren? Het is echt bizar zoals die gast rijdt. Met een stalen gezicht zit hij achter het stuur. Dit is horror!

'Super,' lacht Anouk als hij om een taxi heen scheurt. Ze kijkt me stralend aan en dan begint ze te gieren van de lach. 'Je ziet spierwit! She is scared,' zegt ze tegen de jongen. 'Brr...' doet ze als hij het niet begrijpt. Ja, daar zit ik echt op te wachten. Nou draait hij zich nog om ook. Kijk voor je, denk ik. Ik ben blij als we er zijn.

'Dat gezicht van jou,' lacht Anouk als we voor het café staan.

'Ik ben kotsmisselijk, maar het zal zo wel wegtrekken.'

'Wacht maar even,' zegt Anouk. 'Als we zo naar binnen gaan, bellen ze meteen een ambulance. Dat jij zo bang was, ik vond het juist kicken.'

'Het gaat wel weer,' zeg ik.

We gaan het café in.

'Wauw!' zegt Anouk. 'Het is hier echt vet.'

Het café is bijna vol. Overal zitten meiden en jongens, je hoort alle talen door elkaar.

'Daar zijn nog twee plekken.' Anouk loopt naar een tafeltje waar twee jongens zitten.

'Hi,' zegt ze. Ik zie hoe een van de jongens naar haar kijkt. Hij valt zowat flauw als hij Anouk ziet. Nee hè, Anouk vindt hem ook een hunk. Ze kijkt alsof ze voor het eerst van haar leven verliefd is. Dit ken ik van haar. Over een uurtje is het de grootste loser die er rondloopt, wedden? Dat gezicht van haar! Als ik haar niet zo goed kende, zou ik het nog geloven ook. Vroeger dacht ik dan echt dat ze smoorverliefd was. Maar nu weet ik wel beter. Die jongen kan zijn geluk niet op. Die had nooit gedacht dat zo'n stuk als Anouk op hem zou vallen. Pas op je hart, boy. Anouk heeft het weer helemaal te pakken. Dit is echt humor. Ze kan zo in een film. Ze vergeet mij ook helemaal, maar dat ben ik wel gewend. Duurt toch niet lang. Alleen die boy bestaat nog. Zijn vriend weet ook niet zo goed wat hij ermee aan moet. Met zo'n type heb ik nou helemaal niks. Hij lacht maar wat naar me. 'John,' zegt hij.

'Bo.'

'Germany?'

'No, Amsterdam.'

Ik scoor meteen. Grappig is dat toch. Amsterdam kennen ze over de hele wereld.

'Hi.' Anouk ziet John nu eindelijk ook.

'Ik ben Michael,' zegt zijn vriend. Hij kijkt heel even naar me en dan weer snel naar Anouk. Dit kan nog wel even duren. Ik zit hier maar, naast John. Af en toe zegt hij wat. Ik verveel me dood met die jongen. Ik vind het fijn voor Anouk, maar ik ga hier niet de hele avond John bezighouden. Als hij na tien minuten nog over zijn studie begint ook, ben ik het echt zat. Is er hier niks beters te halen? Ik kijk naar de bar, recht in het gezicht van een megahunk. Ik lach naar hem en hij lacht terug. John gaat verder over zijn studie. Ik heb totaal geen interesse in dat gezeur en blijf naar de bar kijken. Wat een lekker ding is dat. Hij voelt dat ik kijk, want hij kijkt ook mijn kant op. Na een minuut kijken we elkaar weer aan, net iets langer dan normaal. Die ogen! Ik word helemaal wild van die blik. Het is wel een supersexy ding.

'Wil je iets drinken?' vraagt John.

'Eh... doe maar een biertje.' Als John opstaat, glimlach ik naar het lekkere ding. Hij glimlacht terug. Heel jammer voor John, maar ik denk toch dat ik actie onderneem. Om Joep hoef ik het niet te laten. Misschien heeft hij al een of andere Thaise opgepikt. Weet ik veel. Hij is hier toch niet voor niks heen gegaan? Over een jaar heeft hij misschien een gezinnetje. De lul! Die gedachte maakt het alleen nog maar aantrekkelijker om op die hunk in te gaan. Dat is nou het voordeel van alleen zijn. Ik kijk naar Anouk, maar die is helemaal into Michael. Wat heb ik me klote gevoeld sinds Joep het heeft uitgemaakt. Nu ga ik de schade eens lekker inhalen. Ik wacht tot de jongen weer mijn kant op kijkt. Terwijl ik terugkijk, sta ik op. Ik voel zijn blik op me gericht en loop naar de wc. Ik kijk nog even om voordat ik naar binnen ga. Hij vangt mijn blik. Dit lijkt me toch duidelijk genoeg. Ik ga het toilet binnen en sta meteen voor een wasbak. Achter de tweede deur is een stinkplee. Ik blijf staan. Als er zomaar iemand binnenkomt kan ik altijd nog die stinkplee in gaan. De deur gaat open. Mijn hart bonkt. Wauw! Hij is het. Hij lacht naar me en sluit de deur. We staan met zijn tweeën in de kleine ruimte. Hij pakt mijn borsten, begint ze te kneden en begint me heftig te tongzoenen. Terwijl mijn blouse halfopen staat, word ik opgetild en op de rand van de wastafel gezet. De jongen knielt, trekt mijn slipje naar beneden en beft me. Jezus, wat is dit geil. Ik hoor gekraak. Als die wasbak maar niet naar beneden dondert. Boven het gehijg uit hoor ik voetstappen. Hij springt op. 'Don't stop!' hijg ik. Hij tilt me op en duwt me tegen de deur. Hij ritst zijn broek open en haalt zijn keiharde pik eruit. Hij neukt me terwijl de deurkruk in mijn rug beweegt. Ik hoor hem sneller ademen. Er wordt op de deur gebonsd. De gedachte dat er iemand achter de deur staat te wachten maakt me bloedgeil. Ik hou het niet meer en kom klaar. Nog twee stoten en dan voel ik hem in me klaarkomen. Hij trekt mijn slipje omhoog en knoopt mijn blouse dicht. Ik voel een kus in mijn nek en dan gaat hij de wc uit. Een meid komt binnen en kijkt me onderzoekend aan.

Ja, we hebben geneukt, denk ik. Kijk maar goed. Het was nog lekker ook.

Ik doe mijn haar goed, check mijn blouse en ga het café in. Ik zie hem nog net weggaan. Ik loop terug naar onze tafel. John zit er nog met een verschraald biertje. Ik zit net als Anouk opkijkt.

'Waarom drink je je bier niet op?' vraagt ze. Zonder mijn antwoord af te wachten zegt ze: 'Weet je waar Michael en John morgen heen gaan? Naar Phuket.'

'Het is daar geweldig,' zegt Michael. 'Mijn oom heeft daar een strandtent. Echt gaaf! We krijgen een lift van een vrachtwagenchauffeur.'

'Ja.' John zet nog een biertje voor ons neer. 'Vandaag geritseld. Om elf uur morgenochtend vertrekken we.'

Ik luister maar half en denk aan mijn vrijpartij. Het interesseert me geen ruk dat hij weg is, ik heb er helemaal geen spijt van.

'Merk je iets aan me?' vraagt Anouk als Michael even weg is.

'Nee, hoezo?' grinnik ik.

'Het is niet wat jij denkt,' zegt Anouk zachtjes. 'Het is een heel groot gevoel. Ja, echt. Ik heb dit nog nooit gevoeld, Bo. En Michael ook niet, zei hij net. Hij is even naar buiten. Het werd hem gewoon te veel.'

Nee hè, ze gelooft het zelf. 'Heb ik dit al niet vaker gehoord?'

'Bo, dit is anders. Ik zweer het. Volgens mij gaat mijn hele leven veranderen. Het kan me niks meer schelen dat mijn studie is geflopt. Ik weet niet hoe ik het moet zeggen, opeens is niks meer belangrijk.'

Ik kijk naar Anouk. Ze gelooft het echt. Zou het dan toch iets betekenen?

'Hoe vinden jullie Bangkok?' vraagt John.

'Great,' zegt Anouk. 'Het is ook zo lekker goedkoop. Dat kun je je bij ons toch niet voorstellen. Een heerlijke saté, voor vijftig baht.'

'Kip?' vraagt Michael, die weer binnenkomt.

'Nee,' zeg ik. 'Geen kip. Wat het wel was, weet ik niet.'

'Een beetje donker vlees?'

'Ja.'

'En stug?'

'Precies.'

'Dan weten wij het wel.' De jongens moeten lachen. 'Jullie hebben hond of kat gegeten.'

'Gadverdamme!' roep ik.

'Ja, je moet hier oppassen, hoor,' zegt Michael.

Ik vind het een goor idee.

'Een beest is een beest,' zegt Anouk stoer.

'Hebben jullie een fijn hotel?' vraagt John.

'Een pokkenbuurt,' zegt Anouk. 'Er zijn heel veel hoertjes. Er is een heel jong meisje bij. Ze heeft ons een briefje gegeven met "help me" erop.'

'Die wil daar weg,' zegt John. 'Dat snap je.'

'Vind je dat wij haar moeten helpen?' vraag ik.

'Nooit doen,' zegt Michael. 'Als die pooier dat merkt, pakt hij haar en dan wordt ze aan een ketting gelegd. Die zijn er hoor, meisjes die aan een ketting liggen. Die mogen alleen binnen blijven.'

'Wat erg!'

John kijkt Michael aan.

'Ja, we zouden naar de disco gaan,' zegt Michael. 'Zin om mee te gaan? Het is vlakbij, tien minuutjes lopen.'

'Ik baal van lopen,' zegt Anouk.

'Ik heb iets lekkers, daar loop je heerlijk op.' Michael haalt pillen uit zijn zak.

'Xtc?' vraagt Anouk alsof ze het dagelijks gebruikt.

'Zoiets,' zegt Michael. 'Heerlijk spul.'

Anouk neemt er een. Ik doe het ook. Ik heb wat te vieren. Het was echt super! Anouk weet nog van niks. Wauw, denk ik als we buiten lopen. De pil begint al te werken. Heftig. Het is anders dan blowen. Ik krijg opeens een bonk energie.

'Jij bent heel mooi met je blonde haar,' zegt John.

'Jij ook.' Ik sla een arm om hem heen. Het maakt opeens niet meer uit dat ik niet op hem val. Ik vind hem wel lief.

Michael blijft voor een restaurant staan. Het is een openluchtrestaurant, met een groot terras. Achterin is een podium. We kijken naar een paar Thaise meiden die zingen.

'Karaoke,' zegt Anouk. 'Ik wil ook zingen.'

Voor ik er erg in heb lopen we naar binnen. De zaal zit vol enthousiaste mensen. Sommige toeristen maken foto's van de Thaise zangeressen. Er wordt hard voor hen geklapt. Als ze zijn uitgezongen stapt er een man het podium op. Hij heeft minder succes, want de mensen praten er gewoon doorheen.

'Een biertje?' De ober komt naar ons toe.

Michael staat op. Hij blijft naast het podium staan en praat even met de dj. Als de man klaar is, begint hij te zingen. 'Love me tender, love me sweet,' klinkt het door de zaal. 'Elvis,' lach ik. Michael kijkt tijdens het zingen onafgebroken naar Anouk. Anouk lacht helemaal niet. Tranen van ontroering lopen over haar wangen.

'Het is 'm,' zegt ze steeds. 'Eindelijk heb ik hem gevonden.'

Nog voordat Michael is uitgezongen stapt Anouk het podium op. Ze slaat haar armen om hem heen en kust hem. Er wordt gefloten. En mensen maken foto's.

Ik moet lachen om John. Hij wil zo graag optreden, maar er zijn nog drie mensen voor hem.

'Nu ben ik,' zegt hij na de derde en hij loopt naar voren. Hij zingt een lied van Frank Sinatra. 'I did it my way.' De mensen denken nog dat hij het serieus meent ook. Ze neuriën mee. Wat een verschrikkelijk lied! De tranen rollen over mijn wangen.

'Nu jij, Bo,' lachen ze als John klaar is.

'No way,' zeg ik. 'Ik ga daar echt niet staan, in mijn eentje.'

'We gaan met zijn allen.' Michael staat al op. 'Abba.'

'Super!' Voor ik er erg in heb sta ik naast het podium. Een zangeres doet Edith Piaf na. Eigenlijk durf ik niet meer, maar ik blijf toch staan.

'Waterloo,' zegt Anouk. 'Vet.'

We stappen het podium op. Het moet door de drugs komen. Ik ben zo verlegen, maar nu gaat het helemaal vanzelf. We staan daar alsof we al jaren optreden. Als Anouk en ik een paar pasjes doen wordt er geklapt. 'More!' wordt er geroepen als we klaar zijn. Gierend van de lach gaan we het podium af.

'Zo meteen treden we weer op,' lacht Michael. 'Eerst een whisky.' Hij wenkt de ober. Ik voel me geweldig en drink mijn whisky achter elkaar op. Maar dan gaat het mis. Ik word zo moe. Die whisky had ik niet moeten nemen. Whisky en drugs, ik had het kunnen weten. Ik leg mijn armen op het tafeltje voor me en leg mijn hoofd erop. Heel even, denk ik.

'Kijk Bo nou,' klinkt Anouks stem van ver weg en dan ga ik out.

'Wie belt daar?' Ik doe slaperig mijn ogen open.

'We komen er zo aan,' hoor ik Anouk zeggen. 'Niet weggaan, hoor.'

Ze springt energiek uit bed. 'Opstaan, Bo! Ik heb met mijn dronken kop mijn wekker vergeten te zetten.'

'Waren we dronken?' Wat hebben we gisteravond eigenlijk gedaan? Langzaam komt het terug. We waren in een restaurant. We hebben nog gezongen. Hoe ben ik eigenlijk thuisgekomen? Ineens denk ik aan de neukpartij.

'Het was zo cool in de disco!' roept Anouk vanonder de

douche. 'Daar moeten we echt nog een keer heen.'

'Ik herinner me niks van een disco.'

'Jij was er ook niet bij,' zegt Anouk. 'Jij ging out, weet je nog? En toen hebben we je hierheen gebracht.'

'Bizar. Ik weet er niks meer van.'

'Ook niet dat we je in de tuktuk hebben gelegd?'

'Helemaal niks. Ik zweer het.'

'Ik heb je uitgekleed en in bed gestopt.' Anouk rent onder de douche uit. 'Schiet nou op, anders zijn ze weg.'

Ze kleedt zich aan, grist haar spullen bij elkaar en stopt ze in haar rugzak.

'Wie zijn weg?'

'John en Michael, natuurlijk. Ik heb om elf uur afgesproken. Die chauffeur blijft niet wachten. We gaan naar Phuket.'

'Ik weet van niks.'

'Kom nou maar.'

'Heb ik gezegd dat ik naar Phuket ga?'

'Nee, ik, in de disco.' Anouk propt mijn kleren in mijn tas.

'Hé, laat dat. Ik wil helemaal niet naar Phuket. We moeten naar het weeshuis. Ik wil eerst Joep zoeken.'

'We gaan Joep ook zoeken, alleen wat later. Zo'n haast heeft het toch niet? We mogen gratis meerijden. Dit is de kans van ons leven. Ik laat Michael niet zomaar gaan.'

'Anouk, dit is belachelijk. Je hebt mij niks gevraagd. We hadden een afspraak, weet je nog?'

'Jij lag te pitten. Kan ik het helpen dat je out bent gegaan.'

'En toen ben jij heel sneaky naar de disco gegaan.' Nu dringt het pas tot me door. 'Je hebt me zomaar hier achtergelaten. Fijn zeg. Ik lag hier helemaal alleen, in dit fucking hotel. Voor een jongen die je een paar uur kent.'

'Je zei zelf dat ik mocht gaan. Ik heb het je gevraagd. "Vind je het niet erg om hier alleen te blijven?" vroeg ik. "Nee," zei je. "Ga maar lekker. Ik slaap toch."'

Ik kan me er echt niks van herinneren.

'Het was zo cool,' zegt Anouk. 'Michael en ik hebben de hele nacht gedanst. Kom op, Bo, anders komen we te laat.'

'Ik ga helemaal niet naar Phuket,' zeg ik. 'Ik wil heus wel een keer als jij dat wilt, maar niet nu. Eerst onze missie.'

'Jij bent lekker. Dan ben ik Michael kwijt. Ik kan het nu toch niet meer afzeggen? Ik heb beloofd dat we komen. Ze staan op ons te wachten.'

'Bel hem maar af. Of moet ik het doen?'

Ik pak Anouks mobiel.

'Geef hier.' Ze rukt hem uit mijn handen. 'Jij belt niemand. Luister nou, Bo, we gaan gewoon. Doe het voor mij, please. Je lieve vriendin. Zo meteen vinden we Joep helemaal niet, dat kan toch? En dan heb ik de liefde van mijn leven laten lopen.'

'Hoezo "we vinden hem niet?"' schreeuw ik. 'Dat hoop jij, natuurlijk. Maar daarvoor zijn we hier, hoor. Ik moet Joep spreken. Ik moet weten waarom hij dit heeft geflikt. Daarna kan ik feesten, zo lang als we willen. Dan zet ik hem uit mijn hoofd. Kan het jou soms niks schelen wat Joep mij heeft aangedaan?'

'Nee, het kan me niks schelen, nou goed. Ik ben helemaal met je meegegaan. Heb je mij horen zeuren? Er is iets anders tussen gekomen, maar daar heb jij dus niks mee te maken. Al die jaren heb ik gehoord hoe gelukkig jij met Joep was. Ik was alleen, weet je nog? Nu ben ik aan de beurt en dan werk je tegen. Je gunt het me niet. Ik had nooit met je mee moeten gaan.'

'Je draait alles om. We gaan eerst naar het weeshuis, dat hadden we afgesproken.'

'Wat ben jij star, zeg. Dus je gaat niet naar Phuket?' Anouk doet haar rugtas om.

'Nee,' zeg ik. 'We gaan vandaag naar het weeshuis.'

'Succes dan.'

'Wat ga je doen?' roep ik als Anouk wegloopt.

'Naar Phuket. Wat denk je?'

Ik kijk naar de deur, die met een klap wordt dichtgeslagen. Anouk gaat ervandoor! Ze laat me gewoon barsten. Ik ren naar het raam.

'Creep!' roep ik.

'Gefrustreerde bitch!' schreeuwt Anouk en ze loopt door. 'Barst!'

Ze laat me gewoon stikken, voor een jongen die ze net kent. Trut! Ik geef een trap tegen het bed. Nou kan ik Joep alleen gaan zoeken. Dit komt nooit meer goed. Anouk kan ophoepelen. In gedachten zie ik mezelf alleen naar het weeshuis gaan. Maar ze hoeft niet te denken dat het me niet lukt. Ik ga Joep zoeken, al vind ik het nog zo eng.

Ik ga op het bed zitten en dan dringt het pas goed tot me door. Joep heeft me in de steek gelaten. Hij is 'm gesmeerd. En Anouk is ook zonder mij weggegaan. Ik stel niks voor. Ik beteken helemaal niks, voor niemand, alleen voor pap en mam en die kan ik niet eens bellen. Ze weten niet eens dat ik hier ben... Ik voel me zo klein.

'Rustig blijven,' zeg ik tegen mezelf. Ik sta op en kijk naar buiten. Ik haat Bangkok. De hitte, het verkeer, ik wil naar huis. Ik mis mijn kamer, zelfs mijn studie mis ik. Ik wil muntthee kopen op de Cuyp. Ik voel me zo klote. Wat moet ik in mijn eentje in deze fucking stad? Ik heb me nog nooit zo eenzaam gevoeld. Buiten klinkt gegil. Zeker weer dat meisje. Wat een kutbuurt! Dan kan ik nog een andere kamer zoeken ook, in mijn eentje. Die pil had ik nooit moeten nemen gisteravond. Dan was ik erbij geweest toen Michael vroeg of we meegingen. Dan was het allemaal anders gelopen. Nu kunnen we nog niet mee, had ik dan gezegd, maar we komen wel. Dan was het heus wel goed geweest. Had hij nog iets om naar uit te kijken. Eén keer slik ik iets. Wat een feest! Ik zie op mijn mobiel hoe laat het is. Ik kleed me aan, pak mijn tas in en loop het hotel uit.

'Bo!' hoor ik als ik het hotel uit loop. Ik draai me met een ruk om.

'Anouk!' Ik ren naar haar toe en val haar om de hals. 'Waren ze al weg?'

'Nee,' zegt Anouk. 'Maar ik ga met jou mee. Je denkt toch zeker niet dat ik je hier helemaal alleen laat?'

We pakken elkaar vast.

'Ik hou van je, zeikerd,' lacht Anouk.

'Ik ook van jou, klotetrut.'

Joep

Mijn moeder kijkt verbaasd naar de duizend baht die op tafel ligt.

'Voor u,' zeg ik. 'Voor de kosten die u voor me hebt gemaakt.'

Ze pakt het op en duwt het in mijn handen.

'Ze wil geen geld,' zegt Benat.

'Ik heb al die jaren niet voor je kunnen zorgen,' zegt mijn moeder.

Ik gebaar dat ze het toch moet aannemen. 'Anders durf ik hier niet te blijven,' zeg ik. 'Ik ben een volwassen zoon, die gaat niet op de zak van zijn moeder teren.'

'Ik wil geen geld,' zegt mijn moeder beslist. 'Ik hou van je. Je bent mijn kind.'

'Daarom moet je het aannemen, omdat ik je kind ben. Ik wil kostgeld betalen, net als mijn broers en zus.'

Nu snapt ze het. Ze bergt het op en strijkt met haar vingers door mijn haar. Voordat ik emotioneel word, sta ik op. Benat staat al klaar. Ik heb tegen hem gezegd dat ik een baantje nodig heb. Hij heeft er meteen werk van gemaakt. Zelf werkt hij in een hotel in Chiang Mai. Eerst had zijn baas zogenaamd niks voor mij te doen. Maar Benat zei dat ik naast

Nederlands ook Frans, Duits en Engels spreek. Nu mag ik folders uitdelen voor het supertoeristische hotel waar hij klusjesman is. Vandaag wordt mijn eerste dag.

Ik loop met Benat door het prachtige stadje. Nu zie ik weer verschillende mensen. In het dorp wonen alleen maar Thai.

Het wordt ook tijd dat ik weer iets ga doen. Ik begon me te vervelen. Ik ben blij met het baantje, maar het past voor geen meter bij mij. Ik moet toeristen allerlei uitstapjes aansmeren. Bezoeken aan tempels, boottochten over de rivier. Ze hebben zelfs watertripjes op olifanten en massages. Voor elk tripje krijg ik maar een schijntje. Ik zal heel wat moeten verkopen om er iets aan over te houden. Eigenlijk is het meer een baantje voor Bo. Die weet met haar vrolijke praatjes en innemende lach de mensen wel te strikken.

Een mooie vrouw met prachtige ogen loopt langs. Ik kijk haar na.

'Hé, je moet straks wel klanten weten te winnen, hoor, niet alleen naar vrouwen kijken,' lacht Benat. 'Als je niet genoeg binnenbrengt, gooit hij je eruit.'

'Dat kan nog weleens een grote afgang worden,' verzucht ik.

We lopen over een marktje waar een man spuuglelijke schilderijen probeert te verkopen.

Benat geeft me lachend een klap op mijn schouder. 'Als het je niet lukt om genoeg te verkopen, kun je altijd nog kunstenaar worden.'

Bo

'Het is onze laatste kans,' zeg ik tegen Anouk als we de bus uit stappen. 'Stel je voor dat ze hier ook niks weten.' We zijn net in weeshuis 2 geweest, maar het was al snel duidelijk dat daar geen Aroon Tai heeft gewoond.

'Dan hebben we dus echt ons best gedaan,' zegt Anouk. 'En dan gaan we naar Phuket.'

'Pas op!' Ik trek Anouk terug als we oversteken. 'Je lag bijna onder een tuktuk.'

Het lijkt me vreselijk om nu naar Phuket te gaan. Dan kom ik er dus nooit achter waarom Joep is weggegaan. Ik voel hoe somber ik ervan word. Kan ik eigenlijk wel naar Phuket als we niks over Joep te weten zijn gekomen? Het liefst zou ik in mijn eentje doorzoeken, maar waar?

'No worries,' zegt Anouk. 'Ze weten daar heus wel iets.'

Wat stinkt het naar uitlaatgassen! Ik knijp mijn neus dicht. Anouk heeft er geen erg in. Die loopt maar te sms'en. 'Michael en John zijn al op weg naar Phuket,' zegt ze. 'Hij snapt helemaal dat we later komen. Ik heb zo'n mazzel, Bo, ik voel het. Ik heb de vent van mijn dromen gevonden, hier in Thailand. Als we Joep niet vinden, is het klote, maar dan is het tenminste nog ergens goed voor geweest. Een hunk uit Australië. Dat had ik dus nooit kunnen denken. Hoe lang is het vliegen naar Melbourne?'

Het lijkt toch serieuzer dan ik had gedacht. 'Superlang,' zeg ik. 'Een uur of dertig hang je wel in de lucht.'

'Misschien heeft hij nog wel een leuke vriend daar. Het idee dat wij samen in Melbourne zitten.'

'Als ze allemaal op die John lijken hoeft het voor mij niet,' zeg ik.

'Hij heeft heus wel meer vrienden. Australië lijkt me best cool.'

'Misschien wil hij wel naar Amsterdam komen.'

'No option,' zegt Anouk. 'Hij heeft daar een bedrijfje. Een reclamebureau midden in het centrum van Melbourne. Het schijnt heel goed te lopen.'

Ze denkt er zelfs over om naar Melbourne te gaan. Ik begin nu toch echt aan mezelf te twijfelen.

'Hoe moeten we?' Ik blijf staan. 'Ik hoop niet dat het nog ver is. Ik stik. Wat een hitte.' Ik smeer nog wat zonnebrand op mijn armen. Dat hoeft Anouk niet te doen, maar ik verbrand zo met mijn lichte huid. Joep heeft een mooie kleur. Bruin, maar niet zo donker als de Thai hier, omdat hij in Nederland is opgegroeid.

Anouk bestudeert de plattegrond. 'Hier staan we nu en hier is het weeshuis. Nog een minuut of vijf lopen, schat ik.'

Ik voel mijn maag. Mijn laatste kans. Ineens word ik pissig. Joep kan me gewoon bellen, daar hoeft hij helemaal geen moeite voor te doen. Maar zelfs dat schijnt nog te veel te zijn. En ik loop hier in die klotehitte om hem te zoeken. Ben ik niet stapelgek? Misschien hadden we vanochtend beter naar

Phuket kunnen gaan. Schiet ik er wel iets mee op als ik weet waarom hij hem is gesmeerd? Misschien kom ik erachter dat ik al die jaren ben bedrogen. Dat hij allang een liefje in Thailand had. Het kan dat hij met haar skypte als ik er niet was. Dat ze helemaal niet wist dat ik bestond en ik niet dat zij bestond. In gedachten zie ik Joep achter de laptop zitten praten met een vrouw. Ik word misselijk als ik eraan denk. Als ik zoiets te horen krijg, hoef ik nooit meer een vent.

'Daar is het.' Anouk wijst naar een gebouwtje in de verte. 'Daar heeft jouw Joep gewoond. Raar, hè?'

'Als het daar was.'

'Dat moet toch wel,' zegt Anouk. 'Hij is afgestaan aan het weeshuis. Er zijn er maar drie in heel Bangkok. En twee ervan hebben we gehad. Wat heb je?' Ze pakt mijn hand. 'Je ziet helemaal wit.'

'Ik weet niet of ik hem wel wil vinden.'

'En daar kom je nu mee aan?'

'Kan ik het helpen, ik krijg opeens de stress. Denk jij dat Joep mij al die jaren heeft bedrogen?'

'Hoe bedoel je?'

'Dat hij hier in Thailand een vrouw had. Via internet dus. Als ik daarachter kom, dan...'

'... dan is hij nog niet klaar,' zegt Anouk. 'Weet je dat ik hem vannacht in mijn droom in elkaar heb geslagen? Serieus, ik kan het me zo goed voorstellen dat ik hem een knal voor zijn kop geef. Hij zal echt een goed excuus moeten hebben. Iemand die mijn vriendin zo'n pijn doet... Ik ben toch zo benieuwd naar wat hij te zeggen heeft.'

'Daarom moet ik hem vinden,' zeg ik. 'Anders ga ik van alles in mijn kop halen. Als ze hier niks weten, zoek ik door. Dan ga jij gewoon naar Phuket, niks aan de hand en ik kom later. Oké?'

'Niks oké,' zegt Anouk. 'Als ze hier niks weten, dan moet je het opgeven. Doorleven, liefje, en feesten. Dan vergeet je hem.'

In dit weeshuis is het nog erger dan in de vorige twee. We zitten op een oud, kapot bankje in een gang die stinkt naar pies. De man die we nodig hebben komt straks pas. Tenminste, als we het goed hebben begrepen. We moeten wachten en er is niemand, alleen een vrouw die geen woord Engels verstaat. Ze moet alles doen. Voor de kleintjes zorgen en de telefoon beantwoorden. Overal zien we kinderen spelen en horen we baby's krijsen. De telefoon blijft overgaan, maar niemand neemt hem op. Als de vrouw met een kleintje op haar arm voorbijkomt, stap ik op haar af. Ik kijk haar vragend aan. Ze wijst op haar horloge en loopt door.

'Ze bedoelt zeker dat hij later komt,' zeg ik.

'Lekker vaag,' zegt Anouk. 'Zo meteen zitten we hier twee dagen.'

Anouk stuurt de hele tijd sms'jes naar Michael. Na twee uur is die man er nog niet. Maar wat moeten we? Weggaan? En dan? We hebben geen keus en zullen moeten wachten.

'Ooit komt hij,' zegt Anouk.

Eindelijk, na uren, komt er een man binnen. De vrouw die net met een groepje kinderen langskomt, wenkt dat het de man is op wie we wachten. Ze praat even met hem. Hij kijkt onze kant op en glimlacht. Hij zit er helemaal niet mee dat we de halve dag hebben gewacht. Hij doet alles superlangzaam. Eindelijk neemt hij ons mee naar een kamertje. Dat die man hier kan werken! Het stinkt naar roet. Nu komt het eropaan. Ik voel dat ik heel gestrest ben. Mijn benen trillen. Hij gebaart dat we mogen gaan zitten.

'Om wie gaat het?' vraagt hij.

'Om mij,' zeg ik.

'Mag ik uw trouwboekje zien?'

'Ik ben niet getrouwd,' zeg ik.

'Helaas, dan mag u niet adopteren.'

'Hij denkt dat we een baby willen.' Anouk schiet in de lach.

'We komen voor iets anders,' zeg ik. 'Aroon Tai heeft in uw weeshuis gezeten.' Ik noem het jaar. De man kijkt me aan.

'Sorry,' zegt hij. 'Ik had u graag geholpen. Maar een paar maanden geleden hebben we hier brand gehad.' Hij wijst naar het geblakerde plafond. 'Alle gegevens zijn verloren gegaan.'

Nee, dit meent hij niet! Ik kan Joep dus niet vinden. Ik kan het gewoon niet geloven. Dit is toch te bizar voor woorden.

'Is het belangrijk?' vraagt hij als hij mijn verschrikte gezicht ziet.

'Heel belangrijk,' zeg ik. 'Weet u misschien hoe ik hem kan vinden?'

De man denkt na. 'Wanneer was het precies?'

'Hij is nu tweeëntwintig. Toen hij vier was, is hij afgestaan aan het weeshuis.'

'Hier?' vraagt de man.

'Dat moet wel,' zeg ik. 'We zijn al in de andere weeshuizen geweest.'

'1990,' mompelt hij voor zich uit. Hij neemt de hoorn van de telefoon en belt iemand. Daar was ik al bang voor. Dit gaat weer uren duren. Volgens mij vraagt hij uitgebreid hoe het met de familie van de persoon is die hij aan de lijn heeft. En daarna wordt zijn eigen familie besproken. Anouk en ik kijken elkaar aan. Eindelijk valt Joeps naam en daarna hangt hij op.

'Ik heb het voor u nagevraagd. In die tijd hadden we allemaal kinderen uit de bergen. Wij noemen het de Chiang Mai-tijd. De kinderen kwamen uit dorpjes rond Chiang Mai. Ik ga het nog even voor u na.'

Hij loopt naar de gang en wenkt de vrouw die met een schreeuwend kind op haar arm heen en weer loopt.

'Dit gaat vast ook weer uren duren,' verzucht Anouk. 'Het is hier ook zo fucking heet. Waarom hebben ze geen airco?'

De man neemt het kind van de vrouw over en wiegt het. Als het geschreeuw ophoudt, praat hij met de vrouw. We vallen bijna flauw van de hitte als hij binnenkomt.

'Het is inderdaad zo. Degene die u zoekt moet uit Noord-Thailand zijn gekomen. We raden u aan naar Chiang Mai te reizen en daar de omringende dorpen te bezoeken.'

'Wat een gelul. Ik geloof er niks van. Hij zegt gewoon maar wat,' zegt Anouk als we even later buiten staan. 'Hij wil gewoon iets zeggen. Zo zijn ze hier. Anders denken ze dat ze niet beleefd zijn. In een dorpje bij Chiang Mai. Weet je hoe ver dat is? Een kilometer of zevenhonderd.'

'Ja, we gaan even zevenhonderd kilometer met de trein voor die crazy,' zeg ik. 'En dan zeker al die dorpen uitkammen.'

'Hoe?' zegt Anouk. 'Lopend zeker. In die hitte! Dat overleven we nooit. Hij gaat zelf maar naar Chiang Mai.'

'Misschien komt Joep wel van een heel andere kant van het land.'

'Uit Phuket,' lacht Anouk.

'Shit! Laat die lul ons eerst de hele dag wachten.' Ik heb een pestbui.

'We geven het op, Bo. Echt. We gaan naar Phuket.'

'Ik heb zin in een Thaise whisky,' zeg ik. 'We gaan naar het backpackerscafé en we drinken ons helemaal lam. En morgen denken we weer verder. We gingen toch op wereldreis?'

'Helemaal voor,' zegt Anouk.

We stappen in de bus en rijden naar het centrum.

'Hoe voel je je?' vraagt Anouk.

'Ik zeg niks meer. Eerst een Thaise whisky.'

'Een paar Thaise whisky's,' zegt Anouk.

Als we even later het backpackerscafé in komen zie ik mijn hunk van gisteren weer aan de bar zitten. Hij geeft me een knipoog. Was dat hem? denk ik. Ik zou er nu echt geen zin in hebben om met hem te vrijen.

'Is dat niks voor je?' vraagt Anouk als we aan een tafeltje zitten en ze wijst naar mijn lover van gisteravond.

'Daar ben ik al mee geweest.'

'Doe normaal. Wanneer dan?'

'Gisteren.'

'En je zat toch de hele tijd bij ons? Je meent het? Ben je met hem geweest?'

'Ja. Ik heb met hem geneukt op de wc.'

'Nee!' roept Anouk. 'Daar weet ik niks van. Vertel op.'

'Mijn kop!' kreunt Anouk als we de volgende morgen wakker worden. 'Ik heb een vette kater.'

'Anders ik wel. Weet jij nog hoe we thuis zijn gekomen?'

'Lopend.'

'Dat hele eind? Dat kan nooit. Ik herinner me iets van een tuktuk.'

'Dat was toch twee dagen geleden?'

'Nu herinner ik het me weer!' Anouk begint te lachen. 'Die gast reed door rood en jij gilde: "Go boy!"'

'Deed ik dat echt?'

'Ja! Je was hartstikke zat.'

'Ik herinner me er geen klap meer van. Hebben we wel betaald?'

'Jij hebt betaald,' zegt Anouk. 'Je gaf hem nog een vette fooi.'

Ik kijk in mijn portemonnee. 'Shit! Je hebt gelijk. Ik ben bijna blut. Heb ik dat allemaal aan die gast gegeven?'

'Wat denk je van onze whisky's?'

'Zo te zien zijn dat er heel wat geweest,' lach ik. 'Ik weet echt niks meer. Ik weet niet eens meer met wie ik in dat café heb gepraat.'

'Je hebt toch niet weer stiekem in de wc geneukt, hè?'

'Ik weet echt van niks,' zeg ik.

Anouk gaat op de rand van haar bed zitten en wrijft over

haar hoofd. 'Hoe kom ik deze dag door met zo'n kop? Nou ja, zolang ik niet buk gaat het wel.' Ze haalt aspirines uit haar tas en neemt ze in.

'Jij ook?' Ze gooit twee aspirientjes naar me toe. 'Vandaag gaan we naar Phuket,' zegt ze.

'Ik heb andere plannen,' zeg ik.

'Nee!' roept Anouk. 'We hoeven toch niet helemaal naar dat fucking Chiang Mai, hè?'

'Nee.'

'Gelukkig.' Anouk loopt naar de douche. 'Ik schrok me al dood. Zeker uren opgepropt zitten in een bloedhete trein met onze megakater.'

'Als we naar Phuket willen, moeten we ook met de trein,' zeg ik.

'Maar dan zijn we er tenminste als we aankomen. Dan nemen we meteen een duik in het water. Maar als we in Chiang Mai aankomen, begint de ellende pas. Maar wat is jouw voorstel?'

'We blijven nog een dagje. Kunnen we nog wat van Bangkok zien.'

'Dan wil ik naar China Town!' roept Anouk vanonder de douche.

'En ik wil ook de Gouden Tempel zien!' zeg ik.

'Wat een pisstraaltje. Jij mag.' Anouk raapt haar handdoek op van de grond en droogt zich af. 'De drijvende markten moeten we ook zien,' zegt ze.

'O, wat zijn we weer cultureel. Mijn vader zou trots op me zijn.' Ik poets mijn tanden en spoel na met het beetje mineraalwater dat nog in mijn flesje zit.

'Ik heb zin in een bananenpannenkoek,' zeg ik als ik me aankleed. Shit! Ik struikel over Anouks rugtas. 'Jezus, wat maak jij toch een troep. Daar zal Michael nog van balen.'

'Welnee.' Anouk raapt wat spullen op. 'Als ik met Michael samenwoon, nemen we een huishoudster die alles voor ons opruimt.'

'Dream on, girl.'

Als we het hotel uit komen, knijpt Anouk in mijn arm. Van schrik blijf ik staan. Die ploert van een pooier sleurt het meisje aan haar haren naar binnen. Ze gilt van angst.

'Hé, durf je wel tegen een kind!' roept Anouk.

De man kijkt woest op. Hij schreeuwt iets tegen ons en schopt Sunee het huis in.

Anouk rent ernaartoe. 'Klootzak!'

Ik trek haar mee. 'Je maakt het alleen maar erger voor dat meisje.'

'Wat een klootzak!' briest Anouk. 'Dat dat hier allemaal mag.'

'Niet aan denken. Daar heeft ze niks aan.' Maar zelf voel ik me ook rot. 'Misschien moeten we haar toch maar helpen.'

'Dat kan niet,' zegt Anouk. 'Dat zei Michael toch ook? Zie jij ons met haar over straat rennen? Voordat we eindelijk bij het station zijn, heeft die ploert haar allang gevonden. En dan kun je helemaal lachen.'

Ik knik. We gaan een restaurantje in en bestellen twee bananenpannenkoeken.

***

‘Willen we hier echt naar binnen?’ vraagt Anouk als we bij de Gouden Tempel aankomen. ‘Moet je die rij zien.’

‘Dat duurt niet lang,’ zeg ik.

Voor de tempel staan jongens met sieraden en water. We kopen twee flesjes.

‘Het wordt nu alweer heet.’ Anouk kijkt naar een groepje jonge monniken.

‘Die ene is een beauty,’ zeg ik. ‘Die hadden we gisteravond moeten hebben in plaats van al die losers in het backpackerscafé. Dan had ik weer even gebruikgemaakt van het toilet.’

‘Nee, want daar was ik dan al met hem bezig,’ lacht Anouk.

‘Triootje?’

‘Helaas zijn ze niet te versieren.’

‘Wacht maar even.’ Anouk wenkt de jonge monnik.

‘We lijken wel twee pedo’s,’ lach ik. ‘Dat jochie is hooguit veertien.’

‘Zie je wel, hij komt eraan,’ zegt Anouk.

‘You want something to drink?’ vraagt ze met haar liefste glimlach en ze wijst naar het karretje met drinken een eindje verderop.

‘Water,’ zegt de monnik.

‘Oké,’ zegt Anouk. De jonge monnik roept de andere monniken.

‘Nee!’ lach ik als ze met zijn twaalven aankomen. ‘We gaan niet voor die hele club betalen!’

***

Onder de indruk komen we de tempel uit.

'Ik had niet gedacht dat het zo mooi zou zijn,' zeg ik. 'Dat mensen zoiets prachtigs kunnen bouwen.'

'Die Boeddha was echt indrukwekkend,' zegt Anouk. 'Toen we onze schoenen moesten uittrekken, schrok ik wel een beetje. Het leek ineens zo heilig.'

'Ik was nog even bang dat mijn nieuwe sneakers werden gejat,' lach ik.

'Nu wil ik shoppen in China Town.' Anouk wijst naar een taxi. 'Zullen we die aanhouden?'

'Is dat niet te duur?'

'Ik heb geen zin om in die bloedhitte opeengepakt in een bus te staan.' Anouk wenkt de taxi. 'China Town?' zegt ze door het open raampje.

De chauffeur gebaart dat we mogen instappen. Als we wegrijden, kijkt Anouk naar de meter. Ik zie het ook. Hij staat veel te hoog.

'Hallo, dat klopt niet,' zegt Anouk tegen de chauffeur.

Hij haalt zijn schouders op en rijdt gewoon door.

'Dit kan niet, hoor,' zegt Anouk. 'Dit wordt een megadure rit.' Ze kijkt op de plattegrond. 'Dat dacht ik al, hij rijdt hartstikke om. Zodra hij bij het stoplicht stilstaat, gaan we eruit,' zegt Anouk. 'Hand bij de deurkruk.'

Als er een stoplicht aankomt, roept Anouk: 'Let op!' Het licht springt op rood. Wij willen er al uit springen, maar de auto scheurt door. Ik zit me te verbijten. Nergens staat hij stil.

'Nu!' zegt Anouk als er weer een stoplicht aankomt. Deze keer kan hij niet doorrijden, want de auto voor hem staat stil. Zodra hij afremt, gooien we het portier open en springen eruit. De man stapt ook uit. Shit, mijn mobiel gaat. Mijn moeder!

'Rennen!' roept Anouk. We horen de chauffeur achter ons schelden. Mijn mobiel blijft rinkelen.

'Loser!' schreeuwt Anouk. Ze kijkt om, maar hij komt ons niet achterna. Een eind verderop staan we hijgend stil. Mijn mobiel gaat weer af. 'Zet dat kloteding af!' schreeuwt Anouk.

Ik wil mijn moeder wegdrukken, maar van de stress druk ik op het groene knopje.

'Dag liefje, met mama. Ik was zo benieuwd.'

'Hi mam.'

'Wat hijg je, kind?'

'Mijn mobiel lag nog in de tuin.'

'Wat hoor ik allemaal voor herrie?'

'Eh... tante is aan het verbouwen.'

'Kind toch, kom je dan wel tot rust? Ik hoor getoeter bij jou.'

'Ja, de aannemer kan er niet langs. Tante Alice moet haar auto weghalen.'

'Wat moet ze weghalen?'

'Haar auto!' schreeuw ik. De tranen lopen over Anouks wangen van het lachen.

'Mam, ik moet helpen sjouwen.'

'Niet te zwaar tillen, hè? Denk aan je rug.'

'Ik bel je nog wel,' zeg ik half stikkend van de lach.

'Dag schat, liefs hè?'

'Tante Alice heeft het wel druk,' lacht Anouk. 'Nu moet ze weer verbouwen.'

'Eerst haar auto verplaatsen,' zeg ik.

'Kan ze ons niet meteen even naar China Town rijden? Ik weet echt niet waar we zijn.' Anouk vouwt de plattegrond open.

Een tuktuk stopt naast ons. 'Transport?' roept een jongen.

'China Town, how much?'

De jongen roept een prijs.

'Laten we het maar doen,' zeg ik. 'Lopen zit er nu even niet meer in.'

Ik begin al een beetje te wennen. We crossen overal tussendoor. Deze jongen rijdt wel heel goed.

'Amsterdam?' vraagt hij als hij ons hoort praten.

'My sister in Amsterdam,' zegt hij als we knikken. 'Adoption.'

Ik denk meteen weer aan Joep. Op slag zit ik in een dip. De gedachte dat we niet verder zoeken maakt me onrustig. Ik realiseer me dat ik Joep echt kwijt ben, mijn grote liefde. Soms kan het zo rauw op me afkomen.

'Hé, zit je te maffen? We zijn er,' zegt Anouk.

Ik kijk mijn ogen uit. Wat een kleuren. Overal zie ik glitters, knipperende neonreclames en uithangborden.

'Die lampionnen!' zegt Anouk. 'Het lijkt wel China.'

We lopen nog maar net of Anouk trekt me een sieradenwinkeltje in. 'Zal ik deze ringetjes voor Michael en mij kopen? Of deze?'

Ze is echt gek op hem. Het is voor het eerst dat ik meemaak dat Anouk het zo lang volhoudt. Stel je voor dat het echt wat wordt en ze gaat naar Melbourne... Ik word meteen depri. Niet aan denken. Ik kijk naar een superkitcherige armband met Chinese tekentjes erop.

'Die neem ik,' zeg ik.

'En ik neem deze ringetjes. Denk jij dat Michael die past?'

'Anders doet hij hem maar om zijn pink,' zeg ik.

We rekenen af.

'Yes!' roept Anouk als we buiten lopen. Ze wijst naar een fotoshop. Ze maken niet alleen pasfoto's, maar ook portretten in Chinese kleding.

'We laten een foto van ons tweeën maken,' zegt Anouk.

'Ja,' zeg ik.'Vet! Met een tempel erachter.' En we staan al binnen.

Een man vraagt wat hij voor ons kan doen. We leggen uit dat we samen op de foto willen. Hij neemt ons mee naar een kamer. Er hangen schermen die hij één voor één naar beneden haalt. Als achtergrond kunnen we kiezen uit een rijstveld, pagodes, vijvers met lotusbloemen en nog veel meer.

'Ik wil die Chinese Muur,' zeg ik.

'Super!' Anouk wijst hem aan. De man houdt ons een aantal gewaden voor. We zoeken er twee uit en verdwijnen achter een gordijn.

'Je bent zo echt een Chineesje,' lacht Anouk. 'Wel een Chineesje dat in de bleek heeft gelegen.'

'En zo?' Ik knijp mijn ogen tot spleetjes.

'Ja, zo gaan we op de foto.' We liggen slap van de lach, maar de man blijft heel serieus. Hij zet ons samen voor de Chinese Muur.

Klik. 'Als-ie gaaf is sturen we hem naar onze vrienden,' zeg ik terwijl we wachten. 'En dan moeten ze raden waar we zijn. Wedden dat ze allemaal denken dat we in China zitten?'

'Wauw!' zeg ik als de man de foto laat zien. 'Echt super.'

We mogen hem scannen en zetten hem op onze mobiel.

'We sturen hem naar je ouders,' zegt Anouk. 'Tante Alice is met ons voor de verbouwing gevlucht, naar China.'

'Waarom stuur je hem niet naar Michael?' vraag ik.

'Crazy,' zegt Anouk. 'Hij is super, maar ook super onsexy.'

We lopen een heel smal straatje in waar een marktje is. 'Gadver!' Ik knijp mijn neus dicht. 'Wat stinkt het hier.'

'Niet tutten,' zegt Anouk. 'Het is hier supergaaf!'

Een taxi rijdt stapvoets naast ons.

'No taxi!' roept Anouk. Maar dan rent ze naar de auto. 'Nari!'

Nu herken ik hem ook. Hij heeft ons bij de luchthaven een lift gegeven naar Bangkok.

'Hoe gaat het?' vraagt hij.

'We zijn lekker aan het shoppen,' zeg ik.

'En morgen gaan we naar Phuket.' Ik hoor aan Anouks stem dat ze niet meer kan wachten.

'Je vriend zoeken?' Hij kijkt me aan.

Ik wist niet dat Anouk dat had verteld.

'Nee, niemand kent hem. In het laatste weeshuis zeiden ze dat we naar Chiang Mai moesten gaan.'

'Chiang Mai is prachtig.'

'Ja, maar dan hebben we hem nog niet,' zeg ik. 'Hij komt uit een dorpje in de bergen.'

'Altijd doen,' zegt hij. 'Een schitterend gebied. Echt een vakantiebestemming.'

'Hoe komen we in die dorpjes?' zegt Anouk. 'Op een olifant? Of wil jij ons brengen?'

Hij lacht. 'Kon dat maar, dan zou ik het zo doen. Maar ik moet werken. Veel plezier in Chiang Mai.' Hij wil wegrijden.

'We gaan niet,' zegt Anouk nog. 'We hebben geen zin om dat hele eind in de trein te zitten en waarschijnlijk voor niks.'

'Je moet er ook een tripje van maken,' zegt hij.

'Ja, zwoegend door de hitte zeker. Lekker tripje,' verzucht Anouk.

'Hebben jullie een rijbewijs?'

'Ja,' zegt Anouk.

'Huur een auto.'

'Haha, veel te duur.'

'Mijn broer verhuurt auto's. Heel kleinschalig, hoor. Hij heeft drie auto's. Ik wil het wel voor jullie ritselen.'

'Te gek!' roept Anouk. 'Ik zie ons al crossen door Thailand.'

'Durf je wel links te rijden?' vraag ik. 'Ik heb mijn rijbewijs niet bij me.'

'No problem. Bij tante Alice in Wales rij ik ook links.'

'Great!' zeg ik. Ik zie het wel zitten. Wie weet vinden we Joep toch nog.

'Ik wil wel een auto met cd-speler,' zegt Anouk.

'Een cabrio,' lach ik, 'en dan met open dak en knetterharde muziek aan rijden.'

'En een minibar,' zegt Anouk.

'Zin om bij mijn broer langs te gaan?' vraagt Nari.

Wij stappen al in de auto.

'Het wordt een megajourney,' zegt Anouk terwijl Nari ons door Bangkok rijdt. 'En als toetje Phuket! Great!'

'En als we jonge monniken tegenkomen, hup stoppen en een lift geven.'

'Dan mogen we wel een bus huren,' zeg ik. 'Als ze altijd met zo'n mannetje of twintig komen aanzetten.'

'Zevenhonderd kilometer,' zegt Anouk. 'Hoe lang zouden we erover doen? Het laatste stuk door de bergen, hoor.'

'We zien wel,' zeg ik. 'We gaan heel slowly. Lekker chillen onderweg. Als we iets leuks zien, stoppen we. We merken wel wanneer we er zijn. En we slapen in onze Cadillac. Lekker cheap.'

'Joehoe!' roept Anouk. 'Dit is wat ik bedoel. Lekker op wereldreis.'

Ik denk aan Joep. Stel je voor dat we hem echt vinden. Hoe zal ik reageren? Knap ik uit elkaar van woede, of ben ik heel verdrietig? Als we hem vinden...

Anouk slaat haar arm om me heen. 'Het wordt echt een superavontuur.'

'Ach, we maken het weer veel te mooi,' zeg ik. 'Zo meteen kunnen we die auto niet eens betalen.'

Ik kijk naar buiten. Waar komen we helemaal terecht? Het is nog Bangkok, maar wel een buitenwijk.

'Ik hoop wel dat hij ons terugbrengt.'

'Welnee,' zegt Anouk enthousiast. 'Straks rijden we met onze limo naar ons hotel.'

Nu moeten we er bijna zijn, want we rijden een doodlopend straatje in. Nari wijst naar een garage aan het eind van de straat. 'Hier is het.' Hij parkeert zijn auto voor de garage. Onder een auto ligt een jongen te sleutelen.

'Your brother?'

Nari knikt trots. 'Aeneas.' Een magere besnorde boy van in de twintig kruipt onder de auto uit. Hij zit vol smeer en knikt naar ons. Nari praat met hem.

'Volgens mij luistert hij helemaal niet,' zegt Anouk. 'Die viespeuk staat alleen maar naar onze tieten te gluren.'

'Hoe lang willen jullie de auto huren?' vraagt Nari.

'O, Ananas spreekt geen Engels,' zegt Anouk.

'Een week,' zeg ik.

'Heb je wel een internationaal rijbewijs?'

'Ja,' zegt Anouk. 'Alsof ik het van tevoren wist.'

Aeneas wijst naar een soort wrak langs de kant van de weg.

'Moeten we met dat krot de bergen in?' roept Anouk. 'Doet dat ding het wel?'

'Natuurlijk wel,' zeg ik. 'Anders zouden ze hem toch niet verhuren?'

'Hoeveel?' vraagt Anouk.

'Mijn broer maakt wel een leuk prijsje,' zegt Nari.

Anouk stoot me aan. 'Ananasje gaat ons matsen.'

Om ons heen staan een paar kinderen. Ze praten over ons en lachen. 'Aeneas sexy sexy!' roepen ze. En dan rennen ze hard weg.

'Kunnen we hem meteen meenemen?' vraagt Anouk.

'Nee,' zegt Nari. 'Mijn broer moet er nog even aan sleutelen.'

We kunnen ons lachen bijna niet inhouden. Onze Ananas kan zijn ogen maar niet van ons afhouden.

'Sleutelen, maar wel aan de auto, hoop ik,' zegt Anouk. Nari lacht. Zijn broer vraagt wat Anouk zei. Als hij het hoort, moet hij zelf ook lachen. Nari doet de deur naar het huis open en roept iets. Een oudere Thaise vrouw komt de garage in.

'Mother,' zegt Nari. De vrouw doet haar handen tegen elkaar en knikt. 'Sawadee, sawadee...!'

'Mijn moeder vraagt of jullie thee willen,' zegt Nari. 'Jullie moeten toch wachten tot de auto klaar is.'

'Hoe lang?'

'Een uurtje,' zegt Nari. Zijn mobiel gaat. 'Sorry,' zegt hij. 'Ik moet gaan. Werk aan de winkel. Het komt helemaal goed.' Hij geeft ons zijn kaartje. 'Als er iets is, bel maar.'

Zijn moeder neemt ons mee het huis in. We kijken onze ogen uit. In de kamer staat een radio die je bij ons op het Waterlooplein nog niet kwijtraakt. Meubels waar veren uit steken. Een tafel waarvan het blad is afgesleten. Het hele zootje zou je bij ons zo naar de vuilstortplaats brengen. Het ruikt hier wel lekker. Ik snuif. De vrouw lacht. Ze neemt ons mee naar een klein keukentje en doet de deksel van de pan. Currysoep met noedels. Ik ga op een bank zitten. Help, een veer steekt in mijn billen. Ik spring op en ga op het krukje zitten. De vrouw geeft ons lachend jasmijnthee. Ze zet de tv voor ons aan. Onze reis begint al goed. We zitten naar een Thaise soap te kijken. We verstaan er geen klap van. Maar de vrouw praat tegen ons. In het Thais. Ja, zo wordt het wel duidelijk...

'Waar blijft onze Ananas?' vraagt Anouk na vier potten thee en drie afleveringen van de soap. 'Het zou een uurtje duren.'

‘Een Thais uurtje,’ grinnik ik.

‘Dat betekent dus de hele middag thee zuipen en soaps kijken.’ Anouk zakt verveeld onderuit.

Die moeder is een schat. Ze blijft maar thee zetten en lacht de hele tijd naar ons. Het is al bijna donker als Aeneas binnenkomt. We springen op. Super, nu kunnen we gaan. Hij gebaart dat we mee naar de garage moeten komen. De auto ligt half uit elkaar.

‘Wanneer is dat ding nou eindelijk eens klaar?’ vraagt Anouk. ‘Hoe maak je dat nou duidelijk? Broem broem,’ doet ze en ze wijst op de klok.

Aeneas houdt zijn hoofd schuin en houdt zijn twee handen tegen zijn wang. ‘“Slapen,” bedoelt hij,’ zeg ik.

‘Shit, morgen pas, wat moeten we nu?’ De moeder komt er ook bij. Ze neemt ons mee naar de pan met soep. Ze gebaart dat we mogen blijven eten en dan laat ze ons een kamertje zien met twee matjes op de grond. ‘We mogen blijven slapen,’ zeg ik.

‘My God,’ verzucht Anouk. ‘Dat trek ik niet.’

‘Je bent op wereldreis of niet,’ zeg ik.

Gierend van de lach rollen we het kamertje in dat Aeneas’ moeder voor ons in orde heeft gemaakt.

‘Het valt me nog mee dat we borsten hebben,’ zeg ik. ‘Hij heeft ze er zowat af gekeken. En die moeder merkt niks.’

‘Dat vindt ze heel gewoon. Ananas is een echte man,’ lacht Anouk. ‘Ja hoor, moessie.’

‘Toen jij opstond, keek hij ook zo vies naar je billen,’ zeg ik.

'Vind jij het eng hier?' Anouk kijkt me aan.

'Nee, jij?'

'Welnee.' Anouk trekt haar T-shirt uit. 'Wij kunnen met zijn tweeën best een ananas aan.'

Ik ben melig geworden. We kregen een glaasje Thaise likeur. Daar moet je ook niet te veel van drinken. Mierzoet! Het glazuur sprong van mijn tanden. Maar ik ben er wel supervrolijk van geworden.

'Ik was me niet, hoor,' zeg ik. 'Heb je dat washok gezien? Ik ga daar een beetje in mijn nakie staan bij die Ananas.' Ik ga op het matje op de grond liggen.

'Zeker lekker hard,' zegt Anouk. 'Maar wat kan het ons schelen. Morgen cruisen we door de bergen. Ik heb zo'n zin. Het wordt great. Wat ben ik blij dat ik toch een internationaal rijbewijs heb gehaald. Jij vond het onzin.'

'Wist ik veel dat je het meteen meekreeg. Ik dacht dat het weken zou duren. Waar slaapt Ananas, trouwens?' vraag ik.

'In zijn auto,' lacht Anouk.

Het is stil in het huis. De moeder is ook naar bed. We willen net gaan slapen als we voetstappen op de gang horen. We zitten gelijk rechtop. De deur gaat open. Ananas staat in zijn onderbroek in de deur met een brandende kaars in zijn hand.

'Wat komt die gek hier nou doen met die kaars?' zeg ik.

'In zijn broek zit ook een kaars,' zegt Anouk. 'Een grote kerstkaars.' Ze gebaart dat hij weg moet gaan.

Hij knielt voor ons en kust de grond. 'Sex sex,' fluistert hij.

'O, dat woord kent hij wel.'

'No, no sex,' Anouk wijst op ons tweeën. 'Getrouwd, married. Eh... hoe zeg je dat nou?'

Ik hou mijn hand op en laat mijn ring zien. Hij kijkt ons niet-begrijpend aan. Ik besluit 'Daar komt de bruid' te gaan zingen. Anouk valt me bij. Samen zingen we het lied uit.

'Sex,' zegt hij weer. We wijzen weer op onze ringen. 'Children.' Anouk doet alsof ze een baby wiegt en steekt vijf vingers op. 'Five!'

Ze wijst naar mij en doet opnieuw alsof ze een baby wiegt. Nu laat ze zeven vingers zien. 'Seven children.'

Dat gezicht van Ananas. Zijn kerstkaars verschrompelt helemaal.

'Hèhè, onze supersexy snorremans heeft iets door,' lacht Anouk als hij eindelijk afdruipt.

Joep

Ik begin al een beetje aan mijn baantje te wennen. En volgens Benat doe ik het helemaal niet slecht. Chiang Mai is een gezellige plaats. Ik ken al wat mensen van de markt. Ik hoef niet bang te zijn dat ik niks te doen heb. Elke dag komen hier bussen toeristen aan. Ik stap op een vrouw van een jaar of vijftig af.

'English?' vraag ik.

'German.'

Ik laat haar de folder zien. 'Ah, massage.' Ze kijkt me verleidelijk aan. 'Geef jij die massage?'

Daar zijn we weer. Het is telkens raak. Als ik zou willen, kon ik hier goud verdienen. Gisteren was er ook al een vrouw van die leeftijd. Ze nodigde me uit op haar hotelkamer en hield twee briefjes van duizend baht op. Als ze nou nog aantrekkelijk was, dan was ik er misschien nog op in gegaan. Deze vrouw is ook niet bepaald sexy.

'Helaas,' zeg ik. 'Maar in het hotel zijn uitstekende masseurs. Misschien wilt u wel een tripje maken.' En ik laat haar plaatjes van de langnekvrouwen zien. 'Heel interessant,' zeg ik. 'Die mag u niet missen.'

'Als jij met me meegaat,' zegt ze, 'dan wil ik erover denken.'

'Sorry,' zeg ik en ik loop door. Ik kijk naar een groepje westerse jonge vrouwen die op de markt lopen. Die heb ik nog niet gehad en ik wil op hen afstappen. Ik sta midden op de markt en dan staat mijn hart stil. Bo! Daar staat Bo! Ze mag me hier niet zien. Ik kan niet terug, dan moet ik langs haar. Ik baan me een weg naar de andere kant van de markt. Maar ik kom er niet door. Ik moet hier weg. Stel je voor dat ze me ziet. 'Sorry.' Paniekerig probeer ik me tussen de menigte door te wurmen, maar het lukt niet. Mensen kijken me kwaad aan. Zo meteen ziet ze me! 'Opzij!' Ik moet erdoor. Ik sta tussen een groep toeristen geperst. Ik kan niet voor- of achteruit. Ik kijk om. Ze is vlakbij. Het zweet breekt me aan alle kanten uit. Mijn hoofd bonkt. Shit! Ik moet de menigte uit, voordat ik val. En ik schiet tussen een kraam door. Ik hoor Thaise koopmannen schelden. Die pijn! Mijn kop knalt uit elkaar. Ik red het niet, ik heb lucht nodig. Ik strompel achter de kraam langs en zoek steun bij een boom. Het zweet druipt van mijn gezicht en mijn T-shirt is kletsnat. Die pijn! Ademen, zeg ik tegen mezelf. Doorademen. Maar ik zak neer op de grond. Ik voel de pijn nog, maar dat is goed. Ik raak tenminste niet weg. Ik mag niet wegraken, zo vlak bij Bo. Vechtend tegen de pijn zit ik op de grond. Mijn folders zijn gevallen. Maar het maakt niet uit. Ik ben bij bewustzijn. Door een waas kijk ik naar de drommen mensen die aan de andere kant van de kraam langsschuiven. Daar heb je d'r! Tegelijk gaat er een steek door mijn hoofd, en het is net alsof mijn hoofd eraf valt. Ik gil van de pijn. Ze kijkt mijn kant op. Meer mensen kijken mijn kant op, maar zij komt naar me toe.

'Gaat het?' vraagt ze. Ze herkent me niet. Ik sla mijn ogen neer. Ik zie het aan haar benen, het is Bo niet. Als ik opkijk zie ik dat ze er niet eens op lijkt. Hoe kan ik gedacht hebben dat het Bo was? Word ik gek? Ik hallucineer. Een paar kinderen rapen de folders op. Een Thaise man houdt me een flesje water voor. Zij steekt haar hand uit om me omhoog te trekken. Ik wil haar hand pakken, maar mijn arm wil niet. Wat is er met mijn arm? Ik krijg hem niet omhoog. Er zit geen kracht in. Ik reik haar mijn andere hand. 'Thank you,' zeg ik. Ze knikt en loopt door. De andere mensen lopen ook door. Mijn arm, ik voel niks meer. Zelfs niet als ik hem aanraak. Het heeft met mijn hoofd te maken. Hoe lang zal dit duren? Ik stop mijn folders in mijn rechterhand, koop op de markt een tas, hang die over mijn schouder en stop de folders erin.

'Wat heb jij?' vraagt Benat als ik hem voor het hotel tegenkom.

'Ik heb een slaaparm,' zeg ik. 'Het gaat wel weer over.'

Bo

Vol spanning kijken we naar Aeneas, die in de garage achter het stuur van onze huurauto zit. Is hij dan eindelijk gemaakt? De kinderen uit de buurt staan eromheen. De moeder staat er ook bij. Ze heeft vanochtend een heerlijke bananenpannenkoek voor ons gebakken. Aeneas steekt de sleutel in het contact. Ik doe een schietgebedje. Aeneas draait de sleutel om en... Niks. Hij wenkt de kinderen. Ze duwen de auto. Zelf stapt hij ook uit. Half draaiend aan het stuur helpt hij de auto de garage uit te duwen. Anouk en ik helpen ook mee. We duwen de auto de straat door. En dan slaat hij aan. Aeneas rijdt weg. De kinderen rennen terug naar de garage. Daar staat de moeder met een hand vol snoep. Yes! Vijf minuten later komt Aeneas terug. Hij steekt zijn duim op. De auto is gerepareerd. Eindelijk kunnen we weg. Aeneas stapt uit de auto en doet de motorkap omhoog. Hij wijst op een knop. We snappen wat hij bedoelt. Als de motor niet wil starten, moeten we daarop drukken. Super! We nemen afscheid van Aeneas en zijn moeder. Daarna stappen we in.

'Even wennen, hoor.' Anouk bestudeert de versnelling. 'Oké, gaan met die banaan.' En ze geeft gas.

Iedereen zwaait terwijl we de straat uit rijden.

'Nou moet jij zeggen hoe we moeten,' zegt Anouk.

Dat wordt wat. De plattegrond ligt opengevouwen op mijn schoot. Omdat ik zo'n oen ben in dit soort dingen, heb ik van tevoren de route naar het hotel rood gekleurd.

'Linksaf,' zeg ik.

Als we voor het stoplicht moeten wachten, kijken we elkaar aan. Wat hebben we een geluk dat we die Nari hebben leren kennen! We mogen tien dagen weg blijven voor een schappelijk prijsje. Als het licht op groen springt, rijdt Anouk weg, in de verkeerde versnelling.

'Sorry,' zegt ze, 'nog even wennen.' De auto bonkt en sputtert en daarna gaat het weer goed.

'Wauw!' zegt Anouk als we de brug over gaan. 'Het wordt super, Bo. Shit!' De motor slaat af. Auto's achter ons toeteren. Anouk start en de motor slaat godzijdank weer aan.

'Gelukkig, niks aan de hand,' verzucht Anouk. 'Het is een gouden bak.'

'Rechtsaf,' zeg ik. 'O nee, toch niet. Rechtdoor, geloof ik. Wacht even.'

'Ja, wat moet ik nou?' We staan voor een kruising. Weer getoeter. Anouk grist de plattegrond van mijn schoot. 'Linksaf dus.'

'Gaat dat wel, rijden en kaartlezen tegelijk?' vraag ik.

'Met jou als bijrijder zal het wel moeten,' lacht Anouk.

Het is ook wel een vuurdoop. Anouk manoeuvreert dwars door het centrum van Bangkok.

'Stoer van je,' zeg ik.

'Als we maar eenmaal op de grote weg zitten straks,' zegt

Anouk. 'Dat is veel overzichtelijker.'

Ik herken de weg. Nu duurt het niet lang meer of we zijn bij ons hotel. Ik klap voor Anouk als we onze straat in rijden. 'Je bent wel een diehard.'

'Ik moet nog inparkeren,' lacht Anouk. 'Zo, die staat. Nu betalen en wegwezen. Zou hij straks starten?'

'Ik hoop het,' zeg ik.

Als we uitstappen, horen we de vrouwen praten. Ze wijzen naar de auto. Ik schrik me dood als ik Sunee zie. Haar linkerwang is opgezwollen en haar lip is dik en gescheurd. Ze komt naar ons toe en pakt mijn hand. 'Please, help me. Chiang Mai.'

'Chiang Mai?'

We kijken elkaar aan.

'We doen het niet,' zegt Anouk.

'Nee, we doen het niet.' Voor we ons laten overhalen gaan we gauw het hotel in en pakken onze spullen. Anouk rekent af. Ik inspecteer de kamer of we alles hebben.

'We gaan naar onze auto,' zeg ik tegen Anouk als we het hotel uit gaan.

Anouk zwaait trots met de autosleutel. We doen net of we het gejammer van Sunee niet horen en zetten onze spullen in de kofferbak. Maar haar smekende stem gaat dwars door me heen. 'Help me, please!'

We stappen in. Anouk steekt de sleutel in het contact. Ze draait hem om en... de motor slaat aan! We rijden langs Sunee en zien haar wanhopige gezicht. Aan het eind van de straat stopt Anouk. We kijken elkaar aan. Dan zet Anouk de auto in zijn achteruit en rijdt terug.

Sunee kijkt met grote ogen naar de auto, die vlak voor haar stopt.

'Chiang Mai?' roept ze.

Ik draai het raampje open. 'Jump in.'

De andere vrouwen roepen van alles door elkaar. Zes verontwaardigde blikken zijn op Sunee gericht. Ze roept iets terug en wil naar ons toe komen. Maar een van de vrouwen pakt haar vast aan haar arm en trekt haar terug. Sunee probeert zich los te maken. Nu komt er nog een vrouw bij, die haar andere arm vastpakt. Ze schopt, krabt en slaat wild om zich heen. Ze weet aan de vrouwen te ontsnappen en rent naar de auto. Ze rukt het portier open, laat zich op de achterbank vallen en doet snel haar deur op slot.

'Vlug!' zeg ik. Anouk geeft gas en scheurt weg. Angstig kijken we om.

'Cadda!' gilt Sunee.

'Wat is er?' vraagt Anouk, die uit moet wijken voor een geparkeerde auto.

'Die ploert,' zeg ik. 'Hij komt naar buiten gestormd.'

'Cadda!' Sunee duikt weg.

'Komt hij eraan?' Anouk scheurt de hoek om en stort zich in het verkeer.

'Ik weet het niet, nog niet tenminste.' Met kloppend hart kijk ik of ik de motor zie. Terwijl ik achterom blijf kijken, rijdt Anouk met de stroom auto's mee.

Sunee houdt van angst haar handen voor haar ogen.

'Ik wil niet terug!' huilt ze.

'Hij komt er niet aan,' probeer ik haar gerust te stellen. Maar zelf vind ik het ook doodeng.

'En?' vraagt Anouk steeds.

'Ik zie niks,' zeg ik.

Een vrachtwagen vlak voor ons verliest zijn lading. 'Pas op!' roep ik.

Anouk geeft een ruk aan het stuur en rijdt eromheen.

Trillend zit Sunee op de achterbank. Pas als we Bangkok hebben verlaten, durft ze te kijken. 'Hij mag me niet vinden,' huilt ze.

'Rustig maar,' zeg ik. Ik buig me naar achteren en pak haar hand.

'Dank je wel,' zeg ze. 'Dank je wel.'

'Het komt goed,' zeg ik. 'Hoe spreek je jouw naam uit?'

'Sunee,' zegt ze. 'Ik kan het niet geloven.' Als we Bangkok echt achter ons hebben gelaten, kijkt ze om zich heen. 'Ik droom... ik ben vrij.' En dan slaat ze haar handen voor haar gezicht. 'Mama... ik verlang zo naar huis.'

'Je spreekt goed Engels,' zeg ik.

'Van een klant geleerd. Hij was leraar Engels en kwam heel vaak bij me. O, ik kan het niet geloven. Ik dacht dat ik voor altijd moest blijven! Cadda was zo eng. Ik ben zo bang geweest,' snikt ze. 'Ik dacht dat hij me dood zou slaan.' Ik zie haar angstige ogen.

'Jullie brengen me echt naar Chiang Mai?' vraagt ze wantrouwig.

'Ja, natuurlijk,' zeg ik.

'Help me even!' vraagt Anouk. 'Waar moeten we heen?'

'Shit, ik heb helemaal niet opgelet. Waar zitten we ergens? Eh...' Ik kijk op de kaart.

'Bo, please, ik moet nu beslissen.'

'Eh... rechtdoor,' zeg ik. 'Op deze baan blijven.'

Uit Anouks mobiel klinkt een piepje.

'Je hebt een sms'je van Michael.' En ik lees het voor. 'Ha, schoonheid. Het is hier super. See you soon, love Michael.'

'Stuur even een sms'je terug. Duizend kussen. Zeg maar dat ik vannacht van hem heb gedroomd.'

Ik schrik ervan dat Anouk nog steeds zo verliefd is. Waarom moet ze nou verliefd raken op een boy uit Melbourne? Ik zou het zo erg vinden als ze weg zou gaan.

Ik tik het berichtje in en druk op Verzenden.

Sunee kijkt verlangend naar het mobieltje.

'Wil je soms bellen?' vraag ik.

'Mijn moeder,' zegt Sunee. 'Ze heeft nooit meer iets van me gehoord.'

Ik geef haar mijn mobieltje. Haar vingers trillen als ze het nummer intoetst. Ze zegt wat in het Thais en dan drukt ze hem uit.

'Voicemail?' vraag ik.

'Ik heb gevraagd of ze me terug wil bellen.' Sunee wil mijn mobieltje teruggeven.

'Hou maar even bij je tot je moeder heeft gebeld. Hoe lang heb je haar niet gesproken?'

'Een jaar,' zegt Sunee. 'Ik wou heel graag juf worden, maar dat konden we niet betalen. We zijn heel arm. En toen kwam ik in Chiang Mai Zubin tegen. Hij was heel lief voor me. Hij zei dat ik wel juf kon worden. Maar dan moest ik met hem meegaan naar Bangkok. Daar kon ik in een hotel werken en 's avonds naar school. Het hotel was van een tante van hem, zei hij. Ik mocht er ook wonen. Helemaal gratis, dus ik hield geld over. En dat kon ik dan naar mijn moeder sturen. Maar zodra ik met hem onderweg was, veranderde hij. Hij was helemaal niet meer aardig. En in Bangkok was er geen tante met een hotel, alleen dat rothuis van Cadda en daar moest ik werken. Ik heb nooit geld naar mijn moeder kunnen sturen.'

'Wat gemeen,' zeg ik. 'Maar kon je je moeder niet opbellen, of iemand anders?'

'Cadda had alles van me afgepikt, ik had niks meer. En als ik huilde omdat ik naar huis wilde, begon hij te lachen. Dat kan niet meer, zei hij dan. Ik heb kosten voor jou gemaakt. Je reis en je eten, en ik heb Zubin veel geld voor je moeten betalen.'

'Wat een engerd!' zegt Anouk. 'Hoe oud was je toen Zubin je meenam?'

'Twaalf,' zegt Sunee snikkend.

Ik denk aan mezelf toen ik twaalf was. Toen zat ik in groep acht en we repeteerden voor de musical.

'Het was heel gemeen,' zegt Sunee. 'Ik verdiende heel veel geld voor Cadda.'

'Een nightmare,' zegt Anouk. 'Heb je die Zubin nog weleens gezien?'

'Ja, als hij weer een meisje kwam brengen.'

'Hij ronselt ze dus voor Cadda.'

'Linksaf!' roep ik. 'Sorry, kan het nog?'

Anouk zet haar richtingaanwijzer aan.

De auto's razen langs ons.

'Ik kan er niet tussen,' zegt Anouk. 'Ja, toch!' Ineens gaat ze ertussen. Een auto toetert. 'Sorry,' zegt Anouk. Ze kijkt naar me. 'Achter ons,' zegt ze.

Nu zie ik het ook. 'Een motor!' roep ik. Sunee draait zich om en duikt weg. Ik voel mijn hart bonken. Anouk scheurt op de linkerbaan, en de motorrijder haalt ons in.

Ik zie al voor me dat die engerd ons klemrijdt. Arme Sunee. Dat mag niet gebeuren. 'Het is 'm niet,' zegt Anouk ineens.

Opgelucht haalt Sunee adem.

Als we een tijdje hebben gereden, zeg ik tegen Anouk: 'Kijk eens achterin.'

Sunee is in slaap gevallen, met haar duim in haar mond.

We zijn al een heel eind op weg. Sunee slaapt nog steeds.

'Nu kunnen we die klootzak niet meer tegenkomen,' zeg ik.

Anouk knikt. 'Ik ben zo blij dat we haar toch hebben meegenomen.'

'Twaalf was ze,' zeg ik. 'Afschuwelijk toch?' Echt een nachtmerrie en dan zeur ik over Joep die 'm is gesmeerd. 'Als ik Joep niet vind, is het tenminste nog ergens goed voor geweest dat ik naar Thailand ben gegaan.'

'En voor Michael,' zegt Anouk.

We gaan een bergweg op als Sunee een gil geeft. Ze zit rechtop met haar ogen wijd open en zegt wat in het Thais.

'Je hebt geslapen,' zeg ik.

'Ik droomde dat Cadda me had gevonden.'

'Mooi niet,' zegt Anouk. 'We hebben al driehonderd kilometer gereden.'

'Nu gaan we iets te eten zoeken,' zeg ik.

'Graag,' verzucht Anouk. 'Ik val zowat flauw. Het is al twee uur.'

We hadden al een tijdje trek, maar we wilden Sunee niet wakker maken. We hebben wel getankt, daar sliep ze doorheen.

'Zodra we iets zien stoppen we,' zeg ik.

We moeten nog minstens een uur doorrijden voor ik iets zie. 'Kijk daar! Allemaal vrachtwagens. Daar is vast wel wat te eten.'

'Super.' Anouk slaat links af. 'Hè hè,' verzucht ze als ze de auto heeft geparkeerd. 'Even bijkomen.'

'Je bent een superchauffeur,' zeg ik.

Ik kijk naar het wegrestaurantje. Aan lange houten tafels zitten allemaal mannen te eten. Het ruikt heerlijk.

Sunee blijft op de achterbank zitten.

'Wil je niks eten?' vraag ik.

'Die mannen,' zegt ze. 'Dat vind ik eng. En ik heb ook geen geld.'

'Je hoeft niet bang te zijn, wij zijn bij je. En we betalen ook voor je.'

Ik maak het achterportier voor haar open. Wat is het heet buiten! Door de airco was ik het even vergeten.

'Mmm,' zegt Sunee, 'lekker warm.'

'Had je het koud dan?'

'Een beetje,' lacht ze.

Ze pakt mijn hand. Een vrouw staat achter een buffet op te scheppen.

'Moet je zien wat voor lekker eten ze hebben. Ik zie soep en rijst met kip en kerrie.'

'Neem maar wat je wilt,' zeg ik tegen Sunee. Het voelt net of ik een klein zusje heb.

'Lief is ze, hè?' zegt Anouk.

'Een schatje.'

Sunee praat met de vrouw die het eten opschept.

'Ik weet waar we zijn,' zegt ze als we onze borden op tafel zetten.

'Hier vlakbij wonen mijn oom en tante. Daar kunnen we slapen.'

'Great!' zeg ik. 'Moet je ze niet eerst bellen?'

Sunee schudt haar hoofd. 'Ik ga ze verrassen. Super, dan zie ik mijn neef ook weer.'

'Hoe oud is hij?' vraagt Anouk.

'Tweeëntwintig,' zegt Sunee. 'Hij is heel knap. Hij wil filmster worden.'

'Nooit weg,' zegt Anouk.

'Nee,' lach ik. 'Een lekker ding is nooit weg.'

'Heeft hij een snor?' vraagt Anouk.

'Haha, Dai een snor...' Sunee giert het uit. Mijn mobiel gaat.

'Mama!' roept Sunee blij en ze drukt hem in en begint enthousiast in het Thais te praten.

'No no, not Bo,' horen we haar zeggen. 'Me Sunee.'

Ze geeft het mobieltje aan mij. Shit! Mijn moeder!

'Hi mam.'

'Wie had ik nou aan de lijn?'

'De Pakistaanse hulp van tante Alice,' zeg ik. 'Ze dacht dat ik buiten was.'

'Ik hoor tafelgeluiden,' zegt mam. 'Zitten jullie nog aan het ontbijt?'

'Ja,' zeg ik.

'Zeker lekker een Engels ontbijt. Sausages, scrambled eggs met spek?'

'Heerlijk,' zeg ik.

'Fijn hoor, dat jullie zo lekker uitslapen. Rust en regelmaat zal je goed doen.'

Een man naast ons laat zijn dienblad kletteren.

'Wat gebeurt er?' vraagt mam.

'Tantes Pakistaanse hulp laat iets uit haar handen vallen. Ik moet even helpen opruimen. Kus.' En ik druk mijn moeder weg.

Lachend neem ik een hap van mijn soep. Au! Mijn tong verbrandt.

Sunee heeft aan de vrouw van het restaurantje gevraagd hoe we moeten rijden. Ze zit nu voorin, naast Anouk. Dan kan ze de weg wijzen. Het is ergens in een dorpje op het platteland. We zijn al zo'n eind van Bangkok, maar toch schrikken we elke keer als er een motor aan komt.

'Cadda volgt ons niet,' zegt Sunee. 'Hij verlaat nooit zijn bordeel. Daar heeft hij Zubin voor. Zubin heeft ook een motor.' Ze beschrijft hoe hij eruitziet.

'Denk jij dat die neef een stuk is?' vraagt Anouk.

'Geen idee,' zeg ik. 'Maar als je filmster wilt worden...?'

'Ja, willen,' zegt Anouk. 'Hij is het nog niet.'

Weer gaat mijn mobiel.

Ik zie een onbekend nummer. 'Je moeder?' Ik geef mijn mobiel aan Sunee. We horen haar in het Thais praten en ze snikt maar.

Als ze heeft opgehangen, veegt Sunee haar tranen weg.

'Mijn moeder was zo blij, ze huilde alleen maar. Ze dacht dat ik dood was. Ik heb gezegd dat ik naar haar toe kom. Ze kon het niet geloven.'

'Over twee dagen ben je thuis,' zeg ik.

'Als we geluk hebben misschien morgen al,' zegt Anouk.

We hebben al een halfuur gereden zonder tegenligger. We moeten heel erg klimmen. Ik voel het aan mijn oren, we zitten hoog. Het is wel een hartstikke mooi landschap. Anouk geeft plankgas en nog komen we niet hard vooruit. De motor raast. Als hij er maar niet mee ophoudt! We zitten in the middle of nowhere.

'Redt hij het?' vraag ik.

De auto gaat echt waanzinnig tekeer.

'Nog even,' zegt Anouk.

'Joehoe!' roepen we als we boven zijn. Het uitzicht is schitterend. In de verte zien we een meer met huizen eromheen.

'Daar is het!' gilt Sunee opgetogen.

We rijden door een dorpje. Kinderen zwaaien naar ons. 'Die zien dus nooit iemand,' zegt Anouk.

We komen steeds dichter bij het meer.

'Nu zijn we er bijna,' zegt Sunee, die een wegwijzer leest. 'We zijn bijna bij mijn familie. Nog vijf kilometer.'

Ik ben blij als we er zijn. Het is wel genoeg geweest voor vandaag. Ik zie dat Anouk ook moe is. Als het nog langer had geduurd, had ik het stuur moeten overnemen.

'Dit hier herken ik!' roept Sunee. 'Rechtsaf.'

We rijden een smal weggetje op. Dan komen we weer bij een paar huizen.

'Daar!' Sunee wijst waar we moeten zijn. Voor het huis zit een vrouw te borduren. Zodra we stoppen, springt Sunee de auto uit, rent naar de vrouw toe en valt haar om de hals. De vrouw drukt haar tegen zich aan. We stappen uit als er een jongen naar buiten komt. We houden onze adem in en staren hem met open mond aan. Dan kijken we naar elkaar. Dai is echt een megahunk.

Sunee zit voor het huis op een bankje, dicht tegen haar tante aan. Ze praat en snikt maar. Het lijkt net of al haar verdriet en angst er nu pas uit komen, nu ze veilig bij haar familie is. Haar tante huilt ook. Ze streelt Sunees gezicht.

'Die Zubin zal ik vinden,' sist Dai tussen zijn tanden. 'Hij zal boeten voor wat hij mijn nicht heeft aangedaan. Hij heeft je gestolen en verkocht!'

'Niet doen!' gilt Sunee. 'Hij is gevaarlijk. Een van de meisjes probeerde onderweg te ontsnappen en toen heeft hij haar bedreigd. Hij heeft zijn pistool tegen haar slapen geduwd. Alsjeblieft, Dai, ga niet.'

'Dan ken je mij nog niet,' zegt Dai. 'Ik trommel mijn vrienden op en we reizen morgen af naar Chiang Mai.'

'Hij kilt je!' roept Sunee. Ze slaat haar armen om haar tante heen. 'Laat hem niet gaan, alstublieft.'

Haar tante praat met Dai. Het klinkt heel heftig. Maar haar woorden maken geen indruk op haar zoon. Dai is vastbesloten met Zubin af te rekenen.

'Als je morgen in Chiang Mai bent,' waarschuwt Sunee, 'dan ben je 's avonds misschien wel dood.'

'Dan moet ik nu maar extra genieten,' lacht Dai. 'Mijn

laatste dag. Zin om een stukje te varen, ladies? Het kan nog net voor het donker. Sunee?'

'Nee, ik blijf bij tante.'

Er komt een sexy lachje om zijn mond als hij naar ons kijkt. Die ogen, ik smelt. 'Super,' zeg ik.

'Great,' zegt Anouk.

Dai loopt voor ons uit naar het meer. Ik kijk naar zijn gespierde bruine lichaam en zijn lekkere kontje.

'Deze hunk is voor mij,' fluistert Anouk.

'Mooi niet,' sis ik. 'Jij hebt Michael. Hij is voor mij.'

'Hoezo?' fluistert Anouk. 'Is Michael dan hier? Je moet hem mij gunnen. Jij hebt je feestje al gehad in de plee in Bangkok.'

'Ik ben verlaten, weet je nog. Geef deze heerlijke boy maar aan mij als troost.'

Ik merk dat Dai weet dat we het over hem hebben. Hij gaat steeds stoerder lopen. En hij kijkt af en toe om met een ondeugende blik. We komen bij het water. Hij wijst naar een motorboot die op de oever ligt. Hij duwt de boot het water in. Terwijl hij tot zijn knieën in het water staat, steekt hij zijn hand naar ons uit. We tillen onze jurken een stukje op en schoppen onze teenslippers uit. Ik zie dat hij naar onze benen kijkt als we het water in lopen. Hij fluit tussen zijn tanden. Ik pak zijn hand en stap in de boot.

'Hij is echt voor mij,' fluistert Anouk als ze de boot in stapt.

'Ik val op Thai,' zeg ik. 'Dus hij is van mij.'

'Samen delen?' Anouk kijkt me ondeugend aan.

'Deal.' Ik pak lachend haar hand.

We gaan op een plank in de boot zitten. Kicken zeg. Dit wordt een mega-avontuur, voel ik. Dai slingert de motor aan en vaart weg.

Hij wijst in de verte. 'Daar is de drijvende markt.'

Het zal best interessant zijn, maar we hebben geen enkele interesse in een drijvende markt. We kijken alleen maar naar Dai. Elke seconde krijg ik meer zin in hem. Anouk pakt mijn hand.

'Ik ben er helemaal voor in,' grinnik ik. We hebben al zo vaak over een triootje gepraat. Zou het er dan eindelijk van komen? Anouk heeft het me al eens voorgesteld. We hadden een heel intiem avondje met Joep erbij. 'Ik heb wel zin in een triootje,' zei ze toen Joep naar de wc was. Ik durfde het niet. Ik was bang dat ik er niet tegen zou kunnen en jaloers zou worden. Ik weet niet of Joep het had gewild, ik denk het wel. Welke boy wil dat nou niet? Maar ik heb het hem nooit verteld. Ik vond het wel een beetje truttig van mezelf, maar toch durfde ik het niet. Ik wil alles met Anouk delen, behalve Joep. Wist ik veel met mijn naïeve hoofd. Wie weet met welke Thaise vrouw ik Joep al die jaren heb gedeeld?

We varen langs een vissersdorpje. Dai gaat op de voorplecht van de boot staan. Hij is zo'n hunk! Ik heb zo'n zin in hem! Anouk ook, ik ken die begerige blik van haar.

'Aanleggen?' vraagt Dai beleefd. Hij lacht als we ons hoofd schudden. Volgens mij heeft hij hartstikke door waar wij op uit zijn.

'Jullie hebben gelijk,' zegt hij. 'Het is meer voor de toeristen. En dat zijn jullie niet.'

'Wat zijn wij dan?' vraagt Anouk.

'Jullie zijn sexy ladies.' Hoe hij erbij kijkt! Volgens mij is hij zelf ook bloedgeil.

'Ik heb al een veel beter plan.' Hij geeft ons een knipoog.

Waar zal hij ons naartoe brengen? We varen om het vissersdorpje heen. In de verte zien we een eilandje liggen. Ja hoor, dat hoopte ik al. Hij vaart er recht op af. Een superactie.

'Hier komen geen toeristen,' zegt hij, en hij legt de boot aan en duwt hem heel stoer met ons erin het zand op. De macho!

We lopen het eilandje op. Dai loopt tussen ons in en pakt onze hand. We zeggen niks. Alleen de vogels horen we.

'Relaxen?' vraagt Dai als we bij een open plek zijn. Ja hoor, relaxen, nou goed. Hij weet het wel heel sneaky te brengen. Anouk ligt al. Ik ga een eindje van haar vandaan liggen en steek mijn hand naar Dai uit. Hij komt tussen ons in liggen.

'Zijn hier geen enge beesten?' vraagt Anouk.

'Een heel eng beest,' lach ik. En ik wijs op Dais broek. Hij heeft vast een prachtige pik. Ik heb zin om zijn broek van zijn kont te scheuren en boven op hem te duiken. Dai omarmt ons allebei en begint mij te zoenen. Daarna kust hij Anouk. Terwijl hij met Anouk tongzoent, rits ik zijn broek open. Ik lig hier, op een eilandje in Thailand met een stijve piemel in mijn hand. Dai keert zich weer naar mij en gaat mij zoenen. Ik maak me los en ga over hem heen zitten. Heel langzaam laat ik me naar beneden zakken en dan voel ik zijn stijve pik in me gaan. Hij laat Anouk los, trekt me iets naar zich toe en wil mijn borsten zoenen. Anouk komt met haar gezicht steeds dichter bij mijn gezicht en we zoenen. Anouk en ik. Terwijl ik steeds heftiger op en neer ga, streelt Anouk mijn billen. Wat doet Dai allemaal? Ik ben zo fucking opgewonden. Ik wil het uitstellen, maar het lukt niet en ik kom klaar. Ik voel dat Dais pik nog stijf is en ga weer naast hem liggen. Nu neemt Anouk het over. Dai duwt Anouk op haar rug en neukt haar.

Ik word weer geil. We kunnen zo uren doorgaan.

Ik hoor hun gekreun en gezucht en dan hoor ik Anouk klaarkomen en ik streel Dais rug en billen. Even daarna komt Dai ook klaar. Hij trekt ons naar zich toe en streelt ons. We liggen samen op Dais borst en voelen ons heerlijk. Anouk en ik kijken elkaar aan en geven elkaar een kus. Anouk strijkt door mijn haar en ik door het hare. En dan vallen we in slaap. Als we onze ogen opendoen, is het al bijna donker. Dai kust ons.

'We moeten gaan,' zegt hij. Met de armen om elkaar heen lopen we naar de boot. In de schemering varen we terug. Vleermuizen scheren al over het water.

Als we thuiskomen, zit Sunee voor het huis thee te drinken met haar tante.

'Jullie hebben het wel lang volgehouden,' zegt haar tante in gebroken Engels.

'Er is hier ook zoveel te zien,' zegt Anouk. 'Een drijvende markt, geweldig. Dat mag je niet missen.'

'En het vissersdorpje,' zeg ik. 'Daar krijg je geen genoeg van.'

Tante staat op om thee in te schenken.

'Ik weet wel wat jullie hebben gedaan,' zegt Sunee. 'Iets wat ik nooit meer wil.'

'Wacht maar tot je verliefd wordt,' zeg ik. 'Dan kom je er wel overheen.'

'Zubin niet.' Dai krijgt een woeste uitdrukking. 'Nooit komt die schoft er meer overheen.'

De volgende ochtend worden we wakker van een auto die voor het huis stopt. Sunee springt op en rent naar buiten. 'Dais vrienden,' zegt ze als ze terugkomt. 'Ze gaan Zubin wreken.'

Ik wrijf in mijn ogen. Het is nog vroeg. De zon is nog niet eens op. Ik zou nog wel even willen blijven liggen, maar Anouk kleedt zich al aan. Vandaag gaan we naar Chiang Mai. Het is fijn om vroeg te vertrekken.

'We moeten ze tegenhouden,' zegt Sunee. 'Ik hoorde mijn tante vannacht maar heen en weer lopen. Ik ben uit bed gegaan. Ze had geen rust door wat Dai van plan is. Jullie moeten tante en mij helpen.'

Ik snap waar Sunee bang voor is. Zo'n ploert laat zich heus niet door die jonge jongens de les lezen. Ik denk dat ze gelijk heeft.

Het ruikt naar eten. Sunees tante is al aan het koken. De radio staat aan. Ik zie Dai met zijn vrienden in de kamer. Ik word verlegen als ik hem zie. Anouk heeft nergens last van, die loopt zo naar binnen. Het komt door mijn droom. In mijn droom was ik alleen met hem. We zwommen naakt in het meer. Ik was met Dai alsof ik een relatie met hem had. Joep bestond helemaal niet in mijn droom. Dai slaat ook zijn ogen neer. Zou hij ook over mij hebben gedroomd?

De jongens krijgen ontbijt van Sunees tante. Ons geeft ze ook een bordje. Aardappelen met sambal. Ik voel me ongemakkelijk. Helemaal als Dai ons voorstelt aan zijn vrienden. Sunee praat op hen in in het Thais. De naam Zubin valt verschillende keren. Zo te zien maken haar woorden niet veel indruk.

'Sunee heeft gelijk,' zeg ik. 'Die klootzak zit er niet mee om een kogel door jullie hoofd te jassen.'

'Laat ons maar onze gang gaan,' zegt Dai.

'Hoezo, jullie je gang laten gaan. Als de politie je pakt, zit je de rest van je leven gevangen. Dai, doe ons dat niet aan,' smeekt Sunee. 'Denk aan je moeder.'

'Ik zit liever gevangen dan dat ik die engerd vrij laat rondlopen,' zegt Dai. 'Hoeveel van onze meisjes zal hij nog ronselen?'

'Jij was vast niet de enige,' zegt een van de jongens. 'Toch?'

'Nee,' zegt Sunee.

'Geef hem dan aan,' zegt zijn moeder smekend.

'Dat bedoel ik dus,' zegt Dai giftig. 'De politie doet er niks aan. Dus zullen we hem zelf moeten aanpakken.'

'Oké,' zegt Sunee. 'Misschien heb je wel gelijk en moet Zubin boeten. Maar als je naar Chiang Mai gaat, zul je hem niet vinden. Hij werkt daar niet meer. De laatste twee meisjes kwamen uit een andere plaats.'

'Waar vandaan dan?' vraagt Dai.

'Ik weet niet of ik het moet zeggen,' zegt Sunee.

'Sunee!' zegt Dai. 'Als je het niet vertelt, ben je mijn nicht niet meer.'

'Goed dan,' zegt ze. 'Ze kwamen uit Pattaya.'

Dai wenkt de jongens. Als ze opstaan, neemt hij afscheid van zijn moeder. Ze valt hem huilend om de hals en houdt hem vast. Dai mompelt iets in het Thais en maakt zich voorzichtig los. Daarna omhelst hij Anouk. Ik ontwijk hem een beetje, maar bij de auto komt hij naar me toe en kust me. Hij houdt me net iets te lang vast en kijkt in mijn ogen. Ik voel dat ik rood word.

'Jullie hebben iets,' zegt Anouk als ze wegrijden.

Ik ben er zelf ook van in de war. Behalve voor Joep heb ik dit nooit voor een jongen gevoeld.

'Ik val op Thai,' lach ik. 'Dat is maar weer eens bewezen.'

'Ja, praat er maar gauw overheen,' zegt Anouk.

'Het is mijn schuld,' zegt Sunee. 'Ik had nooit naar mijn tante toe mogen gaan.'

'Daar denken wij dus net iets anders over,' zegt Anouk. 'Toch? Boottochtje?'

Ik moet lachen. Het was echt een superbelevenis gisteren. Ik kijk naar Anouk. Het is dus gebeurd, we hebben gezoend. Het was zo anders, met een meisje te zoenen. Het voelde zo zacht.

Sunees tante neemt afscheid van ons.

'Wat gaat ze doen?' vraag ik als ze de berg af loopt.

'Naar de tempel, bidden voor Dai,' zegt Sunee.

'Ik hoop niet voor Sunee dat het echt misgaat,' zegt Anouk. 'Dan houdt ze haar hele leven een schuldgevoel.'

Ik denk er nog over als Anouk me aanstoot. 'Ik wil nu wel weg.'

Ik knik. Het is al licht. Dan zijn we hopelijk voor de avond in Chiang Mai.

Misschien zie ik Joep al. Het kan. Stel je voor dat hij daar echt een vrouw heeft, en hij heeft spijt als hij me ziet. En hij wil me terug. Wat doe ik dan?

Joep

Midden in de nacht word ik wakker. Mijn hoofd! Jezus, wat doet het pijn. Ik kom overeind en strompel naar buiten. Alles draait om me heen. Ik hoop niet dat ik onderweg ergens tegenaan knal. Ik probeer overeind te blijven, maar het lukt niet. Halverwege de kamer laat ik me voorzichtig op de grond zakken en kruip op handen en voeten verder. Dit is echt de heftigste aanval ever. De pijn is niet te harden. Buiten sla ik met mijn kop tegen het muurtje. Viel ik maar flauw, dan was ik van die klotepijn af. Dat heb ik nooit eerder gedacht. Ik moet mijn hand tegen mijn mond duwen om mijn gegil te smoren. Ik voel dat ik moet kotsen en sleep mezelf door het gras naar de plee. Ik red het net, kom een eindje omhoog en kots. En dan val ik met mijn hoofd tegen de grond.

Ik schrik me dood als ik bijkom. Mijn ogen! Ik zie niet eens waar ik ben. Ik probeer overeind te komen. Door een waas zie ik iemand naast me zitten. Bo?

Maar het is Benat die ik hoor praten. Nu weet ik het weer, ik ben in Thailand.

'Ik ging vannacht piesen en toen lag jij hier,' zegt Benat. 'Toen heb ik je naar binnen gedragen. Je ligt hier al uren bewusteloos. Ik dacht dat je nooit meer zou bijkomen.'

'Bullshit,' zeg ik. 'Het stelt niks voor. Het is alleen verdomde lastig. Heeft moeder iets gemerkt?'

'Ja, wat denk je,' zegt Benat.

Ik kijk paniekerig om me heen. Ik ben verdomme halfblind.

'Ik heb thee voor je gemaakt.'

Ik hoor dat Benat een beker optilt en ik zie een wazige schaduw voor me. Ik grijp maar wat op de gok. Shit! Ik stoot ertegenaan.

'Zie je het niet?' vraagt Benat geschrokken.

'Zonder mijn lenzen ben ik halfblind,' verzin ik ter plekke.

'Moet ik ze even voor je halen?'

'Dat zal niet gaan,' zeg ik. 'Waarschijnlijk liggen ze in de plee. Ik voelde ze uit mijn ogen springen toen ik kotste.'

'We gaan naar Chiang Mai en dan breng ik je naar de oogarts.'

'Ik zal ervoor naar Nederland moeten,' lieg ik. 'Naar mijn eigen oogarts.'

'Maar dan moet je weg!'

Ik hoor aan Benats stem dat hij schrikt, maar het wordt toch tijd dat ik ga. Waar zadel ik mijn familie mee op?

'Het zal wel moeten. Ik zie geen moer zo.'

'Wanneer ga je dan?'

'Als ik me weer goed voel vertrek ik vandaag nog.'

Bo

De zak bananenchips die we van Sunees tante hebben meegekregen is nu al bijna leeg. En we rijden pas een halfuurtje. Anouk en ik zitten er maar in te graaien. Sunee niet, die zit stilletjes achterin.

'Ik heb die fucking natuur nou weleens gezien,' zegt Anouk. 'O o, wat is het hier mooi groen.'

'We zien er zelf groen van,' lach ik. 'Ik zou hier gillend gek worden als ik hier moest wonen. Geef mij maar de stad.'

Anouk houdt haar neus bij het raampje. 'Gadver, veel te gezonde lucht. Ik verlang naar de eerlijke stank van uitlaatgassen.'

'Weer zo'n dorpje,' zeg ik. Eerst keken we onze ogen uit, maar nu worden we er melig van.

Ik prop het laatste bananenchipje in mijn mond en draai me om naar Sunee.

'Denk je aan Dai?'

Sunee knikt.

'Je hebt gedaan wat je kon,' zeg ik. 'Hij liet zich niet tegenhouden. Ik ben wel blij dat die Zubin in Pattaya zit. Dan komen wij die klootzak tenminste niet tegen.'

‘Hij zit niet in Pattaya,’ zegt Sunee. ‘Dat heb ik maar gezegd. Hij zit wel in Chiang Mai.’

‘Je hebt gelogen tegen je neef?’

‘Ik vond het zo eng,’ zegt Sunee.

‘Maar als ze hem niet in Pattaya vinden, gaan ze heus wel verder zoeken,’ zegt Anouk.

‘Of ze geven het op,’ zegt Sunee. ‘Dat hoop ik maar.’

‘Niet meer aan Dai denken,’ zeg ik tegen Sunee. ‘Vanavond ben je thuis, denk daar maar aan.’

‘Denk jij nog aan Dai?’ vraagt Anouk.

‘Nou je het zegt, nee,’ lach ik. ‘Erg hè? Ik ben hem nu al vergeten.’

‘Raar is dat, hè?’ zegt Anouk, die om een paar kippen heen rijdt. ‘Soms ben je helemaal vol van iemand. Dan zie je al van alles voor je. Jij zag jezelf zeker al met Dai in Thailand zitten?’

‘Sorry hoor, zo erg was het niet met me.’

‘Met mij wel,’ zegt Anouk.

‘Hè? Dacht je dat bij Dai? Daar heb ik niks van gemerkt.’

‘Nee, bij Michael. Ik zag mezelf al in Australië wonen. Maar dat mocht hij willen. Ik ga een beetje mijn leven verpesten in Melbourne. Dat doe ik voor geen enkele vent. Ik blijf lekker in Amsterdam. Bij jou en de Pijp, Albert Cuypie.’

‘Dan moet hij toch maar naar Amsterdam komen,’ zeg ik.

‘Ja dáág! Mooi niet.’ Anouk ligt slap van de lach over haar stuur. ‘Het is alweer over, finito. Dag Michael. Veel plezier nog.’ Ze geeft haar mobiel. ‘Wis hem maar.’

‘Dus we gaan niet meer naar Phuket?’

‘Ben je gek, waarom zouden we?’ lacht Anouk. ‘We gaan

naar Vietnam. Dat is helemaal booming. We zijn vrij, darling.'

'Crazy die je bent,' zeg ik. 'Wacht maar, ineens heb je weer zin om lekker te zoenen en dan wil je toch naar Phuket.'

'Dan grijp ik jou wel,' zegt Anouk.

'Hallo, heb ik daar ook nog iets over te zeggen?'

'Geintje,' lacht Anouk. 'Maar ik vond het wel opwindend. Met een vent erbij dus, hè? Ik zie ons niet met zijn tweetjes op de bank thuis zoenen.'

'Je weet maar nooit,' grinnik ik. 'Misschien als we op alle kerels zijn afgeknapt.'

Ik denk meteen aan Joep. Was ik maar op hem afgeknapt. Ik moet nog zien dat ik hem niet terugneem als hij spijt heeft. Nu we zo dicht bij Chiang Mai zijn, voel ik hoe erg ik naar hem verlang. Ik moet hem vinden. Soms kan ik niet geloven wat er is gebeurd. Dat Joep echt bij me weg is. Dan hoop ik dat hij ineens opbelt. 'Grapje, Bo. Ik wou even zien hoe je reageerde.'

Dat zou trouwens wel behoorlijk gestoord zijn. Mij helemaal naar Thailand laten gaan om hem te zoeken. Maar misschien is hij wel zo gestoord als een deur. Weet ik veel? Ik durf niet meer te zeggen hoe gek hij is. Nu niet meer. Een paar weken geleden dacht ik nog dat ik hem kende. Ik heb al die jaren met een heel ander geleefd dan ik dacht. Dat ik het nooit heb doorgehad. Ik, die altijd zo'n grote mond had als ik hoorde over meiden die pas na een hele tijd merkten dat ze werden belazerd. Dat kan nooit dat je zoiets niet merkt,' zei ik dan. 'Dan ben je alleen maar met jezelf bezig geweest en niet met je relatie. Zoiets merk je, je ruikt het.' En nu heb ik zelf al die jaren niks doorgehad. Hoe kan dat nou? Ik kan zo naar een psychiatrische kliniek. Ja, dokter, neemt u mij maar op.

'Politie,' zegt Anouk als ze in haar achteruitkijkspiegel kijkt.

Sunee geeft van schrik een gil.

'Niet omkijken! Dat wekt argwaan.'

Ik zie ze ook in mijn zijspiegel. 'Rijden jullie even lekker door, boys.'

'Shit,' zegt Anouk, als ze naast ons komen rijden. 'Gewoon doorpraten.'

Ik gluur opzij. 'Ze kijken naar ons.' Ik zie dat Anouk gestrest raakt en Sunee zit achterin te rillen.

'Het is niet voor jou,' zeg ik. 'Je denkt toch niet dat Cadda je als vermist heeft opgegeven, ook al heeft hij Zubin veel geld voor je betaald. Hij is niet gek. Ze willen niks, ook niet van ons. Het zijn gewoon geile kerels.'

Maar ze gebaren dat Anouk aan de kant moet gaan.

Anouk zet de auto langs de berm. Sunee bibbert als we uitstappen.

'Ze willen je rijbewijs zien,' zegt Sunee.

Anouk haalt het tevoorschijn. Sunee praat met de agenten. Het gaat dus niet om haar, want ze wordt al rustiger. Ze lopen om de auto heen en maken de kofferbak open. Ze keren onze rugtassen om. Al onze spullen liggen op een hoop. Wat ben ik blij dat Anouk haar voorgedraaide joints thuis heeft gelaten. Anders waren we nu echt de lul geweest. Lekker, ze laten alles gewoon liggen. We mogen de hele kolerezooi zelf weer opruimen. Belachelijk! Wat een machtsvertoon. Maar ze zijn nog niet klaar. Anouk moet achter het stuur gaan zitten en remmen. Ze gaan achter de auto staan en duwen hem vooruit. De hele auto wordt nagekeken. Dat kan nog wel even duren. En wij worden hier in de berm half geroosterd in de hitte. Een van de agenten kruipt zelfs onder de auto. Het lijkt wel of ze gewoon iets willen vinden. Hebben ze hier niks beters te doen? Laten ze achter die gore klootzakken aan gaan die meisjes meelokken. De agent onder de auto wenkt zijn collega.

'Er zit een gat in de bodem,' zegt Sunee.

'Inleveren dus die kar,' zeg ik. 'We zijn de lul.'

'Zeg dat we er bijna zijn,' zegt Anouk. 'Eh... in Chiang Mai laten we hem maken. We zijn zogenaamd op weg naar de garage. We hebben al een afspraak.'

Sunee praat op de agenten in, maar we moeten de auto laten staan. Shit shit shit!

'Misschien moet je ze geld geven,' zegt Sunee.

'Geld?' roept Anouk woedend. Maar ik ruk gauw drie briefjes van duizend baht uit mijn portemonnee en hou ze hun voor.

'Te weinig,' zegt Sunee als ze niet reageren.

Anouk legt er nog een duizendje bij.

Ze nemen het geld aan. We mogen doorrijden.

'Wat een corrupte troep is het hier,' zegt Anouk als ze wegrijden.

'This is Thailand,' lacht Sunee.

'Yes!' roep ik. 'Nog dertig kilometer en dan zijn we in Chiang Mai!' We hebben het gered voor de avond. Ik draai me om naar Sunee. 'Nog voor het donker ben je bij je familie!'

Sunee buigt zich over de stoel heen naar ons toe en pakt onze arm. 'Ik ben jullie zo dankbaar. Als jullie mij niet hadden meegenomen, dan had hij me misschien op een dag wel doodgeslagen. Ik vergeet jullie nooit meer, mijn leven lang niet. En elke keer als ik onze tempel bezoek, brand ik wierook voor jullie.'

'Wij zijn zelf ook blij dat we je hebben meegenomen. En nooit meer zomaar een vreemde vent geloven, hè?'

'Opoe spreekt,' lacht Anouk.

Ik moet zelf ook lachen. Maar ik ben zo blij voor Sunee.

'Erg, hè,' zegt Sunee. 'Dai is helemaal naar Pattaya voor niks. Als hij weet dat ik tegen hem heb gelogen, kijkt hij me nooit meer aan.'

'Daar hoeft hij nooit achter te komen.'

Ik kijk naar Anouk. 'Ben je moe?'

'Wat denk je, dat hele eind. En dan net nog die fucking politie.'

'Zullen we even stoppen?'

'Nee,' zegt Anouk. 'Ik wil er voor het donker zijn.'

'Laat mij anders rijden.'

'Durf je dat?'

'Natuurlijk.'

'Oké dan.' Anouk zoekt een plek waar we van plaats kunnen wisselen.

'Voorzichtig, hè,' zegt ze als ik achter het stuur ga zitten. 'Je hebt geen internationaal rijbewijs. Je mag niet aangehouden worden.'

Ik verstel de spiegels en rij weg. Dit is pas kicken, zeg! Ik had gedacht dat links rijden veel lastiger was, maar het maakt niet eens zoveel verschil. Dat komt omdat het stuur rechts zit.

Anouk zakt onderuit. 'Hè, wat lekker. Dus zo heb jij de hele rit gezeten.'

We rijden over een rustig weggetje. Af en toe komen we langs een huis, en dan zien we weer een hele tijd niks, alleen maar groen.

'Als Chiang Mai ook zo is...' verzucht Anouk. 'Ze doen er wel hier alles aan om je gek te krijgen. Wat een dooie zooi.'

'Zubin!' gilt Sunee opeens. 'Zubin!'

Anouk en ik kijken geschrokken achterom.

'Nee, daar!' Sunee wijst voor ons.

'Jezus!' Een harde klap. Ik zie een man meters door de lucht vliegen. Met een rotklap komt hij een eind verderop neer. Ik heb hem aangereden! Het kan niet waar zijn! Ik merk niet eens dat Anouk uitstapt. Ze rent om de auto heen en trekt mijn portier open.

'Ga naast me zitten.' Ze neemt het stuur over.

'Dit kan niet,' zeg ik als ik op de stoel naast de bestuurder zit. Ik wil uitstappen.

'Hier blijven!' schreeuwt Anouk. 'Niemand gaat de auto uit.' Ze geeft gas en spuit om Zubin heen weg.

'Dit kun je niet maken!' schreeuw ik. 'Je moet stoppen. We kunnen hem niet zo laten liggen.'

'Wat wil je dan?' schreeuwt Anouk. 'Wil je soms hier de rest van je leven in de bak doorbrengen? Voor die klootzak?'

Anouk neemt de eerste de beste weg naar rechts. 'Niemand mag weten dat wij daar hebben gereden.'

Sunee zit als in een shock achterin. Anouk rijdt maar wat in het wilde weg. Ik heb geen idee waar we uitkomen. Na een kwartier zet ze de auto stil voor een bruggetje.

Verslagen kijken we elkaar aan. Wat verschrikkelijk! Het gebeurde ook zo snel! Ik probeer het terug te halen. Ik herinner met dat ik omkeek en...

'Shit!' zeg ik. 'Er was iemand.'

'Hoe bedoel je?' vraagt Anouk.

'Volgens mij stond er iemand.'

'Je ijlt.'

'Ik zag het vaag in mijn achteruitkijkspiegel. Een man of een vrouw die van de berg kwam. Maar misschien verbeeld ik het me alleen maar.'

'Verdomme, Bo!' schreeuwt Anouk. 'Het is nu geen tijd voor die lulkoek van je. Stond er iemand of niet?'

'Ik weet het niet zeker.' Ik merk dat ik over mijn hele lichaam tril.

Anouk buigt zich naar Sunee. 'Heb jij iemand zien staan?'

'Nee,' zegt Sunee, die nog half in shock is. 'Alleen Zubin. Hij stond in de berm, naast zijn motor. En toen hij ons zag, wilde hij ons laten stoppen en ging hij midden op de weg staan.'

Anouk geeft gas en rijdt door.

'En wij dachten dat hij achter ons reed. Ik reed vol gas op hem in! Hij vloog zeker vijfentwintig meter door de lucht. Dat heeft hij nooit overleefd. En wij zijn doorgereden.'

'We moesten wel,' zegt Anouk. 'Ze sluiten je hier op. Het is het beste zo. Denk erom dat je hierover nooit tegen iemand praat, Sunee. Dat ben je ons verplicht.'

'Ik hou mijn mond,' zegt Sunee.

'Ook tegen je neef,' zegt Anouk. 'Je zegt het tegen niemand. Zweer het.'

'Wat?'

'Dat kent ze niet. Ze heeft je begrepen, toch, Sunee? Mondje dicht.'

Sunee legt haar vinger op haar lippen.

'We rijden hier in the middle of nowhere,' zegt Anouk.

'Daar is een wegwijzer,' zeg ik.

'Het is nog maar een kwartiertje naar Chiang Mai.'

Anouk draait zich om naar Sunee. 'We zetten je in het centrum eruit. Bel je moeder maar dat ze je kan komen halen.'

Ik geef mijn mobiel aan Sunee. Mijn vingers trillen nog steeds, en mijn hoofd bonkt. Ik heb iemand aangereden! Anouk is ook hartstikke opgefokt. Ze crost als een gek over de weg. Ik ben nog niet één keer bang geweest naast haar, maar nu wel. De zenuwen gieren door mijn lijf als Anouk inhaalt.

'Pas op!' roep ik.

'Wat nou?' snauwt Anouk.

'Je rijdt zo hard.'

'Nee, jij rijdt goed, laten we het daarover hebben.'

'Dat vind ik vuil!' schreeuw ik. 'Je doet net of het mijn schuld is. Omdat ik nou net toevallig achter het stuur zat.'

'Dat zeg ik helemaal niet, maar jij zeikt zelf. Laat me gewoon rijden zoals ik wil.'

En ze gaat nog harder. Ik merk dat Sunee het ook eng vindt.

'Rij normaal,' zeg ik. 'Anders zet je ons er maar uit.'

Ik zal blij zijn als we in Chiang Mai zijn. Anouk scheurt echt belachelijk hard.

'Stop!' zeg ik als ik een benzinepomp zie. 'Ik stap uit. Ik heb het helemaal gehad met dat gedoe van jou.'

'Hoepel maar gauw op.' Anouk rijdt het tankstation op. Ik doe het portier open en stap uit. Ik kijk naar het winkeltje. Chocola, daar heb ik zin in, en ik ga naar binnen.

Het kan me helemaal niet schelen wat Anouk doet. Voor mijn part rijdt ze door. Maar als ik weer buiten kom, staat ze er nog. Ze toetert naar me. Ik loop expres de andere kant op. Anouk gaat stapvoets naast me rijden. Ik negeer haar en loop gewoon door. Ze draait het raampje open. 'Kan ik u een lift aanbieden?'

'Kut!' roep ik en ik stap in. Ik breek een stukje chocola af en gooi het naar haar toe. 'Daar word je kalm van.'

Ik geef Sunee ook een stuk, maar we hebben geen van drieën meer trek in chocola.

Mijn actie heeft wel geholpen, want Anouk rijdt eindelijk weer normaal. We rijden Chiang Mai binnen. Het moet een prachtig stadje zijn, maar dat interesseert ons helemaal niks. Ik baal van die hele fucking reis. Alcohol, daar heb ik zin in.

'Waar moet ik je droppen?' vraagt Anouk aan Sunee.

Sunee loodst ons door het centrum.

'Daar,' zegt ze. 'Daar moet ik eruit, op die hoek.'

Als we parkeren slaakt ze een kreet. Haar moeder! Ze springt uit de auto, rent naar haar toe en valt haar om de hals. Haar moeder snikt ook. Normaal zou ik in dit soort situaties zelf ook moeten huilen, maar nu wil ik het liefst zo snel mogelijk weg. We stappen uit. Sunees moeder komt naar ons toe en bedankt ons. Ze houdt haar dochter stevig vast. Sunee bedankt ons ook en dan gaan we. 'Je hebt mijn e-mailadres, hè?' roep ik nog. 'Wel iets van je laten horen, hoor!'

'Die is veilig bij haar ouders,' zeg ik als we in de auto zitten. 'Dat is tenminste nog iets.'

'Ik heb het koud,' zegt Anouk.

'Ik ook. Kippenvel, en het is bloedheet.'

'Wat nu?' vraagt Anouk. 'We hoeven toch niet meteen naar Joep te zoeken, hè?'

'We nemen eerst een dubbele whisky,' zeg ik. 'We zoeken een plek voor de auto. En dan gaan we ons bezatten. Ik heb maagpijn.'

'We hebben nog mazzel,' zegt Anouk. 'Als die weg niet zo stil was geweest, waren we erbij. Even naar Thailand op vakantie en dan de rest van ons leven hier achter tralies.'

'Noem dat maar geluk,' zeg ik. 'Anouk, ik heb iemand doodgereden.'

'Een klootzak,' zegt Anouk. 'Dat wel tenminste.'

Voor de zoveelste keer probeer ik de beelden terug te halen. Steeds zie ik vaag een figuur staan.

'En als er nou wel iemand stond?'

'Godverdomme, Bo!' schreeuwt Anouk. 'Nou krijgen we dat zeker! Dan rij ik liever terug en dan nemen we het eerste het beste vliegtuig naar Amsterdam. Ik heb geen zin dat jij de rest van onze reis ons zit op te fokken met fucking waanbeelden.'

'Denk je dat het een waanbeeld is?'

'Ja, natuurlijk is het een waanbeeld, wat anders? Wij hebben niks gezien. Ik zat nog wel naast je. Het komt door de stress dat je dat denkt. Je was in shock. We gaan de eerste de beste pub in die we tegenkomen en laten ons vollopen.'

We laten de auto staan en lopen door Chiang Mai. We zien helemaal geen pub. Anouk houdt een jongen aan. 'Whisky?' vraagt ze.

De jongen wijst in de verte.

'Hoe lang moeten we lopen?'

'Daar.' Hij wijst naar het eind van de straat. Het is helemaal niet ver, maar in die hitte wel. Een motor raast langs ons. We schrikken ons alle twee te pletter.

'Dat hoeft niet meer,' zegt Anouk. 'Hij ligt daar hartstikke dood langs de weg.'

'Shit! Hoezo pub? Het is een slijterij. Ik wil verdomme een kroeg. Wat is dit voor land?'

Er komt een groepje toeristen aan. 'Café?' vraag ik.

Ze wijzen naar de overkant. Lekker snugger van ons. Kun je nagaan hoe we ons voelen. Die tent ziet er niet uit, echt allemaal foute types. Maar het kan ons niks schelen. Alcohol, dat is wat we nodig hebben. De mannen kijken op als we binnenkomen. Ik kijk ze vuil aan. Niemand moet me nu proberen te versieren, want ik kill ze. O, waarom gaat hier alles toch zo traag? We hebben al vijf minuten geleden onze drankjes besteld en we hebben ze nog steeds niet. Ik heb zin om die fles van de bar te pakken en aan mijn mond te zetten. Ja hoor, daar komt de ober aan gesloft. Vooral niet te hard lopen. De glazen met whisky staan nog niet op tafel of we nemen al een slok.

Een toerist komt de pub in. Hij vraagt iets aan de ober. Daarna komt hij naar ons toe.

'Kunnen jullie misschien geld wisselen voor de parkeerautomaat?'

'Shit!' zegt Anouk als hij weg is. 'Ik heb helemaal geen parkeerkaart getrokken.' Ze haalt geld uit haar portemonnee. 'Ik heb geen zin dat we met de politie in aanraking komen. Stel je voor, krijgen we toch nog gezeik, alleen maar door een parkeerbon.'

'Ga maar gauw. Ik zuip gewoon door.' Ik hef mijn glas en neem een slok.

Joep

Ik zit in de bus naar Chiang Mai. Gelukkig kan ik weer zien. Ik kijk naar buiten. Ik laat mijn geboortedorp voorgoed achter me. Ik wou afscheid van mijn moeder nemen, maar ik voelde dat ik het niet kon. Ik ben te zwak. Dat komt door die aanval. Mijn laatste geld heb ik voor haar op tafel gelegd. Ik weet dat het laf is dat ik zo ben weggegaan, maar wat heeft mijn moeder eraan als ik in snikken uitbarst en alles vertel? Het is beter zo. Van Benat neem ik straks wel afscheid. Hij moet haar maar vertellen dat ik weg ben. Ik denk erover om naar Bangkok te gaan. Daar wil ik op zoek gaan naar een atelier. Ik zag dat er een kunstenaarsvereniging in Bangkok is. Zij kunnen me vast aan ruimte helpen.

Ik stap de bus uit en loop naar het hotel. Het is heet vandaag. Ik kijk naar de bussen met toeristen. Ik hoef geen folders meer uit te delen. Het zal fijn zijn om weer te schilderen. Ik weet al hoe mijn kunstwerk gaat heten: Bo.

In het hotel klinkt Thaise muziek. Ik loop door naar de kamer van de manager.

Hij kijkt verbaasd op als hij me ziet. ‘Dus je bent er toch. Benat zei dat je ziek was. Het komt goed uit. We hebben je hard nodig.’

'Ik voel me al wat beter,' zeg ik. 'Maar eh... ik kom niet meer werken. Ik neem mijn ontslag. Ik kom eigenlijk mijn geld halen.'

De manager slaat met zijn vuist op het bureau. 'Wat denk je wel, jongeman? Dat je hier maar kan komen en gaan wanneer het jou uitkomt? Je maakt deze week af, anders krijg je helemaal niks.'

Hij houdt me een stapel folders voor. Ik moet het geld hebben, dus ik heb geen keus en pak ze aan.

'Oké,' zeg ik en ik ga naar buiten. Nog vier dagen dus, dat moet op te brengen zijn. Het is maar goed dat ik nog niks tegen moeder heb gezegd.

Ik loop door de straat en dan blijf ik als versteend staan. Anouk...! Het lijkt Anouk wel die daar loopt. Ik schiet geschrokken achter een boom. Ik zie haar iets in een auto leggen. Het kan Anouk nooit zijn. Ik heb haar nooit over Thailand gehoord. Ik kijk haar na. Als ze de hoek om is, bonkt mijn hart nog. Ze leek als twee druppels water op Anouk, maar het kan gewoon niet. Het gaat niet goed met me. Eerder dacht ik zogenaamd Bo op de markt te zien, en nu weer Anouk.

Bo

'Lekker handig,' zegt Anouk als ze terugkomt. 'Geef ik die man net mijn laatste wisselgeld, heb ik zelf niks meer voor de parkeerautomaat. Maar het heeft ons wel iets opgeleverd. Ik baalde eerst, want niemand kon wisselen. En toen kwam er toch opeens een megahunk aan! Een Thaise beauty! Zo een waar jij ook voor smelt.'

'Zo te zien heb je een date,' lach ik.

'Wat denk je, zoiets laat ik niet lopen. Hij moest nog een uurtje werken en dan komt hij naar het backpackerscafé. Hij heeft me uitgelegd waar het is. Het is hier vlakbij, de straat uit en dan links.'

Anouk bestelt nog twee whisky's. 'Eigenlijk is het helemaal niet erg dat je die klootzak hebt aangereden,' zegt ze als we twee dubbele whisky's op hebben.

'Helemaal mee eens.' Ik tik tegen haar glas. 'We hebben Sunee gered. En Dai ook.'

'Good old Dai,' lacht Anouk. 'Dat triootje lijkt weken geleden. Zou hij nog steeds naar die ploert lopen zoeken in Pattaya?'

'Hij is al dood, Dai,' fluister ik. 'Dat hebben de sisters in crime al voor je geregeld.'

'Hij was absoluut in de bak terechtgekomen.'

'Welke gek gaat er nou ook midden op de weg staan? Als jij wel op tijd had geremd, was het pas erg geweest.'

'Hij had Sunee uit de auto gesleurd,' zeg ik.

'En wat denk je dat hij met ons had gedaan? Wij hebben haar meegenomen. Volgens mij hadden we het niet overleefd. Of hij had ons gezicht verminkt. Zo'n type is het wel volgens Sunees verhalen. Even lekker met zijn mes een jaap over onze wang.'

'Gadverdamme, hou op. Ik moet al bijna kotsen.' Ik neem een slok.

'Niks remmen,' grinnik ik. 'Gewoon doorkarren.'

'Als we het van tevoren hadden uitgedacht, hadden we het nooit zo voor elkaar gekregen.'

'Welnee,' zeg ik. 'Ik had nooit durven doorrijden. Dat doe je niet.'

'Hij heeft nog even gevlogen ook.' Anouk ligt slap van de lach over het tafeltje. 'Minstens vijfentwintig meter. Helemaal gratis, de mazzelaar.'

'Knap van mij, hè,' lach ik. 'Ik rij nog geen kwartier en bingo.'

'Ja, ik had het je niet nagedaan,' zegt Anouk. 'Pierre is toch ook een keer over een auto heen gevlogen?'

Shit! We zetten geschrokken ons glas neer. Pierre had helemaal niks, alleen een hersenschudding, en zijn brilletje was eraf gevlogen. Zo meteen leeft die klootzak nog.

'Jezus, Anouk, misschien is hij allang bijgekomen.'

'Hij kent onze auto,' zegt Anouk. 'Wie weet staat hij ons al op te wachten. Hij vermoordt ons.'

Ik tril over mijn hele lichaam. Anouk ziet ook spierwit.

'En wij zitten hier rustig te zuipen.' Ik kijk angstig naar de deur. 'Hij kan zo binnen stappen.'

'Hij kent ons niet,' zegt Anouk.

'Ik wil weg, Anouk.'

'Kalm,' zegt Anouk trillend. 'We moeten niet in paniek raken. Hij weet echt niet hoe wij eruitzien. Alleen die fucking auto, die kent hij wel.'

'We laten hem staan,' zeg ik. 'We bellen Nari en zeggen dat we panne hebben. Ze komen hem maar halen. We moeten er zo gauw mogelijk vandoor, Anouk. We moeten naar de luchthaven. Weg uit dit land. Gelukkig heeft Chiang Mai een luchthaven.'

De deur van het café gaat open. Van angst duiken we alle twee weg. Maar het is iemand anders.

'We gaan naar Vietnam,' zegt Anouk. 'Ho Chi Minh City, dat is echt the place to be.'

Waren we er maar vast. Ik ben nog nooit zo bang geweest.

'Kom op,' zegt Anouk. 'We gaan vast naar het backpackerscafé.'

'Ja, dáág! Je zoekt maar een lekker ding in Vietnam. We moeten hier weg.'

Anouk haalt haar portemonnee uit haar tas. 'Hoe wil je op het vliegveld komen? We kennen hier helemaal niks. Die boy woont hier. Hij sprak goed Engels. Misschien heeft hij wel een auto, dan kan hij ons brengen. We moeten alleen uit de buurt van onze eigen auto blijven, dan kan ons niks gebeuren.'

'Dat hoop je,' zeg ik. 'We bellen die Nari nog niet, pas als we veilig in Vietnam zijn. Shit, hadden we Sunee maar nooit meegenomen.'

'We wisten dat het link was,' zegt Anouk. 'Als het aan mij had gelegen, was het nooit gebeurd, maar jij...'

'O, nou heb ik het zeker gedaan. Wat een gelul, zeg. Jij wou het ook.'

'Ik zei nog dat Michael had gewaarschuwd, weet je nog?'

'O ja? Waarom stopte je dan aan het eind van de straat? Je had best door kunnen rijden. Ik zei niks.'

'Nee, je zei niks, maar hoe je naast me zat. Bo, hou nou op.'

'Wat kan jij de dingen toch altijd omdraaien. Dat haat ik. Heel hypocriet. Met zo'n trut ga ik niet naar Vietnam. Ik ga naar huis, je bekijkt het maar.' Woedend sta ik op.

'Ja, nou gauw naar huis gaan, hè? Laat mij maar met de shit zitten. Ik mag zeker die Nari bellen.'

'Je zoekt het maar uit, kutwijf!' Ik loop zonder te betalen het café uit. Trillend van woede loop ik door de straat. Dit flikt Anouk nou altijd. Ik baal ervan. Ik ga een winkel binnen. Ik weet niet eens wat voor winkel. Ik weet ook niet wat ik er moet. Eén ding weet ik wel: Anouk hoef ik niet meer te zien.

Ik loop maar wat door Chiang Mai. Ik kan niet eens nadenken over wat ik zal doen, zo opgefokt ben ik. Wat moet ik hier in deze fucking stad? Ik ben hierheen gegaan om Joep te zoeken. En nu zit ik nog duizend keer erger in de shit.

Joep ben ik kwijt, dat is al erg genoeg. Maar nu ben ik Anouk ook nog kwijt. Ik haat die kutreis, was ik maar nooit gegaan. Ik plof neer op een bankje in het park. Wat moet ik nu? Het liefst zou ik jankend mijn moeder bellen. Opeens barst ik van de heimwee. Ik mis de Pijp, mijn kamer, mijn ouders, al het vertrouwde. Een sms'je van Anouk. *I love you.*

Trut, denk ik. I love you, wat moet ik ermee? Zeg liever sorry. Maar dat doet ze niet. Nee, het is mijn schuld. Opzouten. Als ze een minuut later belt, neem ik niet op. Weer een sms'je. Ze houdt wel vol. *Sorry, we zijn alle twee stom geweest.*

Ik word meteen minder kwaad. Ze heeft gelijk. Wie doet nou zoiets? Iedereen weet toch dat het hartstikke link is zoiets te doen? Michael had ons inderdaad nog gewaarschuwd. Nee hoor, wij weer met onze weke hartjes. Mijn mobiel gaat weer. 'Kutwijf,' zeg ik als ik opneem.

'Nou nou, wat een taal tegen je moeder. Als je het zo erg vindt dat ik bel, dan doe ik het niet meer.'

'Sorry, mam, ik dacht dat het Anouk was. Ze belt steeds en dan moet ik naar mijn mobiel rennen. Ik krijg haar nog wel.'

'Ik hoor het al, jullie vermaken je wel samen. Je vader en ik ook. Ik wil even zeggen dat we voor een paar dagen in Brabant zitten, in hotel Het Stampertje. We hebben net een ochtendwandeling door de prachtige bossen gemaakt.'

'O mam, tante Alice heeft het ontbijt klaar. Ik bel je nog, kus.'

Weer gaat mijn mobiel. Nu is het wel Anouk

'Luister Bo, het is mijn schuld,' zegt Anouk. 'Ik wou haar meenemen, daarom ben ik teruggereden.'

Wat is dat nou weer voor onzin. Echt Anouk. Nu is ze opeens honderdtachtig graden gedraaid.

'Ik wou het net zo goed,' zeg ik.

'Kom nou maar naar het backpackerscafé. Hij is zo sweet, hij wil ons helpen. Echt een superlekker ding. Helemaal jouw type.'

'Misschien.'

'Weet je waar het is, schat?'

'Ik vind het wel.' Ik hang op. Natuurlijk ga ik terug naar Anouk. Wij zijn hartsvriendinnen voor het leven. Ik laat niet door die klootzak onze vriendschap kapotmaken. We gaan feesten in Vietnam. Balen dat ik Joep niet heb gevonden, maar we moeten hier zo snel mogelijk weg.

Had ik Anouk maar gevraagd hoe ik moest lopen. Ik heb me rotgezocht. Een aardige student is met me meegelopen. Als hij maar niet denkt dat ik iets met hem wil.

'Dank je,' zeg ik demonstratief als we voor het café staan. 'Mijn vriend wacht op me, ik moet gaan.'

Mijn vriend. Ik heb niet eens meer een vriend. Ik ben hartstikke single. Joep is 'm gesmeerd. Nog nooit heb ik zoveel ellende achter elkaar gehad in één zomer: Joep weg, ik rij iemand aan en nu moeten we nog vluchten ook.

Anouk komt al naar buiten en omhelst me. 'Trut.'

'Bitch,' zeg ik en ik kus haar.

'Hij is lief,' zegt Anouk.

Ik kijk naar Anouks nieuwe aanwinst. Hij is inderdaad een schatje. Hij lijkt op Joep.

'Jammer genoeg heeft hij geen auto,' zegt Anouk als we de straat uit lopen. 'Maar hij brengt ons naar de bus. In een halfuur zijn we op de luchthaven. De bus gaat twee keer per dag, dus we moeten nu gaan.'

Het kan mij niet snel genoeg gaan. Als we eerst maar veilig in de lucht hangen.

In gedachten zie ik al voor me hoe de douane ons uit de rij plukt. 'Wilt u even meekomen? De politie is naar u op zoek.'

'Shit,' zegt Anouk als we de straat in gaan waar onze auto geparkeerd staat. 'We kunnen toch moeilijk zeggen dat we hier niet in willen.'

'Die klootzak herkent ons niet,' zegt Anouk. 'Zeker niet nu we hem bij ons hebben.' Ze gebaart naar onze jongen.

Mijn hart bonkt in mijn keel. Ik zie de auto staan. Er staat niemand bij. Wel heel bizar om er gewoon langs te lopen. Als we er voorbij zijn, zucht ik opgelucht.

'Is het nog ver?' vraag ik.

'Daar ergens staat de bus.' De jongen wijst naar een busstation. 'Het is nogal ingewikkeld, er staan meer bussen. Je moet wel de goeie hebben.'

'Er zal toch wel "airport" op staan,' zeg ik.

'Hier in Thailand niet altijd,' lacht hij.

Ik spring opzij voor een bus die net wegrijdt. De bus puilt uit. Op het dak liggen grote pakketten en vastgebonden geiten.

'Daar staat jullie bus,' zegt hij. 'Vlug, hij vertrekt bijna.' We schieten tussen een groep mensen door.

Anouk springt de bus in en koopt twee kaartjes. Ze werpt de jongen een kushandje toe. 'Waar wonen jullie eigenlijk in Nederland?' vraagt hij als ik al op de treeplank sta.

'Amsterdam!' roep ik boven de ronkende motor uit.

'Mijn broer woont daar ook!' roept hij. 'Maar nu is Aroon hier.'

'Aroon? Hoe heet hij nog meer?'

'Tai!' roept hij.

'Aroon Tai?' Ik spring uit de bus.

'Kom nou!' roept Anouk. 'Ze heten hier allemaal Tai.'

Ik kijk de jongen aan. Je lijkt echt op Joep, denk ik.

De buschauffeur wenkt dat hij gaat vertrekken. Maar ik verzet geen stap.

'Shit!' roept Anouk. Ze springt uit de vertrekkende bus.

Het gezicht van die jongen! Hij snapt er niks van. Logisch. Eerst willen we zo snel mogelijk naar de luchthaven, en nu laten we de bus zomaar gaan.

'Sorry,' zegt hij. 'Jullie weten nu waar de bus staat als jullie naar het vliegveld willen. Ik moet weer aan het werk.'

'Ze is crazy,' zegt Anouk terwijl we met hem meelopen. 'Ze denkt dat ze je broer kent.' Ze draait zich om naar mij. 'Ik dacht dat je zo bang was voor die klootzak.'

'Ik moet weten of het Joep is,' zeg ik. 'Dat snap je toch wel?'

'Heeft je broer hier een vrouw?'

Ik voel mijn hart bonken. Stel je voor dat hij ja zegt. Van de stress steek ik zonder te kijken de straat over. De jongen trekt me nog net op tijd weg. Ik lig bijna onder een tuktuk.

'Of hij hier een vrouw heeft? Nee, hij was hier nog nooit geweest.'

Als het Joep is, heeft hij me tenminste niet bedrogen. Het lucht me op. De gedachte dat Joep al die jaren achter mijn rug om een relatie had met een Thaise is zo vernederend.

'Ik hoop voor je dat het Joep is,' zegt Anouk. 'En voor mij. Als we in de problemen komen, heeft het tenminste nog ergens zin voor gehad.'

'Heeft hij iets verteld? Bijvoorbeeld dat hij samenwoonde in Amsterdam? Of iets over zijn vriendin?'

'Volgens mij heeft hij geen vriendin,' zegt de jongen. 'Ik heb er tenminste niks over gehoord. Jawel, ik heb het aan hem gevraagd en toen zei hij dat hij single was.'

'Maar waarom is hij opeens naar Thailand gekomen?'

'Hij wilde zijn familie leren kennen,' zegt de jongen. 'Wij zijn blij dat hij het heeft gedaan. We wisten niets van hem, alleen dat hij was geadopteerd.'

Ik zie Anouk verstijven als er een motor langsraast. Mij kan het even niks schelen. Stel je voor dat ik Joep heb gevonden!

'Sorry hoor, hier word ik dus crazy van.' Anouk blijft staan. 'Wij zouden het land zo snel mogelijk verlaten. Weet je nog wat er is gebeurd? Of ben je fucking alles vergeten? Jezus, Bo,' vervolgt ze als ik doorloop, 'dit heeft niks meer met liefde te maken. Het is een obsessie. Je zet ons leven op het spel voor die shit. Dacht je nou echt dat je naast zijn broer loopt?'

'Het kan toch,' zeg ik. 'Ik ben helemaal naar Thailand gekomen om Joep te zoeken. Nu ben ik hem misschien op het spoor.'

'Schildert je broer weleens bij jullie?'

'Schilderen?' De jongen kijkt me aan alsof ik gek ben.

'Ja, is hij kunstenaar?'

De jongen lacht. 'Ik weet niet wat hij in Nederland voor werk doet, maar in elk geval is hij geen kunstenaar. Als hij kunstenaar was, zou hij zijn schilderijen wel op de markt verkopen. Die lui verdienen goud met al die toeristen.'

'Ben je nu tevreden?' zegt Anouk nijdig. 'Geef het nou maar toe, Bo, je bent erin getrapt. Ik ga niet verder, hoor. Ik weet niet wat jij van plan bent, maar ik ga hier niet als twee onnozele toeristen rondlopen. Je weet wat er kan gebeuren. Verdomme, dan hadden we de auto ook niet hoeven laten staan. Jij scheet in je broek van angst en nu heb je het nergens meer over.'

'Ik ben nog niet overtuigd. Misschien heeft Joep wel niets over zichzelf verteld,' zeg ik tegen Anouk. 'Blijft hij voorgoed in Thailand?' vraag ik aan de jongen.

'Nee, hij gaat terug,' zegt hij. 'Eerder dan gepland. Hij is zijn contactlenzen verloren.'

'Contactlenzen?'

'Ja, hij moest kotsen en toen vielen ze in de plee. Hij ziet geen barst zonder die dingen.'

Shit, mijn wereld stort in. Joep heeft juist heel goeie ogen.

'Hè hè, ben je er nu eindelijk van overtuigd dat het Joep niet is?' verzucht Anouk. 'Daar hebben we dus de bus voor gemist. We hadden nu veilig in het vliegtuig kunnen zitten.'

Het is hem dus niet! Het is net alsof ik Joep voor de tweede keer kwijtraak. Ik moet janken.

Ik sta hier naast een wildvreemde jongen, in Chiang Mai. Een plek waar we elk moment in elkaar geslagen kunnen worden door een engerd die we hebben aangereden. Of opgepakt door de politie wegens moord. Ik raak in paniek.

'Wanneer gaat de volgende bus?' vraagt Anouk.

'Morgenochtend,' zegt de jongen.

Joep

Ik heb twee keer zoveel uitstapjes verkocht als normaal. Het komt waarschijnlijk omdat ik binnenkort vertrek dat ik zo fanatiek bezig ben. Het wordt ook wel met de dag drukker in Chiang Mai. Nu komt er ook weer een bus vol toeristen aan. De zoveelste vandaag. Hoogseizoen. Daarom moet ik nog doorwerken van mijn baas. Nu kan hij wat verdienen en dan kap ik ermee. De langnekvrouwen zijn bij de meeste toeristen favoriet. Hoeveel ik daar niet van heb verkocht! Zelf hoef ik ze niet te zien. Eerst leek het me nog wel interessant, maar mijn moeder heeft me verteld dat het pure mishandeling is. Sommige vrouwen hebben meer dan elf kilo om hun nek hangen. En wie strijken het geld op? Niet die vrouwen. Het is helemaal tegen mijn principes. Daarom is het maar goed dat ik stop met dit baantje. Sinds ik weet dat ik weer ga schilderen, denk ik steeds aan mijn nieuwe kunstwerk. In mijn hoofd heb ik al een opzetje gemaakt. Het moet mijn masterpiece worden. Ik las op een site dat ze over een maand een tentoonstelling hebben in Bangkok. Het mooiste schilderij krijgt een prijs. Stel je voor dat ik meedoe en met *Bo* win.

In de verte zie ik Benat aankomen met twee meiden. Die heeft het weer mooi voor elkaar. Maar... dat zijn Bo en

Anouk! Dat kan niet! Ik ben vast weer aan het hallucineren. Het gaat niet goed met me. Het gaat helemaal niet goed met me. Ik zie dingen die er niet zijn. Ik ben bang voor mezelf en ik draai me om en ren weg. Een eindje verderop blijf ik staan. Ik krijg geen lucht meer. Stress, alleen maar stress. Maar vind je het gek als je je broer aan de andere kant van de wereld ziet lopen met je ex en haar vriendin? Ik bonk met mijn vuisten tegen mijn hoofd. Angstig kijk ik om me heen, maar verder ziet alles er nog normaal uit. Zou het dan toch waar zijn? Zou Bo me achterna zijn gekomen? Maar wat doet ze dan met Benat? Die kent ze helemaal niet. Stel je voor dat Bo inderdaad dat hele eind heeft gereisd om mij te vinden. Ik moet haar zien en ren terug. Ik tuur de straat af, maar ik zie haar niet. Ik ren een zijstraat in en zoek tussen de mensen op de markt, maar ze is nergens. Ik hallucineer dus toch.

Bo

'Weet je zeker dat de bus pas morgenochtend gaat?' vraag ik aan de jongen.

'Heel zeker. Jullie zullen moeten wachten.'

'Nou, bedankt,' zegt Anouk. 'Dit was dus weer een van jouw superacties. Ik blijf hier niet rondhangen in Chiang Mai, hoor, veel te link. We moeten meteen een hotel zoeken.'

'Hebben ze hier ergens een goedkoop hotelletje?' vraag ik.

'Daar hoef je niet naar te zoeken,' zegt de jongen. 'Die zijn allemaal vol. Het is zo druk. Alleen bij de duurdere hotels, zoals bij ons, zijn nog kamers. Maar dan betaal je drieduizend baht voor één nacht. Misschien dat ik korting voor jullie kan ritselen, maar dan blijft er toch altijd nog zo'n vijftienhonderd baht over dat je moet betalen.'

'Laten we het maar doen,' zeg ik. 'We gaan niet voor een paar honderd baht ons leven op het spel zetten. Dan nemen we in Vietnam maar een baantje,' zeg ik tegen Anouk.

'Schieten we er eigenlijk wel wat mee op?' vraagt Anouk.

'Wat bedoel je?'

'Als die Zubin onze auto ziet staan, weet hij dus dat we hier ergens logeren. Hij hoeft maar langs de hotels te gaan en te vragen of er twee meiden hebben ingecheckt en hij heeft ons.'

'Shit, je hebt gelijk. Maar wat moeten we dan?'

'Ladies, ik moet aan het werk. Moet ik iets voor jullie regelen of niet?' vraagt de jongen.

'Nee, we hebben geen vijftienhonderd baht,' zeg ik gauw.

'Jullie kunnen hier niet buiten gaan slapen, in het park of zo. Dat is hier heel tricky. Er zijn veel dieven. Hoeveel hebben jullie wel?'

'Duizend.'

'Deal. Jullie geven mij die duizend baht en ik smokkel jullie het hotel in. Bovenin is nog een kamer die alleen wordt gebruikt als het hotel propvol is. En dat heb ik eerlijk gezegd nog maar een paar keer meegemaakt. Er zitten geen ramen in, vandaar. Volgens mij is het hotel vandaag niet vol, maar dat moet ik wel even checken natuurlijk.'

'Heb jij daar een sleutel van?'

De jongen haalt een sleutel uit zijn zak. 'Deze past op alle kamers. Ik moet overal naar binnen kunnen. Als er lekkage is, of een overstroming, moet ik het maken. Ik ben de technische man daar. Er zit een schuif op de deur,' lacht hij als hij ziet hoe we naar hem en de sleutel kijken. 'Die kunnen jullie erop doen als je bang bent dat ik vannacht voor je bed sta.'

'Super, we doen het.' Ik haal het geld uit mijn portemonnee en geef het hem.

'Als het vol is, krijg je het terug,' zegt hij.

Is het niet een beetje naïef? denk ik opeens. Zo meteen gaat hij ermee vandoor. Wat weten we van hem? Maar hij neemt ons mee naar het hotel.

We moeten buiten blijven wachten. We zien hem met de receptioniste praten. Het hotel is blijkbaar niet vol, want hij loopt de trap op om de deur voor ons open te doen. Maar hoe wil hij ons nou ongemerkt naar binnen smokkelen? Dat mens is toch niet gek?'

'Het is geregeld,' zegt hij. 'Jullie moeten op de derde verdieping aan het eind van de gang zijn. Blijf hier staan. Zodra de receptioniste even naar achteren is, kom ik jullie halen.'

'Dat kan nog wel even duren,' verzucht Anouk.

Ik voel me ook niet veilig. Waren we maar vast binnen. Ik voel me schuldig. Ik had Joep moeten loslaten en de bus in moeten stappen. We hadden het zo goed uitgedacht en nu gaat het misschien toch nog mis.

'Fuck!' Anouk knijpt in mijn arm. 'Kijk eens wie daar aankomt? Die vent daar, zou dat Zubin zijn?'

Ik begin meteen te beven. Maar de man gaat een huis binnen. Twee tellen later denken we weer dat die klootzak eraan komt.

'Dit moet niet te lang duren,' zegt Anouk. 'Ik zit er helemaal doorheen.' Gelukkig steekt de jongen zijn hoofd om de deur. 'Snel,' zegt hij.

We rennen de hal door en de trap op. Als we nou maar niet worden gesnapt. Binnen no time zijn we op de derde verdieping. We rennen de gang door. Ik doe de deur open. We schieten de kamer in en doen de schuif erop. En dan laten we ons hijgend op het bed vallen. 'Veilig!'

Joep

Ik heb nog één folder over en dan ben ik klaar. Ik moet hem kwijt en stap op een groepje toeristen op het plein af. Het moet niet te lang duren, want over twintig minuten gaat onze laatste bus.

‘English?’ vraag ik.

Een man knikt. Als ik hem mijn folder wil voorhouden, wuift hij met zijn hand. ‘Geen uitstapjes nu,’ zegt hij, ‘we zoeken een slaapplaats voor vannacht.’

‘U kunt overnachten in ons hotel.’ Ik toon hem de foto en de prijslijst. ‘Het is vlakbij. Als u wilt, loop ik met u mee.’

Ze kijken me dankbaar aan. Maak ik even een goeie beurt.

‘U komt als een geschenk uit de hemel,’ zegt een vrouw.

Hiermee maak ik weer een beetje goed dat ik eind van de week opstap. Ik breng wel even mooi zes mensen mee. Als ik met de groep binnenkom, staat Benat al klaar om te vertrekken. Hij kijkt geschrokken naar de gasten die ik bij me heb.

‘Heb je die mensen hierheen gelokt?’ fluistert hij.

‘Hoe vind je het?’ zeg ik. ‘Ik begin het al te leren, hè?’

‘Shit!’ Benat kijkt angstig naar de balie.

‘Zullen we gaan?’ zeg ik. ‘De bus.’

'Ik kan nu niet weg,' zegt Benat zachtjes. 'Je zult zien dat het hotel nu vol is. Dat gebeurt verdomme nooit.'

'Mooi toch?'

'Ik heb twee meiden op de bovenste verdieping verstopt,' fluistert hij.

'In dat hok zonder ramen?'

'Ja, wist ik veel dat jij met een hele groep aan zou komen. Zo meteen hebben ze dat hok nodig, dan ben ik erbij.'

'Had je plannen met ze voor vannacht?'

'Nee, ze hadden geen geld. Ik wou ze niet op straat laten slapen.'

'Jaja, volgens mij zit daar iets achter.'

'Oké,' sist hij. 'Ze hebben me ervoor betaald. De helft van de prijs.'

'Had het me gezegd, dan had ik die mensen nooit meegenomen.'

Benat staat bleekjes naast de receptioniste. Ze legt drie sleutels op de balie. Ik zie de opluchting op Benats gezicht. Er zijn dus nog drie kamers.

Gelukkig, dan kunnen we tenminste weg.

'Sorry,' zegt een van de mannen. 'Wij willen ieder een eigen kamer als het kan.'

Verdomme, dus toch! Wat een actie ook van Benat. Hij vliegt eruit als ze erachter komen wat hij heeft gedaan. En het is allemaal mijn schuld. Fijn dat ik naar Thailand ben gekomen. Is hij zijn baan ook nog kwijt. Ik baal van mezelf. Waarom moest ik me nou ook zo uitsloven?

'We hebben nog een kamer op de derde verdieping,' zegt de receptioniste. 'Maar die verhuren we niet graag, want er zitten geen ramen in.'

De man gebaart dat hij dat geen probleem vindt.

Ja, Benat, je hangt. De man pakt de sleutel.

'Daar eh... in die kamer is ook geen stromend water op het moment,' zegt Benat.

De receptioniste kijkt hem bestraffend aan.

'Sorry, ik ben er vandaag niet aan toegekomen. Ik wil het nu nog wel even in orde maken.'

Ik heb hem wel door. Hij wil die meiden waarschuwen.

De mannen overleggen even en dan geven ze de sleutel terug.

'Goed,' zegt Benat schijnheilig. 'Dan repareer ik het morgen.' De receptioniste draait het bordje naast de ingang om. Vol! Gelukkig, nu kunnen we gaan.

Onze bus! Een tel later staan we buiten. We rennen naar het plein. De bus staat op het punt van vertrekken. Dat redden we niet, we moeten nog een fucking eind. We zijn er bijna als de bus begint te rijden. Benat schreeuwt iets. De chauffeur stopt. We springen erin. Hijgend ploffen we neer op de achterbank.

'Dat was op het nippertje,' zegt Benat.

'Dan hadden we toch bij die meiden van jou moeten gaan liggen.'

'Ik denk niet dat ze de schuif van de deur hadden gehaald,' lacht Benat. 'Jezus, het had een haartje gescheeld of ik was erbij.'

'Wat denk je van die meiden?' zeg ik. 'Hoe zou je het zelf vinden als je ligt te maffen en ze bonken op je deur? Zijn het leuke chickies?'

Benat knikt lachend. 'Beauty's, alle twee, maar ze waren

nogal gestrest. Eerst moesten ze naar het vliegveld. En toen toch maar niet. Geen touw aan vast te knopen.'

'Vrouwen,' grinnik ik.

Ik ben moe. Ik heb me de hele dag rot gelopen. Ik sluit even mijn ogen.

Na een tijdje schudt Benat me wakker. 'We zijn er.'

We stappen de bus uit. Het is inmiddels donker geworden. Ik kijk naar het maantje dat hier precies andersom ligt dan in Europa. Benat schijnt ons bij met de zaklamp. Ik hoor de tjiktjaks wegschieten.

Iedereen slaapt al als we thuiskomen. Moeder gaat altijd vroeg naar bed. Voor zonsopgang staat ze al op.

'Thee?' vraagt Benat.

'Graag. Dus jij hebt twee fans,' plaag ik. 'Toeristen?'

'Ja. Ze willen naar Vietnam. Maar ze waren naar iemand op zoek. Ze kwamen uit Amsterdam. Toen ik vertelde dat jij daar ook vandaan kwam, werd die ene helemaal wild. Ze moest alles van je weten. Maar je was het niet, want degene die ze zocht, droeg geen contactlenzen. Zonde hè, dat had je natuurlijk wel gewild, dat twee Nederlandse beauty's naar jou op zoek waren.'

Twee Nederlandse meiden... Opeens denk ik aan mijn hallucinatie.

Bo

Als we 's morgens wakker worden, zien we geen hand voor ogen. Anouk knipt gapend het licht aan. Halfzeven. 'Zo vroeg ben ik nog nooit opgestaan,' kreunt ze. 'Wie heeft dit bedacht?' Ze wil terug in bed stappen.

'Nee!' roep ik. 'Eruit! We moeten op tijd bij het busstation zijn. Ik heb geen zin om weer de bus te moeten missen.'

Anouk loopt naar de douche. 'We hebben in een soort doodskist gelegen. Pikdonker, en dan die hitte! Ik dacht dat ik stikte.'

'Het valt me mee dat we nog leven!' roep ik boven het geluid van de kraan uit. 'Gadver, dat water is ijskoud!' roept Anouk.

'Ik zag gisteravond een warme kraan,' zeg ik.

'Ja, die hangt er wel, maar voor de sier.'

Binnen een paar minuten is ze klaar met douchen. 'Jij mag. Aankleden en wegwezen.'

'Hadden we nou maar gekeken hoe laat die bus gaat,' zeg ik onder het tandenpoetsen. 'Misschien gaat hij pas om elf uur, dan hadden we nog lekker kunnen slapen. Het is veel te vroeg. Mijn hele bioritme is verstoord. Ik ga niet onder die koude straal, hoor.'

'Vanavond zijn we in Ho Chi Minh City,' zegt Anouk als ik me aankleed. 'Als we maar eerst dit land uit zijn.'

'We moeten onze paspoorten in onze handbagage doen,' zegt Anouk. 'Anders kunnen we op het vliegveld alles overhoop halen. Waar is mijn paspoort trouwens?'

'Goed kijken,' zeg ik.

'Ja, 's morgens om halfzeven zeker.'

Ik zoek het mijne ook. Ik kan het niet vinden en keer mijn hele rugtas om. Maar het zit er niet tussen.

'Shit!' zegt Anouk. 'Ze liggen nog in de auto, in het dashboardkastje.'

'Superstom,' zeg ik. 'Dan moeten we toch naar de auto.'

'Mooi niet,' zegt Anouk beslist. 'Ben je gek geworden. Stel je voor dat die klootzak bij onze auto staat te wachten. Dan lopen we zo in de val.'

'Zonder paspoort komen we het land niet uit.' Ik stop mijn spullen terug. 'Eigenlijk maar goed dat we gisteren die bus niet hebben genomen. Op het vliegveld hadden we niks kunnen beginnen zonder paspoort.'

'Fuck!' Anouk geeft een trap tegen de poot van het bed. 'Dit is echt kut, Bo. Waarom gaat er toch steeds iets mis?'

'Omdat we een stelletje sukkels zijn, nou goed.'

'Het was anders wel jouw idee,' zegt Anouk.

'O, krijgen we dit weer. Je houdt op met je beschuldigingen, hoor.'

'Ik baal alleen maar,' zegt Anouk. 'Hoe komen we aan die fucking paspoorten?'

'Onze boy,' zeg ik. 'We kunnen vragen of hij ze voor ons uit de auto wil halen.'

'Hallo, lekker maf. Dan weet hij dat we een auto hebben. Dat kan toch niet? Wat moeten we zeggen? "We laten onze auto staan"?'

'We hoeven helemaal niks uit te leggen,' zeg ik. 'We geven hem geld. Ze doen hier alles voor geld. Hij bekijkt het maar, hij doet het of hij doet het niet. Of is het te link?' bedenk ik opeens. 'Hij moet niet door ons in de problemen raken.'

'Je bedoelt dat die Zubin hem in elkaar beukt?'

'Zoiets ja.'

'Hoe kom je daar nou bij? Hij heeft ons toch gezien?'

'Denk je?'

'Bo, please. Hij stond voor onze auto. Denk je niet dat hij heeft gezien dat er twee meiden in zaten? En Sunee zat achterin. Hij is toch niet blind. En wat denk je van die hoertjes in Bangkok? Die weten toch ook bij wie Sunee in de auto is gestapt? Dat heeft die Cadda echt wel doorgegeven.'

'Je hebt gelijk. Ik zeur. Ik hoop trouwens dat onze boy vandaag werkt.'

'Nee, hij heeft atv, nou goed. Dat kennen ze hier niet eens. Zeven dagen per week mag je hier aan de bak, wedden? Dat zou wat voor ons zijn.'

'Hoeveel geven we? Het moet wel aantrekkelijk zijn,' zeg ik als Anouk vijfhonderd baht neerlegt.

'Duizend?' stelt Anouk voor.

Ik knik. 'Het gaat om onze paspoorten, hè?'

Als we even later met onze rugtas klaarstaan, zeg ik: 'Hoe pakken we het aan?'

'Gewoon naar beneden,' zegt Anouk. 'We kunnen wel bij een Thaise god hebben geslapen. Niemand zal denken dat we in deze doodskist hebben gelegen.'

'We zijn wel intiem, hè, deze reis,' lach ik. 'Eerst ons triotje en nu weer samen in een doodskist.'

'Heb je alles?' Ik doe de deur voorzichtig open. Als we niemand zien, schieten we de gang op. Het is echt nog heel vroeg. Iedereen slaapt nog. We gaan een trap af en kijken of we onze boy ergens zien, maar hij is nergens te bekennen.

Het hele hotel zoeken we af, maar we zien hem nergens.

Als we beneden komen, zit er een man achter de balie. Hij kijkt ons verbaasd aan.

'Good morning,' zeg ik vriendelijk. 'Wij zijn op zoek naar uw klusjesman.'

'Klusjesman?' Als de man ons van top tot teen opneemt, schieten Anouk en ik bijna in de lach.

'De jongen die hier alles repareert,' leg ik uit.

'Hij vraagt zich nu vast af wat voor klusjes dat kunnen zijn,' zegt Anouk in het Nederlands. We durven elkaar niet aan te kijken.

'Benat Tai begint meestal acht uur,' zegt de man.

'Dank u wel.' We lopen naar buiten.

'Om welke kamer gaat het?' vraagt hij nog.

'Helaas, ik niet verstaan,' zegt Anouk en we lopen door. Buiten proesten we het uit.

Het is kwart voor zeven. We dachten dat iedereen nog zou slapen, maar Chiang Mai is al springlevend. De tuktuks razen voorbij en overal lopen handelaren met manden vol groenten en kippen op hun rug.

'Nog een uur dus.' Ik kijk Anouk aan.

'Laten we naar de markt gaan, daar vindt die Zubin ons nooit tussen al die mensen.'

Joep

In het pikdonker hobbelen we met de bus door de bergen naar Chiang Mai. Meestal zijn we een uurtje later, maar Benat wilde de eerste bus nemen om de meiden het hotel uit te loodsen. Hij vroeg of ik het niet erg vond vroeg op te staan, maar mij maakte het niks uit. Na ons gesprek van gisteravond heb ik de hele nacht wakker gelegen. Ik heb Benat uitgehoord over de twee meiden. De beschrijving van Benat voldoet helemaal aan het beeld van Bo. Het is zo goed als zeker. Ze is me dus nagereisd. Ik had besloten vandaag naar Bangkok te gaan. Dan maar geen geld. Vanuit Chiang Mai kan ik liften. Tenslotte ben ik voor Bo gevlucht. Ik wou haar niet zien. Ik wou haar niet nog meer pijn doen. Ik wist het zo zeker, maar vannacht begon mijn geweten op te spelen. Bo is me nagereisd. Helemaal naar de andere kant van de wereld. Al die moeite om mij te vinden. Ze heeft er recht op me te spreken, haar woede en frustratie te uiten. Ik snap het heel goed. Ze mag alles, mij slaan, me uitschelden. Ze heeft er recht op. Maar nu het bijna zover is, twijfel ik weer. Wat doe ik haar en mezelf aan? Het is haar beslissing geweest om naar Thailand te komen. Het is zo fucking moeilijk. Wat is het beste? Ik weet het niet. Toch zal ik een beslissing moeten nemen. Als Benat straks het hotel in gaat en die meiden komen naar beneden, dan sta ik daar.

Zijn we er al? Ik ben zo in gedachten dat ik me niks van de busrit door de bergen herinner.

Ik stap uit. Nu moet ik vluchten. Maar ik kan het niet. Ik ben te laf en loop net als altijd met Benat mee. Ik merk dat Benat gestrest is. Hij is bang dat ze het hebben ontdekt. In de hal van het hotel blijf ik staan. Ik voel me duizelig. Mijn hoofd! Van de stress voel ik een steek. Rustig ademen, hou ik mezelf voor. Ik concentreer me op mijn ademhaling en de steken in mijn hoofd worden minder.

De receptioniste zit weer achter de balie.

'Ik loop meteen naar boven om het water te maken,' zegt Benat tegen haar.

Ze knikt. Hij gaat de trap op. Over een paar minuten sta ik tegenover Bo. Als ik het maar aankan. Ik raak in paniek en overweeg weg te lopen. Maar ik blijf staan. Ik zie het meteen aan Benats gezicht als hij naar beneden komt. 'Ze zijn al weg,' zegt hij.

Ik hoef me niet schuldig te voelen. Er is voor me beslist.

Bo

‘Volgens mij moet onze boy er nu wel zo ongeveer zijn,’ zegt Anouk als we op de markt voor de derde keer langs dezelfde kraam komen. ‘Hoe zei die man ook alweer dat onze boy heette?’

‘Banaan Tai,’ grinnik ik.

Terwijl we schichtig om ons heen kijken lopen we in de richting van het hotel.

‘Zal ik het dan maar aan die banaan vragen?’ zegt Anouk.

‘Prima. Maar wat doen we nou als hij nee zegt?’

‘Dan verzinnen we weer iets anders.’ Anouk schudt een jongen van zich af die ons van alles probeert te verkopen.

Gelukkig, denk ik als we het hotel in stappen. Die vent die nachtdienst had zit er niet meer.

Anouk stoot me aan. ‘Doe jij het maar.’

‘Good morning,’ zeg ik tegen de receptioniste. ‘Is Banaan Tai aanwezig?’

‘Benat,’ verbetert de vrouw.

Ik hoor Anouk grinniken.

‘Die is boven aan het werk,’ zegt de vrouw.

‘Zouden we hem even mogen spreken?’ vraag ik op mijn allervriendelijkst. ‘Het is belangrijk.’

De receptioniste belt naar boven. We gaan opzij voor een groep mensen die wil uitchecken. Het duurt even en dan komt Benat naar beneden. De receptioniste is zo druk dat ze niet meer op ons let. Benat trekt zijn wenkbrauwen op als hij ons ziet.

We wenken dat Benat mee naar buiten moet komen.

'Goed geslapen?' vraagt hij.

'Prima.' Ik wil hem nog bedanken, maar Anouk valt meteen met de deur in huis.

'Wil je wat verdienen?'

'Altijd,' zegt Benat.

'Een eindje verderop staat onze auto,' zegt Anouk. 'In het dashboardkastje liggen onze paspoorten. Wil jij die eruit halen?' Ze houdt het briefje van duizend baht voor zijn neus.

'Is dat alles wat ik moet doen?' vraagt hij.

'Ja.'

Ik zie dat hij er niets van snapt.

'Jullie auto dus? Weet je dat zeker?'

Anouk houdt de sleutels op. 'Wij zijn geen criminelen.'

'Waarom doen jullie het dan niet zelf?'

Ik wist dat die vraag zou komen.

'Take it or leave it,' zegt Anouk beslist.

Daar is ze dus weer steengoed in. Ik had allang antwoord gegeven.

Hij kijkt naar het geld en pakt het uit Anouks hand. 'Waar staat die kar?'

'Ik loop wel even mee.'

'Dan moet ik hier zeker alleen wachten,' zeg ik. 'Gadverdamme.'

‘In je eentje herkent die Zubin je niet,’ zegt Anouk. ‘En als ik met Banaan loop, herkent die ploert mij ook niet.’

Ik schiet in de lach. ‘Ik ga wel in het parkje bij de tempel zitten. Lekker veilig bij al die monniken en toeristen.’

‘Prima,’ zegt Anouk en ze loopt met Benat weg. Wat een mazzel dat hij het doet! Over een halfuur kunnen we op het station staan. Ik hoop zo dat de bus er dan staat. Wat er ook gebeurt, deze keer stap ik wel in.

Joep

Ik weet nu al dat ik vandaag veel minder uitstapjes ga verkopen dan gisteren. Ik heb er mijn hoofd niet bij. Ik denk de hele tijd aan Bo, die me achterna is gereisd. Volgens Benat wilde ze de eerste bus naar het vliegveld nemen. Ze moet op het busstation hebben gestaan toen ik uit de bus kwam. We hadden elkaar zo tegen het lijf kunnen lopen. Wat zou er met me zijn gebeurd? Er is nog een kans. Ik heb het net nagevraagd. De bus naar het vliegveld is nog niet vertrokken. Toch weet ik dat ik niet naar haar toe moet gaan. Het heeft totaal geen zin.

Met tegenzin stap ik op een groepje toeristen af. 'Wilt u een van onze unieke uitstapjes maken?' Ik krijg het bijna niet meer uit mijn strot. Het is maar goed dat deze flauwekul bijna voorbij is. De mensen gaan er niet op in en lopen door. Het komt door mijn onverschillige blik. Als iemand met zo'n tronie mij iets wilde verkopen, liep ik ook door. Ik kom langs een stinkende vuilcontainer. Ik heb zin om de hele stapel folders erin te smijten. Maar ik moet mijn geld hebben. Dat mocht die uitbuiter willen, dat hij het kon houden. Ik word misselijk als ik eraan denk hoe hard Benat moet werken voor een fooi. Opnieuw spreek ik een paar toeristen aan. Maar ze hebben geen interesse. Ik kan het vandaag niet. Misschien moet ik even uit de drukte. Zou de rust van een tempel helpen? Sinds ik in Thailand ben, heb ik nog geen tempel bezocht. Nu is het misschien wel een goed moment. Als ik wierook voor Bo brand, dan kan ik het misschien loslaten.

Het is druk bij de tempel. Ik trek mijn schoenen uit en ga naar binnen. Ik heb het gevoel alsof ik een totaal andere wereld in stap. De geur van wierook en de mensen die op hun knieën voor de Boeddha zitten maken me rustig. Ik wou dat ik ook kon bidden. Ik loop naar de tafel waar de bossen wierook liggen uitgestald. Ik stop wat geld in het bakje en steek een bosje aan.

'Voor jou, Bo,' zeg ik zachtjes. 'Sorry dat ik je zo'n pijn moet doen.'

Terwijl de wierook brandt, denk ik aan ons tweetjes. Onze plannen, samenwonen, misschien wel kinderen. Je was de enige met wie ik dit wilde, Bo, verdomme. Nou sta ik hier te janken met een bos wierook in mijn hand. Dit is fucking alles wat ik voor je kan doen. Dat je maar weer gelukkig mag worden. Ik druk de wierook in het zand en ga rustig zitten. Ik wacht tot hij helemaal is opgebrand, dan draai ik me om en loop weg. Ik trek mijn schoenen aan, pak mijn folders en ga naar buiten. Mijn blik valt op de monniken die in het park zitten.

Bo! Mijn hart slaat over. Als aan de grond genageld blijf ik staan. Daar zit ze. In het park. Ze was al die tijd vlak bij me toen ik in de tempel was.

'Bo!' wil ik roepen, maar er komt geen geluid uit mijn keel. 'Bo!' Ik versnel mijn pas. 'Bo!' roep ik nog een keer als ik vlak bij haar ben.

Ze kijkt op. 'Joep!' Mijn prachtige Bo kijkt me aan. Ik zie aan haar blik dat ze het niet kan geloven. Maar ik ben het. Ze staat op, rent naar me toe en valt me om de hals.

'Bo!' Ik druk haar tegen me aan. Ik ruik haar haar. Die verrukkelijke geur die ik zo heb gemist. We janken, we janken alle twee. Ineens rukt ze zich los. Ze kijkt me aan.

'Hoe kon je? Hoe kon je zomaar bij me weggaan!' Ze bonkt wanhopig met haar vuisten op mijn borst. 'Ik heb je zo gemist, gek die je bent.'

Ik kijk haar aan en zie het verdriet in haar ogen. Het is zo verdomde moeilijk. Misschien is dit wel het allermoeilijkste uit mijn leven. Maar ik wil haar geen pijn doen.

'Sorry, Bo,' zeg ik. 'Ik weet dat het slecht van me is. Maar ik moest weg. Ik kon niet langer blijven.'

'Voelde je dan niks meer voor me?'

'Jawel. Natuurlijk wel. Maar het kon niet langer. De drang dat ik weg moest, was groter dan ikzelf.'

'Hoe kan dat nou?' snikt Bo. Ze pakt angstig mijn hand. 'Je hield toch van me? Heb je een ander?'

'Nee!' Ik trek haar naar me toe en druk haar tegen mijn borst. 'Ik zweer je, er is geen ander, Bo. Jij bent de enige vrouw van wie ik heb gehouden. Je bent het mooiste wat me is overkomen. Vergeet dat nooit.' Ik doe mijn amulet af en druk hem in haar hand. Ik jank, maar ik probeer me te vermannen.

'Als je van me houdt, waarom verlaat je me dan? Zeg het, Joep. Ik moet het weten,' snikt Bo.

Ik kijk in haar ogen. Die warme, stoute ogen waar ik zo dol op ben. Waar ik voor het eerst van mijn leven een thuis heb gevonden. De warmte, het vertrouwde, onze liefde die nooit op zal houden te bestaan.

'Bo, ik kan het je niet zeggen. Het is zo... Je moet het aanvaarden.'

'Is het geen opwelling?'

'Nee, Bo, ik sta dichter bij mezelf dan ooit. Ik ben hierheen gegaan omdat ik mijn familie wilde leren kennen.'

'Blijf je hier voorgoed?'

'Nee, ik heb hier een baantje. Ik verspreid folders voor een hotel. Over een paar dagen ga ik naar Bangkok om te schilderen. En daarna ga ik op reis.'

'Maar dan kan ik toch met je mee?' Bo klampt zich snikkend aan me vast.

'Het kan niet,' zeg ik. En ik maak haar voorzichtig los. Het liefste wat ik in het leven heb gevonden laat ik los, voorgoed.

Bo

Door een waas zie ik Anouk aan komen lopen. Ze houdt de paspoorten omhoog. Maar ik blijf als versteend op de bank zitten. Ik ben hem kwijt, ik ben hem voorgoed kwijt.

'Wat heb je?' vraagt Anouk geschrokken.

'Vertel op? Zijn we erbij? Heeft die vent ons gezien? Wat heeft hij met je gedaan?'

'Joep is weg.'

'Ja, dat weten we. Daar zijn we voor hiernaartoe gekomen. Jezus, Bo, ik schrok me dood. Ik dacht minstens dat die klootzak hier rondliep.'

'Joep was bij me. Hij is hier! Hij stond ineens voor me.'

'Is Joep hier? Hier in Chiang Mai? Is hij bij zijn familie?'

'Ja, hij werkt hier.'

'Dus we hebben hem gevonden, nog net voor we vertrekken! Hoe is het mogelijk! Is het weer aan? Gaat hij met ons mee?'

'O Anouk, het is zo erg. Het is finito, definitively finito.'

'Zei hij dat? En waarom? Waarom is hij 'm zomaar gesmeerd?'

'Dat wou hij niet zeggen.'

'Hè...? Dus je weet het nog steeds niet. Dat geloof ik niet,

Bo. We hebben het hele fucking eind gereisd om hem te vinden. Jij kon niet verder als je niet wist wat er aan de hand was. En nou heb je hem gevonden en dan vertelt hij niks. Bo, je bent crazy. Je hebt hem toch niet zomaar laten gaan?'

'Wat moest ik dan? Hij zei dat hij van me hield.'

'Ja, dáág!' roept Anouk woedend. 'Daar trap je toch niet in, hè? Dat had hij moeten zeggen waar ik bij was. Laat hij zijn slijmerige praatjes voor zich houden. Dit is nou echt heel hypocriet. Hij houdt van je. Bullshit. Hoe durft hij? Dat je hem niet in zijn face hebt gespuugd. Echt hoor, wat heeft die een geluk gehad dat ik weg was. Ik had hem op zijn gezicht getimmerd. Is dat Joeps amulet?'

'Ja. Hij gaf het aan me.'

'Welja, dat je dat nog aanneemt ook. Hang het om, nou goed?'

'Natuurlijk hang ik het niet om. Van mij mag hij het terughebben. Maar het gaat niet goed met hem, Anouk. Hij zag er zo slecht uit. En ook verdrietig.'

'Ik krijg medelijden met hem, nou goed. De klootzak. Dus je weet helemaal niks.'

'Nee, eigenlijk niet. Alleen dat hij geen ander heeft.'

'Waarom is hij dan zomaar weggegaan?'

'Hij moet op reis.'

'En dan kan jij niet mee?'

'Nee, ik moest het accepteren.'

Anouk geeft driftig een trap tegen de bank. 'Waar is die lul?'

'Hij werkt voor een hotel. Hij deelt folders uit op de markt.'

'Ik zal die folders in zijn gezicht smijten.'

'Nee Anouk, niet doen. Dat wil ik niet. Je mag je er niet mee bemoeien.'

'O, dus ik moet gewoon toekijken hoe hij jou kapot heeft gemaakt. Ik mag er niks van zeggen. Natuurlijk niet, dat is zielig voor Joep. Je beschermt hem nog steeds. Ik snap je, zo'n schat zou ik ook beschermen,' zegt Anouk giftig.

'Anouk, rustig nou. Laat hem gaan. Het is uit. Iedereen heeft het recht om zijn verkering uit te maken. Alleen geloof ik het niet. Hij zag er zo kwetsbaar uit. Ik zag de pijn in zijn ogen. Hij houdt echt nog van me. Ik snap niet waarom hij dan weggaat.'

'Óf hij is gestoord óf het is echt de grootste loser die op de wereld rondloopt.'

'Hij zei dat het sterker was dan hijzelf. Hij moest gaan.'

'Dus toch bindingsangst,' zegt Anouk. 'Ik haat kerels. Als het menens wordt, krijgen ze ineens de stress. En dan rennen ze weg. Gadverdamme. Laat hem maar oprotten. Hij komt er wel achter. De lul zoekt de vrijheid. Lekker doen. Wedden dat hij met hangende pootjes terugkomt. Maar dan heb jij een ander. Wat een zak. Waar gaat hij naartoe?'

'Eerst naar Bangkok en daarna...'

'Bangkok? Gaat hij echt naar Bangkok?'

'Ja.'

'Dan kan hij mooi onze auto terugbrengen.'

'O nee,' zeg ik. 'Het is uit. Ik wil hem nooit meer zien.'

'Bo, die auto moet terug. Daar krijgen we anders gezeik mee. Als we bellen dat hij kapot is, willen ze natuurlijk dat we hem ergens laten maken. Dit is de oplossing. Hij wil toch vrij zijn? Dan mag hij lekker cruisen in zijn eentje door de bergen naar Bangkok.'

'Ik ga hem echt geen gunst meer vragen,' zeg ik.

'O nee? Door die lul zitten wij in de shit. Weet hij wat er onderweg is gebeurd?'

'Ik heb niks verteld.'

'Dan krijgt hij het van mij te horen. Hij gaat die auto terugbrengen, daar zorg ik wel voor.'

'Loopt hij geen gevaar?'

'Ga nog over hem in zitten ook. Het houdt nooit op bij jou, hè? Wat moet hij wel niet doen voordat je hem laat vallen? Van mij mag die Zubin hem aanhouden, maar dat zal heus niet gebeuren. Die ploert heeft ons gezien en niet Joep. Maar ik zal Joep wel krijgen. De lul gaat lekker op reis terwijl jij wegkwijnt. Ik wens hem veel plezier.' En Anouk loopt weg.

Joep

De verdrietige blik van Bo staat op mijn netvlies gebrand. Ik moet me beheersen om niet terug te rennen en haar in mijn armen te nemen. Maar ik weet dat dat het stomste is wat ik kan doen. Daarom loop ik door naar de markt. Ik wring me tussen de menigte door. Maar wat moet ik hier nog? Ik kap ermee. Ik kap met die klotefolders. Ik kan nu geen uitstapjes meer verkopen alsof er niks is gebeurd. Dan maar geen geld. Nu ik weet dat Bo zo dichtbij is, kan ik hier niet langer blijven. Ik hoef maar een moment van zwakte te hebben en het gaat toch nog mis. Vandaag lift ik nog naar Bangkok en dan zie ik daar wel verder.

Ik ga naar het hotel om afscheid van Benat te nemen. Hij staat boven op een ladder voor de pui. Als hij me ziet, komt hij naar beneden.

'Wat vind je van onze luifel? Als nieuw, hè?'

Ik duw hem de stapel folders in zijn handen. 'Geef maar aan je baas. Ik ga nu naar Nederland. Het is geen doen, ik zie geen moer.'

'Zie ik je nog eens?' Ik hoor aan Benats stem dat hij het moeilijk vindt.

'Wie weet.' Ik omarm hem. 'Bedank mijn moeder en mijn

broer en zus en vertel hen dat ik trots ben op mijn familie. Ik heb geen tijd om haar te groeten, dan mis ik mijn vliegtuig.'

'Het is goed,' zegt Benat. 'Je hebt haar heel gelukkig gemaakt door langs te komen.'

Bizar, het is net zo gegaan als vroeger. Alleen ben ik deze keer degene die geen afscheid durft te nemen en haar zo achterlaat.

'Alsjeblieft!' Benat duwt me een stapeltje bankbiljetten in mijn hand. 'Je kunt niet zonder geld. Ik zorg er wel voor dat mijn baas jouw salaris aan mij betaalt. In elk geval een gedeelte.'

'Tof van je.' Ik stop het geld weg. We houden elkaar stevig vast. En dan ga ik. Ik kijk niet meer om en loop over de markt naar de bus.

'Joep! Joep!' hoor ik achter me.

'Anouk!' Ik weet niks te zeggen en sta daar maar zo'n beetje. Ik weet hoe Anouk kan worden als ze woedend is.

'Verdomme, Joep,' begint ze. 'Waarom flik je dit allemaal? We hebben ons rot gezocht naar je. En nu hebben we je gevonden en is Bo nog niks wijzer geworden. Waarom vertel je haar niet waarom je haar laat barsten? Nou ja, laat ik mijn mond maar houden. Ik word alleen maar pissig en het maakt jou toch niks uit hoe Bo zich voelt.'

'Dat mag je niet zeggen. Daar weet jij niks van. Jij kunt niet weten hoe ik me voel. Bovendien is dit iets tussen Bo en mij. Ik hoef aan jou geen verantwoording af te leggen.' Ik loop door.

'Joep! Sorry, ik ben niet gekomen om ruzie te maken. Wil je even luisteren?'

'Alleen als je normaal kunt doen.'

'Bo vertelde dat jij naar Bangkok wilt.'

'Ja, ik ga zo liften.'

'Dat is niet nodig. Je kunt onze huurauto naar Bangkok rijden. Dan moet je hem daar voor ons inleveren.'

'Dit snap ik even niet. Jullie hebben dus een auto gehuurd.'

'Om jou te vinden. We hoorden dat je in een of ander dorp bij Chiang Mai zat.'

'Maar jullie willen toch naar Vietnam? Dan rij je toch door Laos naar Ho Chi Minh City? Dan hoef je niet te vliegen.'

'Wij mogen niet meer in die auto worden gezien.'

Anouk vertelt wat er is gebeurd.

Heeft Bo iemand aangereden? Mijn hart bonkt in mijn keel als ik hoor wat Anouk vertelt.

'Jullie moeten hier weg,' zeg ik. 'Dit is superlink.'

'We gaan ook,' zegt Anouk. 'Als jij de auto voor ons terug wilt brengen.'

'Zit er wel benzine in?' vraag ik. 'Ik heb niet zoveel geld.'

'Ik heb pas nog getankt.'

'Oké, ik doe het. Het komt me wel goed uit. Dan hoef ik niet te liften.'

'We hebben al betaald voor de auto.' Anouk haalt het betaalbewijs uit haar portemonnee, met het adres erop.

Wat een verhaal! denk ik terwijl ik naast Anouk naar hun auto loop. Ik ril bij de gedachte aan wat Bo is overkomen.

Bo

Wat zit ik hier nou op dat stomme bankje? Joep gaat op reis zonder mij. Het is net of het nu pas tot me doordringt wat er is gebeurd. Joep was hier, hij stond ineens voor me. Al die tijd hebben we hem gezocht en nu laat ik hem zomaar gaan. Het is uit. Hij wil zogenaamd zijn eigen weg gaan, maar er klopt niks van. Hij kletst maar wat. Hij is in de war. Waarom ziet hij er dan zo slecht uit? Ik ken hem toch. Drie jaar heb ik verkering met hem gehad. Hij heeft er nog nooit zo beroerd uitgezien. Er is iets met hem. Hij is de weg kwijt. Hij zegt dat hij me niet meer wil, maar hij kijkt nog wel vol liefde naar me. En waarom geeft hij mij zijn amulet? Hij heeft het zijn hele leven al om, vanaf het moment dat zijn moeder hem naar het weeshuis heeft gebracht. Waarom krijg ik dat opeens? En reizen is helemaal niet zijn ding. Als er iemand een huismus is, is Joep het wel. Kunst maken thuis of op de Rietveld, daar houdt hij van. Voor Joep hoefden we eigenlijk nooit de deur uit. Hij heeft geen prikkels nodig en vond het het fijnst als we thuis aten. Iets lekkers halen op de Cuyp, koken, een muziekje aan, kaarsjes erbij, wijntje. Helemaal top. Als we weleens op vakantie gingen, deed hij dat voor mij. En nu beweert hij doodleuk dat hij op reis gaat! Moet ik hem wel laten gaan? Het lijkt erop dat hij is geflipt. Ik mag hem helemaal niet laten gaan. Daarvoor zijn we toch niet al die jaren bij elkaar geweest? Als hij nou een ander had, maar dat is niet zo. Als ik ineens weg zou gaan omdat het niet goed met me ging, zou hij me ook tegenhouden. Joep is altijd de zorgzaamste van ons tweetjes geweest. Mij ligt die rol niet zo. Als hij alleen maar verkouden is irriteert het me al. Ik kan er echt niks mee. We hebben er vaak om gelachen. Ik ben geen verpleegster. 'Het is niet te hopen dat ik ooit echt iets krijg,' zei Joep weleens.

'Dan ben ik er heus wel voor je,' zei ik dan. Nu is het zover. Joep heeft iets. Het kan niet anders. Ik hoor hem ook niet over zijn kunst. Misschien is hij daarop geflipt, op zijn kunst. Wat het ook is, hij heeft hulp nodig. Het dringt steeds meer tot me door. Natuurlijk ben ik gekwetst. Hij kan ineens zonder mij. Maar daar moet ik overheen stappen. Hij geeft mij wel zijn amulet. Stel je voor dat ik Joep terugkrijg en hij weer de Joep wordt van wie ik zoveel hou. Ik heb er alles voor over. Elke seconde wordt het me duidelijker. Ik moet handelen. Nu meteen, voordat hij in onze huurauto stapt en wegrijdt. Zo mag hij niet eens achter het stuur zitten. Hoe kan het dat Joep ineens zo in de war is en dat ik er niks van heb gemerkt? Ik moet die gedachten stoppen, daar help ik Joep ook niet mee. Ik hoef mezelf geen verwijten te maken, dat is zinloos. Ik moet naar hem toe. Ik loop het park uit, in de richting van de auto.

Als ze er nog maar staan. Zo meteen is hij al weg. Ik versnel mijn pas. Ik moet hem zeggen dat hij niet op reis mag, tenminste niet alleen. Ik ga met hem mee. Ik laat me niet wegsturen. Ik ren de straat uit.

Als ik de hoek om ga, zie ik ze bij de auto staan. Gelukkig, ik ben op tijd. Anouk heeft de motorkap opengezet. Ze legt hem waarschijnlijk uit hoe hij de motor kan starten als het ding ermee ophoudt. Het ziet er gelukkig niet naar uit dat ze ruzie hebben. Dit duurt nog wel even. Ik hoef niet meer te rennen. Kijk hem nou staan, mijn lieveling! Ik moet bijna janken als ik zie hoe slecht hij eruitziet. Ik heb geen trots meer. Opzouten met die gevoelens. Ik blijf bij je, Joep, ik laat je niet gaan. Ik ben niet voor niks naar Thailand gekomen. Het is het beste wat ik had kunnen doen. Stel je voor dat ik thuis was gebleven! Ik wil ze roepen als er ineens een politieauto de hoek om komt. Shit! Ze stoppen naast de auto. Ik ga naar hen toe. Alsjeblieft, laten ze een parkeerbon geven. Ik durf amper te kijken. De agent bekijkt het kenteken van de auto. Hij geeft zijn collega een teken. Jezus, ik verstijf. Het gaat fout! Het gaat helemaal fout! Ze weten het, ik zie het aan hun gezicht. Dit gaat niet over een lullige bekering.

Anouk kijkt me aan.

'We hebben dit kenteken doorgekregen,' zegt de agent. 'De persoon die deze auto heeft bestuurd, heeft iemand aangereden. Volgens het verslag van de getuigen was het slachtoffer op slag dood. En daarna is de bestuurder doorgereden.'

Dus toch! Die figuur in de berm – het was geen waanbeeld.

'We hebben opdracht gekregen om de auto in beslag te nemen,' zegt de agent. 'En de bestuurder in te rekenen.'

Ik duizel. Het zweet breekt me uit. Ik ben erbij. De agent kijkt mij nu ook aan.

'Wie bestuurde die auto?'

Ik wil gillen. Dit mag niet. Ik draai de bak in voor moord. Ik heb het gevoel dat ik flauwval. De agent kijkt ons aan. Ik wil zeggen dat ik achter het stuur zat, maar er komt geen geluid uit mijn keel. Ik kom hier nooit meer weg. Voor de rest van mijn leven zit ik opgesloten. In Thailand, in een van de engste gevangenissen van de wereld. Het is een nachtmerrie. Het kan niet waar zijn. Werd ik maar wakker, maar het is fucking echt. Ik ben erbij. Waren we maar nooit doorgereden.

Mijn lippen trillen. De agent blijft mij aankijken. Er is geen ontkomen aan. Ze hebben me.

'Ik,' hoor ik Joep zeggen. 'Ik heb die auto bestuurd.'

Wat zegt Joep? Wat gebeurt er? Joep wordt ruw vastgegrepen, op de grond gesmeten en gefouilleerd. De agenten boeien zijn handen op zijn rug.

Ze trekken hem overeind en duwen hem de politieauto in.

'Joep!' Ik ren naar hem toe.

Joep kijkt me aan. 'Bo, ik hou van je!' Zijn blik, zo warm, zo intens lief.

'Joep, dit mag niet. Straks zit je voor de rest van je leven vast.'

'Mijn leven is toch niks meer waard!' roept Joep. 'Bo, alsjeblieft, ga zo snel mogelijk naar Nederland.' Het portier wordt dichtgesmeten.

'Joep!' De politieauto rijdt weg, met Joep erin. Ik ren erachteraan. Bij de hoek blijf ik staan en laat me snikkend op de grond vallen.

Anouk legt haar hand op mijn schouder. 'Bo, sta op.'

Ik wil niet meer overeind komen. Ik durf niet verder te leven. Ik zie Joeps lieve blik voor me. Ik wil bij hem zijn.

'Bo, sta op! We moeten weg.'

'En Joep hier zeker achter laten. Anouk, we moeten naar de politie. Ik ga me aangeven.'

'Nee,' zegt Anouk beslist. 'Dat doe je niet.'

'Dus jij wilt Joep laten opdraaien voor iets wat wij hebben gedaan?'

'Hij wil het toch,' zegt Anouk. 'Bo, hij doet het voor jou.'

'Maar dat mag ik toch niet goedvinden.'

'Bo, we moeten weg! Joep wilde het zo. Hij is volwassen. Hij weet wat hij doet. Hij wil dat we zo snel mogelijk terug naar Nederland gaan. Daarom moet je opschieten.'

Ik weet het, dat zei Joep ook. Hij zei nog meer. Mijn leven is niks meer waard... Hoe komt hij zo in de war?

'Waarom doet hij dit?' snik ik.

'Uit liefde, Bo. Uit liefde voor jou. Het is een cadeau, een groot geschenk. Neem het aan.'

Ik kom overeind. Joep deed het voor mij. Hij gaat de rest van zijn leven de gevangenis in voor mij.

'We gaan meteen naar het station,' zegt Anouk. 'We moeten het land uit voordat ze erachter komen dat wij die auto hebben bestuurd.'

'Ik heb geen zin meer om naar Vietnam te gaan en vakantie te vieren. Ik haat onze reis. Ga jij maar alleen verder.'

'Wat denk jij nou? We gaan geen vakantie vieren,' zegt Anouk. 'Natuurlijk niet. We gaan naar Nederland en daar zorgen we dat Joep vrijkomt.'

Het klinkt goed. Joep moet vrijkomen. Daarvoor moeten we eerst veilig in Nederland zijn.

'Jezus, Bo.' Nu begint Anouk te huilen. In paniek kijkt ze me aan. 'Als we het maar redden.'

Ik weet niets meer, net als Anouk. Het enige wat we wel weten is dat we zo snel mogelijk het land uit moeten. We lopen naar het busstation. Nou ja, lopen, het is meer rennen, en dat met deze hitte en met onze rugtas om.

'De bus staat er!' roept Anouk en we nemen een spurt.

Ik sta weer op de treeplank, net als gisteren. Maar het is nu wel anders. De vorige keer wilde ik Joep zoeken. Nu is hij opgepakt. Ik heb zo'n fucking zwaar gevoel in mijn lijf, en ik voel een bijna ondraaglijke pijn in mijn hart. Was ik toen maar niet uitgestapt, dan was Joep nooit opgepakt en was hij misschien ooit bij me teruggekomen. Ik ga naast Anouk achter in de bus zitten en denk aan Joep. Mijn Joep, die vastzit door mijn stommiteit. Zouden ze hem martelen? Ik word misselijk als ik eraan denk.

Ik ben blij als de bus gaat rijden. Maar het gevaar is nog lang niet geweken, dat weten we alle twee. De bus rijdt Chiang Mai uit. Deze stad kan ik nooit meer vergeten. Ik twijfel. Moet ik wel gaan? Moet ik niet bij Joep in de buurt blijven? Maar wat Anouk zegt is waar. Hier kunnen we niets voor Joep doen. Thuis kunnen we hem wel helpen. Thuis, het lijkt zo lang geleden. Als mam dit wist, zou ze dood blijven van angst.

We rijden een kleine luchthaven op. Zodra de bus stopt, stappen we uit en we lopen de luchthaven in.

Anouk bestudeert het bord.

'Het eerstvolgende vliegtuig vertrekt naar Singapore,' zegt ze. 'Dat nemen we.'

We lopen naar de ticketbalie. Er staat een groep mensen voor ons. Zo te zien duurt het nog wel even. Ik heb geen geduld om te wachten en kijk wat rond. Een eindje verderop zie ik de douane. Ze halen twee meiden uit de rij. Een blonde en een met donker haar. Net als wij. Zouden ze ons zoeken? Het moet haast wel, die meiden lijken op ons. Misschien hebben ze ons signalement doorgekregen. Ze kijken in het paspoort van de meiden. Ik zie ze overleggen. Een van de douanebeambten schudt zijn hoofd. De meiden mogen doorlopen. Maar als ze ónze paspoorten zien, mogen wij er misschien níét door. Ik ren terug naar Anouk. Ze is net aan de beurt.

'We hoeven geen ticket.' Ik sleur haar weg bij de balie.

'Snel, we moeten hier weg. Ze zijn ons waarschijnlijk op het spoor. De douane haalde net twee meiden uit de rij.'

'Zo bijzonder is dat niet,' zegt Anouk. 'In deze landen controleren ze bijna iedereen.'

'Anouk, doe niet zo naïef, het is veel te link om te vliegen. Misschien zoeken ze ons, en hebben ze onze namen doorgekregen van Aeneas.'

'Welnee, zo snel kan bijna niet,' zegt Anouk.

'Ik ga niet,' zeg ik.

'Bo, doe normaal. We kunnen hier toch niet blijven?'

'Ik ga niet vliegen,' zeg ik. 'Ga jij maar als je zo nodig gepakt wilt worden.'

'Luister, Bo, je bent nu echt paranoia. Laat mij nou zeggen wat we gaan doen. Ik ben voor vandaag de leider.'

'Jij? Zeker net als met die aanrijding. Ik zei dat we moesten stoppen, maar jij moest zo nodig doorrijden, weet je nog?'

'O ja? Wou jij stoppen? Waarom ben je dan niet uitgestapt?'

'Jij luisterde niet. Ik heb nog gezegd dat ik iemand zag staan. Maar het was zogenaamd een waanbeeld. Ik heb het een paar keer gezegd, maar ik had een shock volgens jou. Nu ben ik zeker weer paranoia. Er is hier maar één die crazy is en dat ben jij. Als je gedaan had wat ik zei, dan had Joep nu niet vastgezeten. Dan was het een ongeluk geweest.'

'Schreeuw nog harder,' zegt Anouk. 'Als je nog even doorgaat, hoef je niet eens meer langs de douane, dan pakken ze ons hier al op.'

Dit had ik nog echt even nodig. Ik ren de hal uit met mijn rugtas om.

'Bo!' Anouk komt achter me aan. Vlak bij de bussen pakt ze me vast. 'Wat ga je doen?'

'Ik ga naar de politie,' zeg ik. 'Ik wil dat Joep vrijkomt.'

'Dat doe je niet.' Anouk geeft me een pets in mijn gezicht. 'Wakker worden jij! Wil je het voor ons alle drie verpesten? Dan moet je naar de politie gaan. Jij krijgt levenslang, ik moet misschien mijn halve leven zitten en Joep ook. Hij komt niet zomaar meer vrij, hij heeft gelogen.'

Shit, Anouk heeft gelijk. Er is geen uitweg meer. Wat moeten we?

Ik begin te janken. Ik weet het niet meer, ik weet het echt niet meer. Ik voel me zo klein, het liefst belde ik mijn ouders. Ik zie Anouk angstig om zich heen kijken. 'Komen ze eraan?'

'Nee,' zegt ze, 'maar we kunnen hier beter weggaan.'

'En dan?' roep ik. Ik kan wel gillen van ellende.

'Relax!' schreeuwt Anouk. 'Ik word ook gek van jou. Nou durf je weer niet te vliegen.'

'Ga dan alleen!' gil ik.

'Hou op!' schreeuwt Anouk terug. 'We moeten bij elkaar blijven, Bo. We zijn alle twee stapel geworden. We moeten nadenken, heel rustig nadenken.'

We stappen een willekeurige bus in. We weten niet eens waar hij heen gaat. Het maakt ook geen flikker uit. We zitten vast in dit kutland. De bus rijdt weg. Ik voel niks meer, geen woede, geen verdriet, niks. Ik ben net een plant. Ik heb helemaal geen gevoel meer. We rijden al een tijdje als Anouk me een duwtje geeft.

'Eruit, snel!'

Ik kijk om me heen. Wat moeten we hier in die bloedhitte? Anouk sleurt me mee naar een benzinestation. Ze stapt op een vrachtwagenchauffeur af. Ik zie dat er 'Laos' op zijn vrachtwagen staat.

'Kunnen we misschien een lift krijgen?' vraagt ze.

De man kijkt ons aan. 'Geen drugs?'

'Nee,' zegt Anouk.

'Money?' vraagt de man.

Anouk haalt een briefje van duizend baht uit haar portemonnee.

De man wenkt dat we in mogen stappen.

'Op vakantie?' vraagt hij als we naast hem zitten.

'Ja,' zegt Anouk.

'Jullie boffen maar,' lacht hij.

Nou nou, wat boffen we.

'Een fijne tijd in Chiang Mai gehad?'

'Great!' zegt Anouk. Ik ben blij dat zij het dichtst naast hem zit. Hij vraagt haar uit over de vakantie en Anouk verzint het ene antwoord na het andere. Ik zou het niet kunnen opbrengen. Ik moet me uit alle macht beheersen. We hebben helemaal geen fijne tijd gehad, lul! wil ik roepen. Ik heb iemand doodgereden. Een ploert die voor geld meiden onder valse voorwendselen naar Bangkok lokt. En daar moet Joep nu voor boeten. Joep, die nog nooit een vlieg kwaad heeft gedaan. Het is een raar gevoel om van hem weg te rijden. Maar hij heeft er ook niks aan als we alle drie vastzitten. Ik kijk gespannen voor me uit. Als we maar eerst veilig in Laos zijn. Ik haat dit land. Hoe lang duurt het nog voor we er zijn?

Arme Anouk moet maar praten. Ik zit stilletjes naast haar en luister. Ze beschrijft een vakantie zoals we het voor ons hadden gezien. In plaats daarvan is onze reis een nachtmerrie geworden.

We zitten ruim een uur in de vrachtwagen als Anouk in mijn hand knijpt.

Nog vijf kilometer en dan zijn we bij de grens. Mijn hart begint te bonzen. Stel je voor dat het misgaat. Ook al is die kans veel kleiner dan bij de luchthaven of in de trein, het kan wel. Hoe dichter we bij de grens komen, hoe langzamer iedereen gaat rijden. De chauffeur zucht geërgerd. Te veel toeristen deze tijd van het jaar. Hij vertelt dat hij vroeger altijd kon doorrijden. Hij zeurt de hele tijd over Laos, dat zo veranderd is nu er zoveel toeristen komen. Man, hou op met je gezeik, denk ik. Zorg er liever voor dat we door die fucking douane heen komen.

Ik zit op het puntje van mijn stoel. Ik merk dat ik steeds sneller begin te ademen. Anouks hand voelt klam aan in de mijne. Terwijl we in de file wachten, zet de chauffeur de radio harder. Hij zingt mee met een nummer dat ik niet ken. Ja, we maken er een feestje van, nou goed? Ik zou het liefst uit de vrachtwagen springen, maar dan zijn we er zeker bij. We gaan tergend langzaam, het kan nog wel even duren. Ik vecht tegen een aanval van hyperventilatie. Dat had ik vroeger in mijn puberteit. Dan moest ik in een plastic zakje ademen. Maar dat is alweer jaren geleden. Ik probeer mezelf te kalmeren. Het komt goed, het komt helemaal goed. Mijn adem gaat steeds sneller.

Mijn mobiel gaat. Nee, mijn moeder!

'Hi, mam.'

'Kind, wat heb je? Je klinkt zo hijgerig. Je hebt toch geen hyperventilatie?'

'Ik weet ook niet hoe ik eraan kom,' zeg ik.

'Je hebt misschien wel kougevat. Ik las het weerbericht in de krant. Het is noodweer bij jullie. Al die regen en mist. Misschien moet je maar naar huis komen.'

'Ik wil niks liever!' schreeuw ik.

'Ik snap dat je niet zomaar weg kunt gaan bij tante Alice. Hè, wat lastig. Is de Pakistaanse hulp er weer?'

'Nee, hoezo?'

'Ik hoor van die vreemde muziek.'

'Tante houdt van die muziek,' zeg ik.

'Is dat tante Alice die meezingt?'

Ik kijk naar de chauffeur, die uit volle borst uithaalt. 'Ja,' zeg ik.

'Wat een donkere stem. Als je daar de hele dag naar moet luisteren zou ik ook hyperventilatie krijgen. Nou ja, laat je het horen als je thuis bent?'

'Mam...' Ik wil het zeggen. Ik wil zeggen dat ik iemand heb doodgereden.

'Mam, ik...'

Anouk grist de mobiel uit mijn hand. 'Dag mevrouw, Bo heeft het benauwd. Ze is even naar buiten. Maakt u zich maar geen zorgen, hoor. Het komt helemaal goed, we zijn zo weer thuis.' En ze drukt de telefoon uit.

Eindelijk komen we bij de grens. Nog een paar auto's en dan zijn wij aan de beurt. De chauffeur draait zijn raampje open en laat zijn papieren zien. Hij praat met de douane in het Thais.

'Paspoort!' zegt de douanebeambte en hij kijkt ons aan.

Ik haal mijn paspoort uit mijn rugtas. Mijn vingers trillen. De douanebeambte bladert erin en kijkt ons daarna aan. Hij wenkt dat de auto aan de kant moet. Ik val zowat flauw van angst. We zijn erbij, ik voel het. We moeten uitstappen. De douanebeambte fouilleert ons. Daarna moeten we onze rugtassen geven. Ze worden helemaal omgekeerd.

'Niks aan te geven?' vragen ze als ze niks hebben gevonden.

'Nee,' fluister ik.

De man wenkt dat we door mogen rijden. Ik kan het niet geloven. Het zweet breekt me aan alle kanten uit. Pas als we het bordje LAOS passeren, durf ik te ademen. Ik val Anouk om de hals. We zijn veilig! De chauffeur kijkt ons aan. 'Vakantievreugde,' lacht hij.

Joep

Ik werd in een cel gesmeten. Een cel, met tralies ervoor. Samen met vijfendertig andere gevangenen. Het stinkt hier en er lopen levensgrote kakkerlakken. Ik zie een rat wegschieten. En een totaal doorgedraaide man zoekt de hele dag naar peuken.

Niemand zal het snappen, maar ik ben blij, zo fucking blij dat ik Bo in het park bij de tempel ben tegengekomen. Stel je voor dat zij hier had moeten zitten. Of in de vrouwengevangenis in Chiang Mai. Alleen de gedachte al maakt me ziek. Mijn lieve Bo.

Het is hier een vuile corrupte troep. Bewakers troggelen het laatste geld uit je zak als je ze iets vraagt. Voor alles moeten we betalen. Een van de jongens vertelt me dat ik aanspraak kan maken op de ambassade voor een lening van de Nederlandse staat. Die moet je dan later terugbetalen. Drie euro per dag. Maar voor mij geldt dat niet. 'Reken erop dat je levenslang krijgt,' zegt een bewaker sadistisch. Ze haten me, omdat ik een Thai ben die in Nederland in een rijk gezin is opgegroeid. Straks moeten we naar buiten. In de stank en de bloedhitte hangen op een voetbalveld met duizend man. 's Morgens moeten we ons wassen. Dan zitten we gehurkt boven het riool dat in een rivier uitkomt. De eerste geïnfecteerde plekken op mijn huid zijn al zichtbaar. Bij elk verhaal dat ik hoor, denk ik aan Bo.

'Je leven heeft hier geen zin meer,' zei een van de jongens. Maar voor mij heeft het leven nu pas weer zin. Een maand geleden ben ik al door een hel gegaan. Nietsvermoedend ging ik naar de huisarts.

'Ik heb migraine,' zei ik. 'Soms is de pijn niet uit te houden. Pijnstillers van de apotheek helpen niet.' Ik vroeg om een medicijn, meer niet. Daar was ik voor gegaan, op aanraden van Bo.

De huisarts vroeg me van alles. Sinds wanneer ik het had en of er nog andere symptomen waren. 'Duizeligheid,' zei ik, 'en af en toe zie ik slecht, maar dat is dan na een paar uur weer over. En ik had laatst dat mijn arm uitviel. Er zat totaal geen kracht meer in.' De huisarts keek in mijn ogen. En toen schreef hij een verwijsbrief voor de neuroloog.

Ik schrok me te pletter. Waarom deed hij dat? Was hij soms bang dat er een gezwel in mijn hoofd zat? Hij wilde uitsluiten dat er iets zat. Zo moest ik verder, met de gedachte dat er misschien iets in mijn hoofd zat. Kanker? Ik zocht het op op internet. Dagenlang heb ik gesurft. De ene diagnose was nog somberder dan de andere. Ik heb getwijfeld of ik wel naar de neuroloog zou gaan. Ik wou helemaal niet weten of er iets zat.

'Stress,' loog ik tegen Bo toen ik thuiskwam. Gelukkig vroeg ze niet verder. Ik zat maar met de datum in mijn hoofd. De huisarts had al een afspraak voor me gemaakt. Ik ga niet, dacht ik steeds. Ik was vastbesloten. Maar ik zat er wel op de afgesproken tijd. Ik moest allerlei onderzoeken ondergaan. Ze zeiden dat ze in mijn hoofd moesten kijken. Ze wilden verdomme in mijn kop kijken. Ik, die nooit iets had gehad, lag een week later in het ziekenhuis. Voor Bo zat ik zogenaamd in Berlijn. Ik wou haar niet ongerust maken. Toen ik daar lag, was ik doodsbang. Ik kreeg een narcose en toen gingen ze in mijn kop. Het zal me toch niet gebeuren, dacht ik voordat ik wegzakte. Het zal me toch godverdomme niet gebeuren. De volgende dag stonden ze naast mijn bed. Ik zag die uitgestreken smoelen. 'Zeg het maar,' zei ik tegen de chirurg die me had geopereerd.

Hij keek me aan. 'U hebt een kwaadaardig gezwel,' zei hij. 'Helaas kunnen wij niets voor u doen.' Ze konden niks voor me doen. Het zat op een plek waar ze niet konden snijden. Er was niet eens hoop, geen sprankje. Ik zou doodgaan. Ik zou godverdomme doodgaan. Ik wou een beroemd schilder worden. Ik barstte van de creativiteit en de ideeën en ineens had ik geen toekomst meer. Een paar weken nog? Een maand? Hij vroeg of ik het wel aankon. Nee, lul, natuurlijk niet. Maar wat moest ik? Een dag later mocht ik naar huis. Ik kon niet, ik kon Bo niet onder ogen komen. Ik heb de hele dag door de stad gelopen. Ik was zo opgefokt dat ik niet naar huis kon. Ik bleef maar lopen, vechtend tegen de paniek. Ik was zo opgefokt als de pest. Ik ben zelfs een café uit gezet omdat ik begon te vechten. Ik, die nooit een vinger naar iemand uitstak. Ik blafte iedereen die iets tegen me zei af. Opzouten, ze konden allemaal opzouten.

Toen ik thuiskwam, durfde ik Bo niet aan te kijken. Alsof ik verdomme vreemd was gegaan. Ik begon over Berlijn te vertellen. Ik lulde maar door over Berlijn, dagen achter elkaar. Ik deed geen oog dicht. In bed, uit bed, ik werd gek. Ik ga dood, dacht ik steeds. Ik probeerde me de tijd die ik nog had voor te stellen. Blind? Verlamd? Hoe zou het zijn? Ik voelde me een loser. Op straat keek ik naar iedereen die gezond was. Ik schaamde me kapot en ik voelde me schuldig. Bo had geen hunk meer, maar een stakker die de pijp uit ging. Niemand mocht het weten. Ik wou niet dat Bo me als een wrak zou herinneren. Daarom ben ik gevlucht. Ik heb alles verdrongen, mijn ziekte had ik helemaal uit mijn hoofd gezet, alsof zij niet bestond. Maar dat schuldgevoel bleef. En dat is nu weg. Nu hoef ik me niet meer schuldig te voelen. Ik heb Bo uit deze vuile teringzooi gered.

Bo

Het is alweer tien dagen geleden dat ik Joep achter in de politieauto zag wegrijden. Nu zijn we veilig in Amsterdam. Anouk en ik hebben een megareis gemaakt. Eerst een binnenlandse vlucht naar Vientiane. En van daaruit via Singapore naar Amsterdam. We hebben geluk dat Pierre een paar maanden op reis is. Onze kamers zijn verhuurd en nu mogen we zolang in zijn huis. Het is zo vertrouwd, tussen Joeps spullen.

Straks hebben we een afspraak met een advocaat. Meneer Kees Teulings. Hij moet Joep vrij krijgen. Ik heb er alles voor over.

Anouk komt de kamer in. 'Zullen we?'

Ik knik. 'Over een halfuur weten we meer.'

Joep moet vrij, dat staat voor mij vast.

Een paar minuten later fietsen we door Amsterdam. Ik merk dat Anouk blij is dat we weer thuis zijn. Ze irriteert me. Ze gaat elke avond uit en dan vraagt ze ook nog of ik mee wil. Hoe haalt ze het in haar hoofd? Ik zeker feesten terwijl Joep daar vastzit!

Vannacht maakte ze me om twee uur wakker. Ze had een hunk gezien.

'Geen interesse,' zei ik. Ik kon het gewoon niet hebben. Anouk was meteen pissed. Ik gunde haar zogenaamd niks. We hebben steeds ruzie. Dat komt omdat ik er veel meer mee zit dan zij. Het moet niet te lang duren, onze vriendschap lijdt eronder.

Ik ben zo blij dat we eindelijk een afspraak met die Teulings hebben. Hij schijnt goed te zijn, dat vertelde Pierre. Hij kan het weten, want hij studeert rechten.

Ik ben duizelig van de stress. Ik probeer mezelf gerust te stellen. Het komt goed, Joep komt vrij.

'Ga zitten,' zegt Kees Teulings als we in zijn kantoor zijn. Hij is van middelbare leeftijd. Anouk kijkt me aan. Ik ken die blik. Het is bepaald geen stuk, dat zie ik ook wel, maar wat heeft dat ermee te maken? Als hij Joep maar uit die gevangenis haalt.

Dat zul je altijd zien. Ik zou het woord doen. Ik heb wel duizend keer in mezelf herhaald hoe ik het zou vertellen. En nu word ik ineens overmand door emoties. Ik kan niet eens meer denken.

'Mijn vriend zit vast in Thailand.' Dat is het enige wat eruit komt. 'U moet hem helpen. Hij is onschuldig.' Ik begin te janken. Lekker, daar schieten we wat mee op. Ik hoef echt geen medelijden. Hij zal wel denken: wat een tutje. Ik krijg een papieren zakdoekje van hem. Het lijkt wel of ik bij de psycholoog zit.

Anouk kijkt me aan. Ik knik naar haar, zij moet het maar vertellen.

Ze vertelt het verhaal heel rustig, vanaf het begin dat we

Sunee meenamen tot het moment dat Joep werd ingerekend. Teulings luistert aandachtig. Hij onderbreekt haar niet één keer. Hij staart naar zijn papieren, alsof daar de oplossing op staat.

Zeg iets, denk ik.

Ik zie hem met zijn pen spelen.

'U kunt hem toch wel vrij krijgen?' vraag ik. 'Hij is onschuldig.'

'Dat heb ik begrepen,' zegt hij. 'Ik kan nog niets met zekerheid zeggen. Ik moet het op me in laten werken. Op het eerste gezicht ben ik bang dat je vriend weinig kans maakt om zomaar vrij te komen. Er is geen bewijs. Ik denk dat de enige kans dat we hem vrij kunnen krijgen is dat jullie je aangeven. We zorgen er dan natuurlijk voor dat jullie hier in Nederland worden berecht. Dat is natuurlijk heel iets anders dan in Thailand.'

Anouk kijkt hem aan alsof hij gek is.

'Begrijp me goed,' gaat hij verder, 'dat is wat zo in me opkomt. Ik moet me erin verdiepen. Laten we niet op de zaken vooruitlopen. Ik heb jullie verhaal gehoord en ik ga er direct mee aan de slag. Ik raad jullie aan over mijn woorden na te denken. Eén ding is zeker: we zullen er alles aan doen om een onschuldig jong mens vrij te krijgen.'

'Wat een lul,' zegt Anouk. 'Weet hij niks anders te bedenken dan dat we ons moeten aangeven? Daar ga je voor naar een advocaat. Weet je wat zo'n gesprek kost? Als Pierre nog eens iemand weet. Jezus, wat een zak is dat. Als we ons hadden willen aangeven, hadden we het daar wel meteen gedaan.'

'Het maakt wel uit,' zeg ik. 'Nu worden we hier berecht.'

'Hij denkt zeker dat we crazy zijn,' zegt Anouk. 'Wie gaat er nou vrijwillig naar de gevangenis?'

'En Joep dan?' zeg ik.

'Daarvoor zijn we toch naar die lul gegaan!' schreeuwt Anouk. 'Om Joep te helpen. Hij heeft dus geen oplossing.'

'Wel,' zeg ik. 'Hij wil dat wij erover nadenken om ons aan te geven.'

Anouk steekt haar middelvinger op. 'Hij gaat zelf maar zitten.'

'Waar slaat dat nou weer op? Die man heeft niks gedaan,' verzucht ik.

'Nou en? Joep toch ook niet? En toch zit hij daar.'

'Dat bedoel ik dus, dat kan niet. Dat mogen wij niet laten gebeuren.'

'Wij hebben Joep niet opgesloten, hoor,' zegt Anouk.

'Hij heeft niks gedaan,' zeg ik.

'Nou wij ook niet. We hebben een klootzak aangereden die zelf voor onze auto is gaan staan. Moet ik daar mijn leven voor verpesten? Ze zouden ons moeten belonen.'

'Maar Joep zit vast. In Thailand nog wel. Als wij ons aangeven, is het heel anders. Misschien krijgen we maar twee jaar.'

'Dus jij denkt er echt over?' Anouk tikt met haar vinger op haar voorhoofd. 'Twee jaar, weet je wel wat je zegt? Twee jaar niet feesten. Geen drugs, geen seks.'

'Maar Joep moet zijn hele leven daar zitten,' zeg ik. 'Hij is onschuldig.'

'Het is verdomme zijn schuld dat wij die klootzak hebben doodgereden,' zegt Anouk.

'Hoezo?'

'Die loser is 'm zelf gesmeerd. Hij kent je toch? Hij weet wat voor tutje jij bent. Jij gaat hem zoeken. En ik ben nog zo gek geweest om mee te gaan naar dat kutland. Anders was er niks gebeurd.'

'Dus het is Joeps schuld?'

'Het is niemands schuld!' schreeuwt Anouk. 'Daarom ga ik me niet aangeven.'

'Ik wil dat Joep vrijkomt!' schreeuw ik terug.

'En ik dan? Kun je daar wél tegen, dat ik gevangenzit?'

'Ik heb hem doodgereden, niet jij.'

'Ik ben medeplichtig, ik zat ernaast. Ik heb gezegd dat we door moesten rijden. Ik dacht dat ik je beste vriendin was. Je houdt nog meer van die lul die je in de steek heeft gelaten dan van mij. Ik geef mezelf nooit aan, dan weet je dat vast. Je bekijkt het maar met je Joep. Kutwijf!' En Anouk fietst weg.

Joep

We moeten ons wassen, maar ik kom bijna niet overeind. Ik ben te zwak. We krijgen 's morgens alleen een kom soep en een hap rijst. De rest van de dag krijgen we niets meer. Mijn botten zijn stijf van het koude beton. Ik heb de bewakers geld gegeven voor een matje en een deken. Het is alweer elf dagen geleden, maar ik heb nog steeds niets gekregen. 'Morgen,' zeggen ze als ik erom vraag. En dan lachen ze me in mijn gezicht uit.

'Je hebt al zacht genoeg gelegen in je rijke leventje,' zei er een.

De bewakers sommeren dat ik moet opschieten. Maar het lukt me niet om rechtop te gaan zitten, laat staan een stap te zetten. Als ik nu op mijn hurken voor het riool moet zitten, val ik er zo in.

Ze schreeuwen tegen me.

Een scherpe steek schiet door mijn hoofd. Ik krimp in elkaar en rol kreunend van de pijn over de grond. Mijn kop splijt, ik voel het. Het gezwel duwt mijn schedel uit elkaar. Een bewaker trapt me, maar ik voel niks. Alleen mijn kop voel ik nog. Ik word ruw overeind gesleurd. 'Rijkeluiskind!' hoor ik. Ik zie alles draaien. Als ik word losgelaten, val ik op de grond. Geschreeuw. 'Hospital,' versta ik. Ze gaan me toch niet opereren? Ik wil niet verder. Alles wordt zwart voor mijn ogen. Ik zie mijn geboortedorp voor me, ons huis. Mijn moeder die me in haar armen neemt en me kust. Mijn moeder wordt Bo. Ik ben gewichtloos. Ik voel dat ik zweef. Heel ver weg hoor ik geschreeuw. Weer hoor ik het woord 'hospital'. Ik zweef weg, weg van Bo. Ze wil mijn hand vastpakken, maar ze kan er niet bij. Ze is niet boos.

'Ga maar,' fluistert ze. En ze glimlacht naar me.

Bo

Ik ben allang thuis als ik Anouk binnen hoor komen. Ik verwacht dat ze woedend is, maar ze ploft op de bank neer.

'We zitten in de shit, Bo. We hebben nog nooit zo in de shit gezeten. Misschien zitten we wel twee of drie jaar vast, wie weet vijf jaar. Kun je het je voorstellen, wij in de cel?'

'Dus jij vindt ook dat we ons moeten aangeven?'

'Natuurlijk,' zegt Anouk. 'Wat denk je nou? Dat ik vrolijk verder kan leven terwijl Joep daar vastzit. Ik heb die gevangenis in Chiang Mai gegoogeld. Het is afschuwelijk daar. Hij moet eruit. Ik ben alleen zo bang, Bo, zo fucking bang.'

Ik ga naast haar zitten en sla een arm om haar heen. 'Ik hou van je, Anouk, ik hou zoveel van je.'

'Whisky,' zegt Anouk. 'We laten ons helemaal vollopen. En nog een lekkere joint en dan pas geven we ons aan.'

Ze loopt naar de keuken. 'Hè, je hebt een mailtje van Sunee!'

'Van Sunee? Daar hebben we nooit meer iets van gehoord!'

Ik maak het open. Het is een krantenartikel. Ik lees de kop. *Joep Mertens,* lees ik. De rest staat in het Thais. Ik ijsbeer gestrest door de kamer.

Wat moeten we met een bericht dat we niet kunnen lezen. Jezus!

Anouk scrolt naar beneden. 'Sunee heeft het vertaald,' zegt ze en ze leest het voor. 'Verdomme, Bo.' Anouk kijkt me met grote ogen aan. 'Joep is dood.'

'Wat?' gil ik. 'Is Joep dood? Hebben ze hem dood gemarteld?'

'Nee.' Anouk leest verder. 'Hij is in het gevangenisziekenhuis gestorven. Ze wilden hem opereren. Hij had een kwaadaardig gezwel in zijn hoofd. Hij had uitvalsverschijnselen. Ze denken dat hij daardoor Zubin Arpamo heeft aangereden.'

Ik heb het gevoel dat ik gek word. Mijn Joep een gezwel? Ik wist niet eens dat hij ziek was.

'Hier, laat mij eens lezen. Ik geloof er niks van.' Ik duw Anouk weg van het scherm en lees het bericht. Sunee schrijft dat ze vanuit een internetcafé heeft gemaild. Ze heeft geen geld voor nog een keer, dus ik kan haar niet eens terugmailen.

Als ik Sunees mailtje wel drie keer heb gelezen, zak ik in elkaar. Ik kan niet eens janken.

'Het is kut, Bo,' zegt Anouk. 'Besef je wel hoeveel hij van je hield?'

Ik knik maar wat.

'Hij was dus hartstikke ziek...' Ik begin te snikken. Het is zo klote. Maar ook zo mooi. Alles, onze liefde. Wat hij voor me heeft gedaan. Ik vind het zo erg dat ik niet wist dat hij ziek was. Hoe kan het dat ik het nooit heb gemerkt? Ik kan mijn haren wel uit mijn kop trekken.

Ik sta voor het huis van Joeps adoptieouders. Ik weet niet eens hoe ik hier ben gekomen, maar ik moest naar hen toe. Ik wou iemand spreken die ook van Joep houdt. Ook al is het misgegaan tussen Joep en zijn adoptieouders, ze gaven wel om hem.

Trillend bel ik aan. Mary Mertens doet open. Als ze me ziet, pakt ze mijn handen vast. 'We hebben het gisteren gehoord. Het is zo erg, zo verschrikkelijk. Jij zult ook wel heel erg zijn geschrokken.' We huilen alle twee.

Joeps adoptievader komt er ook aan. 'Kom binnen, meisje.'

'Mijn man had net de Nederlandse ambassade aan de telefoon,' zegt Mary als ik plaatsneem op de bank. 'We hebben erover getwijfeld wat we met Joeps lichaam moesten doen, maar het lijkt ons het beste als hij hier wordt begraven. Joep was wel Thai, maar hij heeft zijn leven hier geleefd. Hij hoort hier, bij ons, zijn vrienden en bij jou.'

'Wanneer wordt hij begraven?' vraag ik.

'Dat hoor ik vanavond,' zegt meneer Mertens. 'In elk geval na het weekend.'

'Het is fijn dat je er bent,' zegt Mary. 'Wij weten niets van Joeps leven. We hebben geen enkel adres van zijn vrienden. Hopelijk kun jij ons daarbij helpen.'

'Natuurlijk,' zeg ik.

Mary schenkt thee voor me in. Ze komt naast me op de bank zitten. 'Een hersentumor. Hij heeft het voor ons verborgen gehouden. Doodziek is hij op reis gegaan. Ik vraag me af of hij zijn biologische ouders nog heeft ontmoet. Niets weten we. Jij?'

'Ja,' zeg ik.

Ik weet het als ik de trein in stap. Ik wil naar huis. Naar mijn ouders. Ik wil dat mam een bad voor me laat vollopen en bij me komt zitten.

Een paar uur later doe ik de achterdeur open.

'Lieverd! Wat een verrassing!' Mam omhelst me.

Pap steekt ook zijn hoofd om de keukendeur. 'Mijn meisje terug uit Engeland.'

'Joep is dood,' zeg ik.

'Wat zeg je nou?'

'Hij is dood. Hij had een hersentumor.'

'Kind toch, wat verschrikkelijk voor je. Sinds wanneer weet je dat?'

'Sinds vanmiddag,' zeg ik.

'Wat goed dat je meteen naar ons bent toe gekomen. Had ons gebeld, dan hadden we je opgehaald. Die jongen.' Mam krijgt tranen in haar ogen. 'Afschuwelijk, een hersentumor. Hoe komt hij eraan? Dat dit jou moet treffen. Gaat het wel?'

'Ja,' zeg ik.

'Gelukkig ben je terug uit Wales. Wat moet het verschrikkelijk zijn om daar zulk nieuws te krijgen.'

'Ik ben helemaal niet in Engeland geweest. Ik was in Thailand met Anouk.'

Mama verbleekt.

'Ze is in de war,' zegt papa.

'O mam, het was zo erg!' Ik begin te huilen. Mam pakt me vast en drukt mijn hoofd tegen haar borst.

'Ik zou maar heel even rijden,' snik ik. 'Een klein stukje, omdat Anouk moe was. Ineens stond hij daar. En toen reed ik hem dood.'

'Joep?'

'Nee, Zubin. Sunee riep nog, maar ik keek achterom. De politie sleurde Joep de auto in. Het was zo gruwelijk. Ze namen hem gewoon mee naar de gevangenis en hij had niks gedaan.'

Ik kijk wanhopig naar mijn ouders. 'Jullie snappen er niks van. Ik haal ook alles door elkaar. Het was zo erg...'

'Het geeft niet,' zegt pap. 'Het komt later wel. Rustig maar.'

'Zal ik een bad voor je laten vollopen?' vraagt mam.

'Ja,' snik ik, 'en je moet bij me komen zitten.'

Ik zit hier met het amulet in mijn hand en ik heb nergens meer zin in. Eerst lukte het allemaal nog wel. Ik ben een paar dagen bij mijn ouders gebleven. Daarna hebben Anouk en ik met Joeps vrienden muziek uitgezocht voor de begrafenis, rouwkaarten geschreven en kleren voor Joep klaargelegd. Ik red het, dacht ik. Het doet megapijn dat Joep er niet is, het is klote, maar ik kan verder. Totdat ik gisteren in de aula bij Joeps kist stond. Ik stortte helemaal in. Het was ineens zo definitief. Is dat mijn Joep die daar ligt? Dood! Joeps adoptieouders lieten me even alleen met hem. Ik wou hem bedanken voor wat hij voor me heeft gedaan. Ik keek naar zijn prachtige lichaam, zijn lieve gezicht waar ik zo dol op ben. En in plaats van dat ik hem bedankte, werd ik ineens woedend.

'Verdomme, Joep!' riep ik. 'Je hebt het niet met mij gedeeld. Ik heb al die tijd vrolijk doorgeleefd, terwijl jij wist dat je dood zou gaan. Ik had het samen met je willen doen. Elke minuut die er nog was had voor ons tweeën moeten zijn. We hadden samen moeten schreeuwen van ellende, moeten huilen, ruzie moeten maken en dan weer moeten vrijen. Maar jij hield het voor jezelf. Je kreeg een doodsbericht en je hebt het me niet eens verteld. Je maakte het nog uit ook en toen ging je ervandoor. Ik snap best dat je je familie nog wilde zien, maar dan had ik met je mee gewild. Je wou nog liever helemaal alleen doodgaan, aan de andere kant van de wereld, dan in mijn armen. Hoe moet ik hier nou mee verder?'

Ik kijk jankend naar het amulet. Ik weet niet eens meer of ik het wel wil hebben. Was het wel zo goed tussen ons als ik dacht?

'Zit je hier nou nog?' Anouk komt de kamer binnen en geeft me een kus op mijn hoofd. 'Je kunt hier niet de rest van je leven blijven treuren. Je moet verder, darling. Dat wou Joep. Daarom is hij in die kutgevangenis gaan zitten. Voor jou, Bo, dat jij tenminste verder kon leven.'

'Hij heeft me buitengesloten,' snik ik. 'Dat hoort niet, niet bij lovers.'

'Er hoort zoveel niet,' zegt Anouk. 'Hij hield van je, daar gaat het toch om? Weet je nog hoe hij naar je keek toen ze hem meenamen? Bo, Joep wilde dat je gelukkig zou worden. Hij kon niet delen, so what?'

'Toch is het niet normaal,' zeg ik.

'Nee, jij bent normaal, nou goed?' lacht Anouk. 'Ooit een normaal mens gezien, dames en heren? Nou, hier zit ze.'

Voor het eerst moet ik lachen. Anouk heeft helemaal gelijk. Ik moet het accepteren. Ik sta op, ga voor de spiegel staan en houdt het amulet voor mijn hals.

'Laat mij het doen.' Anouk zet de song op waar Joep en ik voor het eerst op hebben gezoend. De song die ik ook voor de begrafenis heb uitgezocht. En dan hangt ze het amulet bij me om.